读客外国小说文库

激发个人成长

密使

[英] 格雷厄姆·格林 著　傅惟慈 译

江苏凤凰文艺出版社
JIANGSU PHOENIX LITERATURE AND
ART PUBLISHING. LTD

目 录

第一部

猎物

一

海鸥盘旋在多佛尔的上空。它们像团团薄雾一样飘向远方，然后又逆风振翅飞回那隐约可见的城市。与海鸥一同哀鸣的还有轮船的汽笛声，其他船只也都鸣笛应和，一片凄凉的声音响彻四方，这是对谁表示哀思呢？轮船徐徐地航行在秋天凄凉的黄昏中。这使D想起送葬行列，一辆柩车缓慢、肃穆地向着"安息的乐园"前进，柩车的驾驶员小心翼翼地驾驶着，以免震动了灵柩，就好像那具尸体害怕颠簸似的。悲痛欲绝的女人们在灵柩的布帷周围尖声号哭。

三等客舱的酒吧间挤满了人。一支橄榄球队正乘着这艘轮船回国，系着条纹领带的队员们在喧嚷着争夺酒杯，就像在球场上争夺橄榄球似的。D有时听不懂他们在叫喊什么，可能是行话，也可能是方言。对他来讲，需要过一小段时间才能恢复记忆中的英语，他的英语一度非常好，但是现在他记得的大都是文学语言了。他试图离他们远一点儿。他是一个上唇蓄起浓须、下巴有一道疤痕、额头布满焦虑烙印的中年人。可是在那狭小的酒吧间里你根本躲不开别人——不是肋部被其他的手肘碰到，就是别人对着他的脸呼出一口酒气。他对这些人感到非常诧异，看到他们那种肆无忌惮的热乎劲儿，你无论如何也不能相信战争正在进行——不仅在他所离开的那个国家正在打仗，就算是这儿，在多佛尔的防波堤外半英里的地方，也在进行着战争。他好像把战争随身带来了。D来到哪里，哪里就有战争。他怎么也搞不明白人们竟然会对此毫无察觉。

"传过来，传过来。"一名队员对酒吧间侍者高声叫着，可是他的那杯啤酒却被别人一把抢走了，那人喊："出界。""抢球啊！"大家齐声高叫着。

D一边侧身往外挤，一边说着"不好意思，不好意思"。他翻起雨衣的领子，登上寒气袭人、雾气蒙蒙的甲板；海鸥在天空中哀怨地叫着，从他头顶上疾驰而过，向着多佛尔飞去。他跺着脚，在栏杆边走来走去，好使自己不被冻僵。他低着头，甲板就像一幅军事地图，勾画出战壕、难以进攻的阵地、突出部[1]和累累尸体。轰炸机从他的视线中起飞，在他的脑海中，群山在爆炸声中颤动。

他在这艘悄悄驶入多佛尔的英国船上来回踱步，并没有丝毫安全感。危险已成为他自身的一部分，它不像大衣那样可以脱下来。危险已成为他的皮肤，至死也无法摆脱，只有腐烂才能把它从你身上剥掉。你唯一信任的人就是自己。一位朋友被发现在衬

1　指战线中伸入敌军区域的突出部分。——编者注（本书中注释如无特别说明，均为译者注）

衫下面戴着一枚圣章，另一位朋友则属于一个名称不对的组织。他在毫无遮拦的三等舱甲板上走来走去，走向船尾，直到他的路最后被一扇小小的木门挡住，门上挂着一块牌子："非一等舱乘客请勿入内。"曾经这种等级森严的牌子令人备感受辱，但现在等级这样一分再分后，反而已经不意味着什么了。他望了望上面一等舱的甲板，只有一个人和他一样站在寒冷的甲板上，衣领翻着，正站在船头眺望多佛尔。

D重新走回船尾，轰炸机又一次起飞，像他踱来踱去那样有规律。除了自己，你谁都不信任，有时你连能不能相信自己都没有把握。他们并不相信你，正像他们不相信那位戴着圣章的朋友一样。他们以前是对的，但谁又能断定他们现在就不对呢？你是一个被另眼看待的人。思想意识是件复杂的事，异端邪说总是不知不觉地掺和进来……他不能肯定现在自己是不是被监视着，他也同样不能肯定人们对他进行监视就一定不对。归根结底，如果扪心自问，他对于经济唯物主义的某些观点是不接受的……而那个监视人——他真是被人监视着吗？刹那间他被一种无尽无休的不信任感搞得心烦意乱。在他贴胸的兜里鼓鼓地放着所谓的信任状，但是证件已不再意味着信任。

他慢慢走回来——这是心中无形的锁链允许他往返行走的范围。透过浓雾传来一个女人清晰刺耳的叫喊："我再来一杯。我还要一杯。"不知哪里传来了玻璃打碎的声音。救生艇后面有一个人在哭泣——不管你走到哪里，这个世界都是奇怪的。他小心翼翼地绕过船头，看到一个孩子挤在一个角落里。他驻足望着那孩子，无动于衷，就像是在看一篇字迹模糊的文章，他根本不想费劲去辨认它。他怀疑自己这一生中是否还能感受他人的情感。出于责任感，他语气温和地说："你怎么了？"

"碰着头了。"

他说："就你一个人吗？"

"爸爸让我站在这儿。"

"因为你碰了头吗？"

"他说我不该哭。"孩子停止了哭泣。由于把雾吸进了喉咙，他咳了起来，黑眼睛从救生艇和栏杆之间的窄缝里往外窥视着，充满戒备的神色。D转身继续踱步。他感觉自己根本不应该同孩子说话，很可能有人在暗中看着那孩子——不是他的父亲就是他的母亲。他又来到栅栏跟前——"非一等舱乘客请勿入内"——他往门里面望去。另外那个人正从雾中走过来，那人的无形锁链要比他的长一些。D先看见了那人笔挺的裤子，然后是皮衣领，最后是一张脸。他们隔着那扇矮小的门互相注视着。猝然相遇后两人都没有说话。其实，他们两人也从来没说过话，他们被政治团体、被无数死亡分隔开了——多年前，他们在路上见过面，一次是在火车站，另一次是在飞机场。D甚至连他的名字都想不起来了。

那个人先走开了，他那裹着厚大衣的身体瘦骨嶙峋，身材很高，样子灵活，但有些神经质。他那像踩着高跷似的僵直的双腿迈动很快，但总使你有一种感觉它们会一下子折断似的。他看上去仿佛已决定要采取某种行动。D想：很可能他要抢劫我，也许叫人杀死我。他的帮手、财产和朋友当然都比我多。他也一定能搞到几封写给大人物的介绍信——几年前，在成立共和国以前，他有某个头衔……公爵还是侯爵……D已经记不清了。他们俩同乘一条船，这可太不幸了，而且为了同一个目标行动的两个密使竟在把不同等级旅客隔离开的栅栏前相见了。

汽笛又一次凄厉地鸣叫起来，突然间从浓雾里冒出一条条船只、灯光和防波堤，就像很多面孔从玻璃窗里往外眺望。他们的船也是这些面孔中的一张。引擎半速运转着，然后完全停了下来。D听到海水拍打着船舷，船显然是在侧向漂动。不知道是什么地方有一个人在喊叫——好像是从海里发出喊叫一样。船继续侧向行驶，接着一下子就靠了岸，一点儿没有费事。提着手提箱的乘客纷纷被水手拦住，看上去那些急着上岸的水手好像要把船只拆散，一段栏杆在他们手中好像已经折断了。

然后旅客们提着箱子蜂拥而过，箱子上贴着瑞士旅馆或者比亚丽兹膳宿公寓的标签。D让过拥挤的人群。他随身除了那只装着一把刷子、一把梳子、一把牙刷和几件小用品的皮包外什么也没带。他已不习惯穿睡衣睡觉了，一夜之间可能有两次空袭惊扰，穿睡衣睡觉也实在太麻烦了。

旅客被分成两队等候检查护照：外国人一队，英国人一队。外国人并不多。从一等舱下船的那个高个子男人站在离D几米远的地方，皮大衣裹着的身体微微有些发抖，苍白的脸和孱弱的身体似乎和码头上这个四面透风的小棚子很不相称。但是他丝毫没有受到刁难就通过了，检查人员仅仅对他的证件瞟了一眼。他像是一件早就被鉴定过的古玩。D毫无敌意地想，我是一件博物馆的展品。那边的人在他眼里也全是博物馆的展品，他们都生活在空荡荡的冰冷的大房间里，那些房间和挂着沉闷的古画、沿着走廊摆着镶嵌饰架的公共博物馆的展览室没什么两样。

D忽然觉察自己停了下来。一个蓄着浅色上髭的彬彬有礼的人对他说："这张照片是——您吗？"

D说："当然是我。"他低头看了一眼照片，他已经——可以说好几年——顾不上看自己的护照了。他看到的是一张陌生的面孔，一个比自己年轻得多、显然也幸福得多的人的面孔。他当时正对着照相机微笑呢。他说："这是以前的照片。"可以肯定那张照片是在他入狱、他的妻子被害和十二月二十三日大空袭前拍的。那一次他被活埋在地下室里足足有五十六个小时。但他无法向海关官员解释清楚这一切。

"多久以前？"

"可能两年前吧。"

"不过您的头发现在已经差不多全白了。"

"是吗？"

海关检查员说："您是不是能站到那一边，让别人先过去？"他不紧不慢，非常客气。这主要因为此地是一个岛国，若是在他本国的话，他们马上就会叫来士兵，而且立刻就会把他当作间谍，粗声粗气、没完没了地盘问一通。海关检查员就站在他身旁。他说："非常遗憾，我不得不耽搁您一会儿工夫。您是不是能到里面来一会儿？"他打开一扇房门。D走了进去。屋里有一张桌子、两把椅子和一张爱德华七世给"亚历山大号"特快列车命名的照片：白色高领上面那些古怪的、属于另一个时代的脸庞露着微笑，火车司机戴着一顶圆顶硬礼帽。

海关检查员说："很抱歉。您的护照看来绝对没问题，可是这张照片，怎么说呢，您只要自己看看就知道了，先生。"

他向屋子里唯一的一块玻璃里望了望——火车头的烟筒和爱德华国王的胡子使他的形象看不大清楚——但是他也不得不承认,那位海关检查员并不是故意为难他。他的样子确实同护照上的照片不同了。他说:"我从来没有注意到我变得这么厉害。"海关检查员对他端详了一番。过去的D——他现在记起来了:只不过是三年以前,他四十二岁的时候,可那是多么年轻的四十二岁啊。他的妻子随他一起来到照相馆,他刚刚向大学请了六个月的假,出来旅行,当然是和她一起。三天后,内战爆发了。他被关在军事监狱中长达六个月之久——他的妻子被枪杀了——那是由于一次误会,并不是暴行——后来……他说:"您知道战争把人都改变了。那是战前照的。"他当时正在对一个笑话开怀大笑——是有关菠萝的笑话。那会是多少年来他们准备在一起度过的第一个假日。他们结婚有十五年了。他还记得那架老照相机,摄影师如何一头钻进黑布罩里去。他唯独记不太清他的妻子。她只代表一种激情。感情一旦死了,你就很难回忆得起来。

"您随身还带有其他证件吗?"海关检查员问道,"或者在伦敦有什么人认识您?你们的使馆呢?"

"噢,不认识。我只是一位普通公民——一个小人物。"

"您是来旅游的吗?"

"不是。我带着几封业务介绍信。"他冲海关检查员笑了笑,"可是它们完全可能是伪造的。"

他没有理由生气。灰白的上髭,嘴边深深的皱纹——这都是新近才增添的——还有下巴上的伤疤。他伸手摸了摸那伤疤。

"我的国家正在打仗,您知道。"他不清楚另外那个人现在正在做什么。他是不会浪费时间的。说不定已经有一辆汽车在等他。那个人肯定要比他先到伦敦——那就麻烦了。可以预料，他会接到命令，不让另一方的人干扰购买煤炭的事。在发明电力以前，人们习惯把煤叫作黑钻石。是啊，在他的国家，煤比钻石更贵重，而且用不了多久也要像钻石那样稀有了。

海关检查员说："您的护照当然没有问题。假如您能让我们知道您在伦敦的住所……"

"我还不知道我要住在哪儿。"

海关检查员忽然冲他挤了挤眼睛。这变化来得这么突然，D几乎不敢相信。"随便什么地址。"海关检查员说。

"噢，好吧，那儿是不是有个叫丽兹的饭店？"

"对，可要是我，就拣个便宜点儿的说。"

"布里斯托。哪个城市都有个布里斯托旅馆。"

"恰恰英国没有。"

"那好吧，您觉得我这样的人该住在哪儿？"

"滨河旅馆。"

"就这样吧。"

海关检查员微笑着把护照还给了他，说道："我们不得不谨慎些。我很抱歉。您得快些才能赶上火车。"谨慎些！D想。这就是他们在这个岛上所谓的谨慎吗？他是多么羡慕他们的安全感啊！

这么一耽搁几乎使D在经过海关的队伍中排到最末一个，那一群喧闹的年轻人很可能已经到了即将发车的站台上，至于他那个同胞——他相信他没有去等火车。一个姑娘的声音说："是的，我有很多东西要申报。"声音很刺耳，他在船上酒吧间就听见过一次，那时她正向侍者吆喝再给她倒一杯酒。他不太感兴趣地瞟了那姑娘一眼：他已经到了要么为女人疯狂要么对女人毫无兴趣的年纪，这个正在粗声大气说话的女孩子年轻得几乎可以做他的女儿。

她说："我这儿有一瓶白兰地，但是已经启封了。"他一边排着队，一边模模糊糊地想：她不该喝那么多——她的声音和她本人很不相称，她不是那种类型的人。他搞不懂她为什么在三等舱喝这么多酒。她衣着考究，像件展览品。她说："还有一瓶苹果白兰地酒——不过也打开了。"D觉得很疲倦，他希望他们赶快结束对她的检查好让他通过。她年纪很轻，金发碧眼，有意装出一副傲慢的神态。她像是一个小孩子，因为没有弄到自己想要的东西而故意要脾气，见什么就要什么。

"对了，"她说，"这儿还有白兰地。你没容我说，要不我刚才就告诉你了。你看——这瓶也打开了。"

"恐怕我们得收一部分关税。"海关工作人员说。

"你们没有这个权力。"

"你可以去看看条例。"

争吵无休止地继续着。另一个人检查了D的皮包，没有为难他。

"到伦敦去的火车走了吗？"D问。

"已经开出了。您只能等七点十分那趟了。"这时还不到五点三刻。

"我父亲是这条航线的董事长。"那姑娘气冲冲地说。

"恐怕这事儿和航线没多大关系吧。"

"本迪池勋爵。"

"如果你准备带走这几瓶酒的话，得交二十七镑六先令的海关税。"

　　原来这是本迪池勋爵的女儿。他站在出口处望着她。他不知道本迪池勋爵是否会像他的女儿这样难对付。关键就在本迪池身上。如果他肯按照他们付得出的价格出售这批煤，他们就能够长期战斗下去；如果买不到煤，战争很可能到不了春天就结束了。

　　她同海关人员的交涉好像取得了胜利，说不定这是个什么兆头。她走到那扇通向外面寒冷、多雾的月台的门口，那神色就仿佛她是站在世界的顶端似的。天比平日黑得早，只有一家卖书报的摊子露出微弱的灯光，一辆冰冷的金属手推车倚在好立克饮料的铁皮广告牌前。雾太大，看不见对面的月台，使连接这个巨大港口——D是这样认为的——的大站显得像一个夹在湿漉漉的田野间的、火车从来不停靠的乡间小站。

　　"上帝！"那个姑娘自言自语道，"车已经开了。"

　　"还有一趟车，"D说，"一个半小时之后。"他感觉到，随着自己每次张口讲话，他的英语已经越来越多地回到了他的头脑中，就像雾或者烟那样又重新渗透出来。

　　"他们告诉你的？"她说，"雾这么大，一定会晚点好几个小时。"

　　"今天晚上我必须赶到城里。"

　　"谁不是这样？"

　　"可能离开海边雾会小点儿。"

　　但是她独自一人沿着寒气逼人的月台不耐烦地走开了。她的身影在书报摊的那边完全消失了。过了一会儿，她又走回来，边走边吃着小圆面包。她伸手递给他一个小面包，好像在喂笼子里的一只什么动物似的。"要吃一个吗?"

"谢谢。"他神情严肃地接过来,吃了起来——这是英国式的好客精神。

她说:"我得去搞辆车。怎么也不能在这倒霉的地方等一个小时。离开海边雾可能会小一点儿。"从这句话可知她刚才听到他说的话了。她把手中剩下的面包顺着铁轨扔了出去,好像是变魔术——刚刚手里还拿着一个面包,一眨眼的工夫就不见了。"想搭我的车吗?"她说。在他犹豫的时候她又继续说:"我没有喝醉,我和法官一样清醒。"

"谢谢。我没想过这个。只要——只要快就行。"

"哦,我肯定最快。"她说。

"那好,我搭你的车。"

一张面孔冷不防在他们两人脚边古怪地露了出来——他们肯定是站在月台的边缘上。那是一张挑衅的面孔。一个声音说道:"女士,我不是在动物园里。"

她毫不吃惊地往下瞥了一眼。"我刚刚这么说了吗?"她说。

"你不能就这样——嗖的一下——把面包扔出去。"

"就这事啊,"她不耐烦地说,"别没完没了。"

"使那么大劲儿,"那个声音说,"我要控告你,女士。那简直是一枚导弹。"

"什么导弹,那是甜面包。"

一只手和一个膝盖爬到他们脚边,那张面孔离他们更近了。"我得让你知道知道……"那张脸说。

D说:"不是这位女士扔的。是我。要控告就控告我好了,我住在滨河旅馆，我的名字叫D。"他挽起那位不知叫什么名字的姑娘的胳膊，拉着她向出口走去。一个像受伤海兽的吼叫似的声音透过浓雾飘了过来："外国佬！"

"你知道，"姑娘说，"你根本没有必要对我这样见义勇为。"

"你现在知道我的名字了。"他说。

"哦，我叫库伦，假如你想知道的话，罗丝·库伦。一个讨厌的名字。可你知道我父亲对于种玫瑰花简直喜欢得入了迷。他发明了——用发明这个词对吗？——蓬帕杜侯爵夫人[1]这个珍贵品种。他也喜欢吃果馅饼，你知道，皇家果馅饼。我们有一所叫格温别墅的房子。"

他们运气不错，车站附近的汽车房灯火通明——灯光透过浓雾差不多照亮了周围五十码[2]之内的地方。他们找到了一辆老帕卡德牌轿车。他说："真巧，我正好要找本迪池勋爵办点儿事。"

"我真不明白，所有我碰到的人都要找他办事。"

她开车开得很慢，向着他想象中伦敦所在的方向驶去。汽车横穿过电车轨道时颠簸了一下。"我们顺着电车道走，保险不会走错路。"

他问："你总是乘三等舱旅行吗？"

"哦，"她说，"我喜欢自己选旅伴。在那里我不会碰到我父亲的商业界朋友。"

1　蓬帕杜夫人（Madame de Pompadour，1721—1764），法国国王路易十五的情妇。
2　英制长度单位，1码约等于0.9144米。

"我也在三等舱。"

她说："噢，该死！这个码头。"她不顾一切地把车开过一条横路，转了个弯。一阵刺耳的刹车声和抱怨声在浓雾中响起。他们抱着试试看的心情又把车开回他们来的那条路上，开始爬上一座小山。"当然，"她说，"我们如果是侦察兵就会找到路了。下山后总会开到海边的。"

山顶上，雾稍稍从地面升高了一些。一块块寒冷、暗灰的暮色显露出来，路旁的树篱像钢针，万籁俱寂；一只小羊在路边的草地上吃着草，蹦蹦跳跳；两百码以外的一盏灯突然熄灭了。这就是和平。他说："我想你们生活在这里是很幸福的。"

"幸福？"她说，"为什么幸福？"

他说："所有这一切——都使人感到那么安全。"他想起海关检查员朝他友好地挤挤眼时说的那句话："我们得小心点儿。"

"这里也不富裕。"她用她那没有什么教养的幼稚语调说道。

"噢，是这样的。"他说。他费力地向她解释："你知道，我经历了两年战争。要是我在这种路上开车，一定会开得很慢，听到飞机的声音就随时把车停住跳到壕沟里去。"

"哦，我想你们一定是为了什么目的而打仗，"她说，"也许不是？"

"我记不得了。在危险中生活了一段时间以后，怎么说呢——你就不会再有什么感情了。我觉得我自己除了恐惧之外什么也感觉不到了。我们那里再没有一个人会恨或者爱了。你知道，据统计，我们国家这几年根本没有出生多少孩子。"

"可是你们还在进行战争。这总是有缘由的。"

"你总得有点儿什么感觉才能叫战争停下来。我有时候觉得我们之所以要拼命打下去，只不过是因为还有恐惧感。假如没有恐惧，我们就可能什么感觉也没有了。我们当中就谁也不会享受和平了。"

他们前方出现了一个小村庄，就像在茫茫大海中出现一座岛屿——一所教堂，几座坟墓，一家客店。他说："如果我是你，有了这些，是不会艳羡我们那个地方的。"他心中想的是闲适与安宁……可以顺着一条路越过任何一条地平线的那种奇怪的不真实感。

"毁灭事物并不一定非要战争不可。金钱、父母，许许多多的事都能起到战争的作用。"

他说："不管怎么说，你还年轻……而且很漂亮。"

"该死！"她说，"你是不是要开始追我了？"

"不，当然不是。我已经告诉你了……我什么也感觉不到了。再说，我也老了。"

突然一声巨响，汽车一歪，他一下子用胳膊抱住了头。汽车停了下来。她说："他们给了咱们一个破轮胎。"他放下胳膊。"对不起，"他说，"我仍然有那种感觉，"他的手一个劲儿地抖着，"恐惧。"

"这里没什么叫你害怕的。"她说。

"我还是放不下心。"战争仍然在他心中进行着。只要给我时间，他想，我会把这种感觉传染到每个角落——甚至传染到这里。我应该像那些麻风病患者一样随身戴着一个小铃。

"别演戏了，"她说，"我受不了这个。"她重新把车发动起来，汽车一颠一簸地向前开去。"走不了多远我们就会碰到路边的一间小屋，一个修汽车的铺子，或者随便一个什么地方。"她说，"在这里换这个倒霉的轮胎太冷了。"过了一会儿，她又说，"又起雾了。"

"你觉得还应该这么开下去？瘪着一个轮胎？"

"别害怕。"她说。

他抱歉地说："你知道，我有一件重要的事要办。"

她把脸扭向他——一张瘦瘦的、焦虑的脸，年纪非常轻，使他想起了在一个沉闷的晚会上见到的那个孩子。她怎么也不会超过二十岁，这个年龄足以当他的女儿。她说："你这么故作神秘，是不是想让我忘不了你啊？"

"不是。"

"又是这些老掉牙的把戏。"但这一次她的判断错了。

"有很多人对你试过这种把戏吗？"

"多得没法数。"她说。他似乎感到一种不可名状的悲伤：这么年轻的人竟然经历了如此多的欺诈。也可能因为他已经到了中年，所以对他来说，青春似乎应该充满——怎么说呢，应该充满希望。他轻轻地说："我没有故作神秘。我不过是个商人。"

"你也浑身散发着铜臭吗？"

"噢，不。我只是一家穷公司的代表。"

她突然冲他笑了笑。他不带任何感情地想：她可以称得上漂亮。"结婚了吗？"

"可以这么说。"

"你的意思是说不在一起了？"

"对，我是说她死了。"

他们前方的雾忽然变成淡黄色，汽车放慢了速度，一颠一簸地驶进喧闹声中，周围亮着一片汽车的尾灯。一个声音高声说道："我告诉塞利，我们要到这儿来。"一排长长的玻璃窗映入眼帘：里面响着温柔的音乐。一个低沉的声音正在唱："我知道，只有在你孤寂时我才认识你。"

"又回到了文明世界。"姑娘阴郁地说。

"咱们在这儿能把轮胎换上吗？"

"我想可以吧。"她打开车门走了出去，浓雾、灯光和人群立刻就把她吞没了。他一个人坐在汽车里。引擎不转了，车里马上就变得非常寒冷。他强迫自己考虑下一步该如何行动。首先，根据指示，他要在布卢姆茨伯里大街某个门牌的房子里找个住的地方。选中这个门牌很可能是为了使他的自己人可以监视他。然后，他约好了要在后天同本迪池勋爵会面。他们并不是乞丐，他们可以付一个公道的价钱购买这批煤，战争结束后还可以补付一笔红利。本迪池的很多矿区都倒闭了，这笔交易对他们双方都是不应错过的良机。他预先得到警告，这件事不能让使馆插手——大使和第一秘书都不可靠，虽然第二秘书据信还是忠诚的。情况实在乱成一团——也有可能第二秘书实际上是在为叛乱分子工作。可是，不管怎么说——这件事一定不能声张出去，必须悄悄地办好。事先谁也没有想到他会在英吉利海峡的渡轮上和那个人邂逅，从而使事情变得复杂化了。任何不测都可能发生——从装运煤的价格竞争到抢劫或谋杀。好啦，他想得太多了，反倒使自己被前面的浓雾困住了。

D突然抑制不住自己，伸手熄灭了汽车内的照明灯。在黑暗中，他从贴胸的衣袋里摸出了自己的身份证明。他把证明拿在手里犹豫了片刻，又把它塞进袜子里。车门被拉开了，那个姑娘说："你怎么把车灯关上了？害得我费了好大劲儿才找到你。"她把灯又打开，说道："他们这里的人现在都没空——可是过一会儿他们会派个人……"

"我们只好等着？"

"我饿了。"

他小心翼翼地钻出汽车，思忖着他是否应该请她吃顿饭。他对自己花出去的每一个便士都要精打细算。他说："我们能吃到饭吗？"

"当然能，你身上的钱够吗？租车的时候我把身上的最后一点儿钱都花掉了。"

"够，够。你和我一起吃吗？"

"这主意不错。"

他随着她走进了房子……旅店……不管是什么地方吧。他年轻的时候曾到过英国，在大英博物馆读书，那时这种餐馆还是一种新鲜事物。一座老式的都铎式建筑——他肯定这是一座真正的都铎时期的建筑——屋里摆满了扶手椅和沙发，本来应该是放图书的地方改建成了鸡尾酒吧。一个戴着一只单片眼镜的男人握住姑娘的一只手，握的是左手，握得紧紧的。"罗丝，当然是罗丝，"他说，"对不起，我想那边那位就是蒙梯·克鲁克姆啦。"说着他很快将身子闪到一旁。

"你认识他？"D问。

"他是经理。我没想到他到这儿来了。他过去在西大街的一个地方。"她不屑地说，"这里很不错，是不是？你为什么不回到你的战争中去？"

已经没有必要回去了。他把战争随身带来了，已经开始传染到每个地方了。他看见在大厅的另一头——餐厅里的第一张桌子旁，背向他坐着另外那个密使。他自己的手就像过去每次空袭前那样颤抖起来。一个人在监狱里蹲上六个月，随时都有被处决的危险，出狱后是不可能不成为一个胆小鬼的。他说："我们不能再找个别的地方吃饭吗？这里——人太多了。"这种恐惧当然十分荒唐，可是看着餐厅里那个俯着身子的窄窄的后背，他确实像站在大墙前面对着行刑队那样，有一种无遮无拦的感觉。

"没有别的地方了。这地方有什么不好？"她疑惑地看了他一眼，"你为什么不愿意和大家一起吃饭？是不是想搞什么鬼？"

他说："不是，当然不是……我只是觉得……"

"我去洗洗手，然后还到这里找你。"

"好。"

"我很快就回来。"

她刚一离开，他就马上飞快地扫视了一下四周，想找个盥洗室。他需要冷水清醒，需要时间思考。他的神经比他待在轮船上那会儿还要紧张——甚至像爆胎这类小事都使他胆战心惊。他穿过大厅去追那个戴单片眼镜的经理。尽管——或许是因为——外面大雾弥漫，这里的生意颇为兴隆。从多佛尔和伦敦开来的汽车叫人心烦意乱地揿着喇叭。他看见那个经理正和一位满头白发的老太太聊天。他正在说："就这么高。我这里有它的照片，假如您想看的话。我当时立刻就想到了您丈夫……"可是在他说话的时候，还睁大眼睛巡视着其他人的面孔，他的话语中没有一丝令人信服的地方。几年的戎马生活在他脸上刻下了几道具有军人气质的纹路，使他的一张棕色的瘦脸活像商店橱窗里的动物标本那样漠然，没有一丝表情。D说："不好意思，我能不能占用你一小会儿时间？"

"我当然不会把它卖给别人。"他猛地转过身来，就像按了一只打火机的开关一样，脸上一下子就现出笑容来。"让我想想，我们是在哪儿见过？"他手中拿着一张一只硬毛狗的照片。他说："身架多好，多么结实，牙齿……"

"劳驾，我想知道……"

"对不起，伙计，我看到了托尼。"他转身就走了。那位老太太突然气哼哼地说："问他什么也没用。要是你想打听厕所在哪儿，我可以告诉你：在楼下。"

盥洗室当然不是都铎风格的，整个房间都砌着玻璃砖和黑色大理石。他脱掉上衣，把它挂在衣钩上——盥洗室内只有他一个人——他接了一盆冷水。这正是他脆弱的神经所需要的，在脖子下面拍点儿冷水对于他就像用电刺激了一下一样。他的神经处于十分紧张的状态，以至于当另一个人进来的时候他飞快地扭过头去瞟了一眼。但那只是一名汽车司机。D一头扎入冷水中，再把头水淋淋地抬起来。他摸到一条毛巾，把眼睛里的水擦干。他放松了一些，也不再颤抖了。他转过身说："你弄我的上衣干吗？"

"你这话是什么意思？"那名司机说，"我在挂我的衣服。你想往我身上栽赃吗？"

"我好像觉得你想从我那儿拿点什么。"D说。

"那你去叫警察好了。"司机说。

"噢,可是没有见证人啊。"

"找警察,不然你就向我道歉。"司机的块头很大——身高六英尺多。他气势凌人地从镜子一样亮的地板那头向D走过来。"我真想狠狠地揍你一顿。你这个可恶的外国佬到这儿来从我们嘴里抢面包,还打算……"

"很可能是我搞错了。"D口气缓和地说。他感到迷惑不解,这个人或许只是个一般的小偷……再说他什么也没有偷走。

"你可能搞错了,我还可能狠狠地揍你一顿呢。这就是你所谓的道歉吗?"

"我向你道歉,"D说,"随你怎样叫我道歉就是了。"战争使人失去了羞耻心。

"连打一架的勇气都没有。"司机说。

"怎么可能有?你年轻力壮。"

"我不打你个半死才怪呢,你这该死的外国佬……"

"确实。"

"你是不是在拿我开心?"司机说。他的一只眼睛斜视着别处。D有一种感觉,这人在讲话时总是用一只眼睛看着他的听众……或许,D想,他确实有听众……

"假如我的话让你误会了,我再一次道歉。"

"你等着,我会让你给我舔靴子……"

"这我丝毫也不会感到惊奇。"这个人是喝醉了,还是受人支使成心来找茬儿打架?D背靠着洗脸池站着。不安使他直想呕吐。他不喜欢这种人与人之间的暴力行为：用子弹杀死一个人或者被人杀死，除了同求生的欲望或对痛苦的恐惧有些矛盾外，只不过是一种机械过程而已，可是拳头却要另当别论了。拳头令人感到侮辱，被人痛打一顿会使你在施暴者面前处于一种屈辱的地位。他憎恶这种屈辱感如同憎恶乱伦。他控制不住自己的害怕。

"竟敢这么耍弄我。"

"我完全无意这么做。"他那咬文嚼字的英文似乎激怒了对方。那人说："别这么咬文嚼字的，不然我打烂你的嘴。"

"我是外国人。"

"揍你一顿，你就没这么拗劲了。"司机向前凑了凑，他的拳头就像两团垂在他身子两旁的肉，随时准备抡出去，他似乎有意想把自己的怒火挑起来。"来吧，"他说，"伸出拳头来。你不是一个胆小鬼吧？"

"为什么不是？"D说，"我不想和你打架。假如你允许我……我将感激不尽，楼上有位女士在等我。"

"等我把你揍一顿，你再找她也不迟。"司机说，"我得让你知道以后不能随便诬赖好人。"他可能是个左撇子，因为他先抡出了左拳。

D把身子紧紧贴在洗脸池上。最坏的事情终于发生了。刹那间他又回到了监狱的院子里，一名狱卒抡着警棍向他走来。假如他现在手里有一支枪，他肯定要求助于它了。为了躲避这种肢体接触，就是指控他杀了人他也不在乎。他闭上双眼，身子靠在镜子上，丝毫也没有反抗的意思，他连最初级的拳击术也一窍不通。

那个经理的声音传了过来："我说，伙计，你感觉不好吗？"D挺直身子。司机收回拳头，摆出一副自觉有理的神情。D仍然盯着他，语气温和地说："我有点儿——你们怎么说？——头晕？"

"库伦小姐让我来找你。我是不是喊个医生来？"

"不用，没事了。"

D在盥洗室外拦住那个经理。"你认识那个司机吗？"

"从来没见过，但谁也休想瞒过那些侍者，老兄。怎么了？"

"我觉得他刚才在翻我的衣袋。"

单片眼镜后面的眼睛一下子停止了转动。"绝对不可能，老兄。这里，你知道我这人可不是势利眼，这里都是上等人。肯定是误会了。库伦小姐会证实这点的。"他假装漫不经心地问，"你是库伦小姐的老朋友吗？"

"不是。我不能这么说。她好心让我从多佛尔搭上她的车。"

"噢，是这样。"经理说，口气一下子变得冷冰冰了。在楼梯的顶端他转身就走了。"库伦小姐在餐厅等你。"

D走进餐厅，一个穿着高领外衣的人在弹奏钢琴，一个女人在唱歌，歌声低沉、惆怅。他僵直地走到姑娘坐的那张桌旁。"怎么回事？"姑娘问，"我以为你不辞而别了。你这个样子就像碰见鬼了。"

从他坐的地方看不见L——现在他记起了那个人的姓名。他平静地说："我让人给打了——我是说，我差点儿让人给打了一顿——在盥洗室里。"

"你为什么要编造这样的故事？"她说，"故作神秘。我倒宁愿听听三只老熊的故事。"

"好了，好了。"他说，"我总得找个借口啊，对吗？"

"连你自己都不相信，是吗？"她忧心忡忡地说，"我的意思是说你没有被炸弹震出痴呆症来吧？"

"没有，我觉得没有。只不过我不是一个做朋友的料。"

"但愿你是开玩笑。你说话总是像在演戏。我已经告诉过你——我不喜欢演戏。"

"有时生活中确有这种戏剧性的事情发生。门这边第一张桌子旁坐着一个人，脸朝着我们，你先别看。我可以和你打赌他现在正看着我们。"

"他是在看我们，但这又有什么？"

"他在注意我。"

"还有另一种解释，你知道。他看的是我。"

"为什么要看你？"

"亲爱的，人们常常这样看我。"

"哦，是啊，是啊，"他急忙说，"当然了，我明白你的意思。"他往后一靠，也凝视起她来：一张郁郁不乐的嘴巴，透明的皮肤。他不由得没来由地讨厌起那位本迪池勋爵来。假如他是这个姑娘的父亲，他是不会让自己的女儿这样生活的。那个女歌唱家正用低沉的嗓音唱一首关于单相思的荒谬歌曲：

那不过是谈话的方式——当时我不曾学会。
那不过是梦境的时光——燃烧着我的心扉。

你说"我爱你"——我想你是在诉说衷肠。

你说"我的心属于你"——你只是为它找了临时的慰藉。

人们都放下酒杯静静地听着，就仿佛那是一首诗似的。甚至那个姑娘也暂时停止了咀嚼。歌声里表现的那种顾影自怜使他十分恼火，在他的祖国，无论在阵线的哪一方，都没有机会沉溺于这种罪恶之中。

我不是说你在撒谎——那只是现在的时髦方式。

我不会企图去死——更不用说按照维多利亚的方式。

他猜想不管歌中唱的是什么，这支歌表现的是"时代的精神"。相比之下，他宁可选择牢房、处罚逃犯的法律、轰炸后的废墟和出现在门口的敌人。他忧郁地注视着坐在自己对面的那个姑娘。在他的生活中曾经有过一个时期，他会为这样一个女孩子写诗——他写得肯定会比这首歌词好。

那不过是梦境的时光——我逐渐领悟。

那不过是谈话的方式——我开始学会。

她说："这纯粹是胡扯，对吗？可毕竟还是有某种魅力。"

一个侍者走到他们的桌子跟前。他说："门口那位先生让我把这个交给您，先生。"

"对于一个刚刚登岸的人来说，"她说，"你交朋友交得可真快。"

他看了看那张便条，条子写得简洁明了，但并没有具体说明究竟要他做什么。"我想，"他说，"假如我告诉你有人提出要给我两千英镑，你是不会相信的。"

"就算有人要给你钱，你又何必告诉我呢？"

"你说得对。"他把一个侍者叫过来："你去看看那边那位先生是不是带着一个司机——个儿挺大，一只眼睛有点儿毛病。"

"我这就去看，先生。"

"你这场戏演得不错啊，"她说，"真是不坏。你这个神秘的家伙。"他忽然觉得她又喝得醺醺然了。他说："你要是不小心点儿，我们就得永远在这儿坐着，别想去伦敦了。"

那个侍者走回来说："那是他的司机，先生。"

"一个左撇子？"

"噢，住嘴，"她说，"住嘴。"

他依然平静地说："我并不是在故弄玄虚。这和你一点儿关系都没有。事情发展得太快了——我得把情况弄清楚。"他给了那个侍者赏钱："把这张便条还给那位先生。"

"有什么回话吗，先生？"

"没有。"

"怎么这样没礼貌，"她说，"为什么不写张条子，就说'谢谢您的建议'？"

"我不能让我的笔迹留在他的手里。他可能会冒用我的笔迹。"

"我认输了，"她说，"你赢了。"

"最好别再喝了。"那个唱歌的女人终于闭上了嘴——就像关上收音机似的。最后的音符颤抖着带有哭腔。有几对男女开始跳起舞来。他说："我们的路程还不短呢。"

"着什么急？我们可以在这里待一夜。"

"当然，"他说，"你可以——可是我无论如何得赶到伦敦去。"

"为什么？"

"我的雇主们不会理解这种耽搁的。"他说。他们对他的行踪一分一秒都作出了安排，这一点他心中有数，就连今天的情况他们也会算计到的——遇见L和要给他钱的事。不管你如何出力，他们也不会相信你居然拒绝了某种形式的贿赂。归根结底，他悲哀地想，这些人自己就定下了准备出卖的价格，平民百姓已经一次又一次地被领导人出卖了。但话又说回来，只要你头脑中仍然相信一个人要忠于职守，这种理智上的认识就仍然促使你继续进行自己的工作……

那个经理向罗丝·库伦晃了晃他的单片眼镜，邀请她去跳舞。看样子，他一肚子不高兴地想，她跳一夜都不会跳够，他绝对无法把她拖走了。他们随着哀怨的、不流畅的曲调围着房间慢慢旋转着，经理一只手紧紧搂着她的后背，另一只手漫不经心地插在衣兜里，D觉得这姿势有怠慢的意味。他正滔滔不绝地同她讲着什么，时不时地向D坐着的方向瞟一眼。他们有一段时间跳得离他很近，他们之间的谈话传到他的耳朵里，他听到"小心些"几个字，姑娘认真地听着。可是她的舞步却有些磕磕绊绊，她醉得比他想象的还厉害。

D不知道有没有人换掉那个破轮胎。要是汽车已经修理好了，跳完这轮以后他还有可能说服她……他站起身来走出餐厅。L面前摆着一份小牛肉，他并没有抬起头来张望，只顾用刀子把那份小牛肉切成小碎块——他的消化能力一定不太好。D觉得没有那么紧张了，仿佛拒绝那笔钱终于使他占了对手的上风。至于那个司机，他现在不可能采取什么行动了。

雾又散了一些。他现在可以看清院子里的汽车了——一共有六七辆——一辆戴姆勒，一辆梅赛德斯，两三辆莫利塞斯，此外就是他们那辆老帕卡德和一辆小型的深紫色轿车。轮胎已经换好了。

他想：最好趁L还没有吃完饭我们立刻就走。就在这时候，他听到一个人讲话，一个人在用他的母语讲话。这不可能是别人，一定是L。这个人说："对不起，我们是不是可以聊两句……"

看见他站在院子里的汽车之间，一副志得意满的神情，D真有些嫉妒。五百年的高贵门阀造就出这样一个人，使他同他的环境背景融洽无间，使他无拘无束，但也使他总是被祖先的罪恶和过去的癖好所困扰。D说："我想我们没什么好说的。"但是他发现了这个人的魅力，就像在一个宴会上被一位大人物看中而叫你出来谈天一样。"我不禁想，"L说，"你太不了解你的地位了。"他对自己的话抱歉地笑了笑。这句话在两年战争之后听上去不免让人觉得有些傲气十足。"我的意思是说——你也是我们的人。"

"在监狱中我可没有这种感觉。"

这个人有着某种诚实，他让人感觉他说的是实话。他说："你或许受苦了，我见识过我们的监狱。但是，你知道，现在那些监狱已经有所改善。战争初期总是最糟糕的时刻。归根结底，在我们俩之间谈这些过去的暴行毫无意义。你也见过你们自己的监狱。我们双方都犯有罪行。我们还会继续这种罪行，无论是在这里还是在其他什么地方。我想这种情况一直要延续到我们中的一方打赢了这场战争为止。"

"你的这些道理已经叫人听腻了。除非我们投降，不然我们只是在继续延长这场战争。这就是你们的理论。我要告诉你，对一个失掉妻子的人说这种话是没用的。"

"那是一次可怕的意外事故。你可能听说了——我们把那个典狱长枪毙了。我要对你讲的——"这人长着一只长鼻子，就像人们在画廊看到的那些发黄的古画上画的一样，他生得瘦削、憔悴，他应该佩带一把像他本人一样细长的佩剑，"就是这个。假如你们赢了，这个世界对于你这类人又会怎样呢？他们绝不会信任你——你属于资产阶级——依我看就是现在他们也不信任你。反过来说，你也不信任他们。你认为你在那伙人中间——他们毁掉国立博物馆和Z的画——能找到哪个人对你的工作感兴趣呢？"他文质彬彬地说，听起来倒像他正在取得国家科学院的承认，"我指的是你研究伯尔尼手稿的工作。"

"我不是为自己而战斗。"D说。他突然觉得假如没有这场战争的话，他很可能和这个人成为朋友。贵族中偶然也会产生这样一个对学术或是艺术感兴趣的、瘦削的、充满痛苦的人，一位艺术赞助人。

"我也并不认为你是为自己而战斗，"他说，"比起我来，你更是一个理想主义者。我的动机，当然，是令人怀疑的。我的财产都被查抄了。我相信——"他苦笑了一下，这笑容暗含着他知道他的话引起了对方的同情，"我的画已全部给烧掉了——还有我收藏的全部手稿。我的那些东西，当然了，不在你研究的范围之内——可是有一张奥古斯丁早期的手稿《上帝之城》……"D此时此刻像是被一个具有可赞美的性格和鉴赏力的魔鬼引诱着。他无言以对。L继续说道："我并不是在这里散发我的怨气。在战争中，这些可怕的事情必然会发生——发生在人们所热爱的事物身上——我的收藏和你的妻子。"

这太奇怪了，他竟然没有发觉他犯了一个大错误。他站在那里等着D的共鸣——一只长长的鼻子和一张过于敏感的嘴，一个又高又瘦的半拉子艺术家的身躯。他绝不会理解什么叫热爱自己的妻子。他的住宅——他们已经把它烧掉了——很可能像一座博物馆，摆着古老的家具，在允许公众进入他的住宅参观的日子里，画廊两边就拉起绳索。他很可能也欣赏伯尔尼的手稿，但他根本不懂，同一个你热爱的女人相比，伯尔尼的原稿就一钱不值了。他继续发表他的谬论："我们双方都遭受了不幸。"要记起他刚才的谈话还有点儿朋友谈心的味道已经很困难了。为了保护一个讲人道的政府，使它不落到这些自称为"文明人"的手中，即便使文明完全毁灭也是值得的。这些人如果得势，将会是一个什么样子的世界呢？一个到处挂着"不准触摸"的牌子的收藏品的世界，没有宗教信仰，只有大量的格里高利教皇的赞美诗和色彩绚烂的宗教仪式。那些身上流着血、在一定的日子里会摇动脑袋的圣像，可能因为它们的古老奇特还会被保存一定的时间：迷信是有趣的。会有壮丽的图书馆，可是不会有任何新书。相比之下，他宁可要猜疑、野蛮、背叛……甚至要世界变成混沌一片。中世纪黑暗时期终究是他兴趣所在的"时期"。

他说："我们这样谈话真的没有丝毫益处。我们两人没有任何共同点——就是对手稿也没有共同的兴趣。"他之所以能痛苦地逃脱了死亡与战争，也许正是因为这个。鉴赏与学术是危险的东西，它们会使一个人的感情窒息。

L说："我希望你听我把话说完。"

"这纯粹是浪费时间。"

L冲他笑了笑。"无论怎么说，"他说，"我还是很高兴，你在这场——该死的——战争爆发之前就完成了研究伯尔尼手稿的工作。"

"对我说来这似乎并不重要。"

"哦，"L说，"这是背叛。"他笑了——若有所思地笑了。这个人完全是另外一种情况：并不是战争毁掉了他的情感，而是他一向只有非常肤浅的情感，以作为文化教养的点缀。他的位置是在那些早已没有生命的古物中间。他突然不再坚持了，只是说："好，我拿你没办法。你不会怪我吧？"

"有什么可怪你的？"

"就为了现在发生的事。"这个瘦削、孱弱、彬彬有礼而又不令人信服的人转身离去了，就像一位艺术爱好者终于判定某位画家没有什么价值而离开这位画家的画展似的。他的样子稍稍有些悲哀，随时都可能失去理智。

D等了片刻，又走回休息间。透过餐厅的双层玻璃门，他可以看见那瘦削的肩膀重新俯在餐桌的小牛肉上。

　　姑娘没在桌旁，她加入了另一群人。一只单片眼镜在她耳朵旁边一闪一闪的，那个经理正向她嘀咕一件秘密事。他能听到他们的笑声——那是他在轮船三等舱的酒吧间听到过的那个孩子般的刺耳的声音。"再给我一杯。我还要一杯。"她能一连几个小时这样度过。她对他的好心根本算不了什么：在寒冷的月台上送给你一个面包，邀请你搭她的车，然后把你扔在半路上，前不着村后不着店。她具有一种她这个阶层的每个人都有的荒唐举止——给乞丐一张一英镑的纸币，但一转眼就忘掉了旁人的悲惨境遇。他想，她实际上是属于L那一伙人的。他又想起自己这个阶层的人，此时此刻不是在排队买面包，就是在没有生火的屋子里想办法暖和一下身子。

　　他猛地转过身去。要说战争除了恐惧就没有留给你其他感情，这是假的，他仍然可以感到一种激愤和失望。他回到院子，打开汽车的门，一个侍从忽然从汽车前绕过来，说道："小姐是不是……？"

　　"库伦小姐要玩个通宵，"D说，"你告诉她——明天——我把车送到本迪池勋爵家。"他把车开走了。

　　他小心翼翼地驾驶着汽车，开得不太快，如果被警察拦住，或者因为没有驾驶执照而被逮捕，那就太糟了。一个路标注明了"伦敦，45英里"。运气好的话，他不到半夜就可以进城了。他开始思索L到英国来到底负有什么使命。那张便条什么也没有泄露，上面只简单地写着："你愿不愿意接受两千英镑？"可是另一方面，那个司机又翻了他的上衣。假如他们是在找他的证件，那么他们肯定清楚他到英国来的目的——没有证件，他就失去同英国煤炭主接触的身份和地位。但是家里只有五个人了解这件事的始末——他们都是内阁大臣。是啊，老百姓肯定是被他们的领导人出卖了。是不是那个老自由党人？他想。这个人有一次在判处某人死刑时提出过抗议。要不然就是那个似乎认为极权统治可以给他带来更多活动余地的野心勃勃的年轻的内政部长？他们当中的任何一个都有可能。到处都没有信任。但是当人们无法了解事实真相时，什么地方都有像他这样根本不相信人会被贿赂腐蚀的人——只因为如果这样，生活就不成其为生活了。这不是一个道德问题，而是人类能否生存下去的问题。

一个路牌标着40英里。

可是L到这里来只是为了阻止这场交易吗？还是对方也非常需要煤？山里的那些煤矿都在他们占领之下，但假如传言是真的，工人们已经拒绝下井了呢？他发觉后面有汽车大灯的灯光——他伸出手挥了挥，示意后面的车超过去。那辆车子开了上来，和他并行——一辆戴姆勒，随后他看见了那辆车的司机，正是企图在盥洗室打劫他的那个司机。

D把油门踩下去，那辆车并不让道。两辆车开足马力不顾一切地并排飞驰在薄雾中。他不知道为什么要这样做。他们是准备干掉他吗？这种事在英国似乎不大可能发生，但是近两年来他已经习惯于那些不可能发生然而却发生的事了。一个人被埋在炸成废墟的房子底下五十六个小时后再回到这个世界上，什么样的暴力他都会相信了。

这次竞赛只延续了两分钟。他车上的时速表已达到60英里。他继续努力使引擎发挥最大的效力，62，63，一瞬间时速表的指针甚至指到65英里，但是老帕卡德终究不是戴姆勒的对手。那辆车踌躇了一会儿，这使他的车稍稍占了一会儿上风。然后，戴姆勒开足马力以每小时80英里的速度冲了上来，跑到他的前面，一直开到大雾的边缘，横停在道路上挡住了他的去路。他刹住车。不可能的事看来终于要发生了：他们要干掉他。他坐着没动，仔细思索着，等待着，想找个法子使人们事后知道这是谁干的。这件事情如果公之于众将会不利于对方，他的死或许比他活过的一生更有价值。他曾经出版过一部很有学术价值的古老的骑士文学作品。他的死肯定会比那部作品的出版更有价值。

一个声音说："这个畜生在这儿呢。"令人吃惊的是说话的人既不是L也不是站在车门外边的司机，而是那个经理。L也在场——他看见他那麻秆儿一样的身影在稍远一点儿的雾中摇晃。那个经理会不会也属于他们一伙？……情况真令人不可思议。他说："你们要做什么？"

"我们要做什么？这是库伦小姐的汽车。"

不会的，这终究是英国啊——不会发生暴力行为。他还是安全的。仅仅需要一次令人不愉快的解释。L期望从中得到什么油水呢？也许他们想把他交给警方？她肯定不会对他起诉。往坏里说最多不过耽搁他几个小时。他口气温和地说："我已经给库伦小姐留了口信——我会把车送到她父亲那儿去的。"

"你这个可恶的外国佬，"经理说，"你真的认为你能带着一个姑娘的行李就这么溜走吗？像库伦小姐这么一位好姑娘，还有她的珠宝？"

"我把行李的事儿忘了。"

"我敢说那些珠宝你绝对不会忘。来吧，出来。"

毫无办法，他只得下车。两三辆汽车在后面不耐烦地按着喇叭。经理喊道："我说，老兄，把道让开吧。我逮住了这个畜生。"他一把揪住D的上衣领子。

"这没必要，"D说，"我已准备好向库伦小姐解释——或是向警方。"后面的汽车开了过去。那个司机从几码开外的地方显露出来。L站在戴姆勒旁边，从窗口向汽车里面的什么人说着什么。

"你倒觉得你自己他妈的挺聪明，"经理说，"你知道库伦小姐是位好姑娘——她不会控告你。"

他的单片眼镜猛烈地晃动着，他探着头，脸几乎要贴到D的脸上，说："你就死了这份心吧，别想沾她的光。"他的一只眼睛蓝得出奇，活像一只鱼眼，里面没有一丝感情色彩。他说："我一眼就看透你了。搭一条船溜进来的。你一开始就没能逃过我的眼睛。"

D说："我有急事。你能不能把我带到库伦小姐那儿——或是把我交给警察？"

"你们这些外国佬，"经理说，"跑到英国来，引诱我们的姑娘……你会接受教训的……"

"你的那位站在那头的朋友不也是个外国人吗？"

"他是上流社会的人。"

"我不明白，"D说，"你到底想干什么？"

"要是依我，你就得进监狱——可是罗丝——库伦小姐——不愿意控告你。"他已经灌了不少威士忌，说话时酒气喷人。

"我们会手下留情的——让你皮肉受受苦，不过是男子汉对男子汉。"

"你的意思是——和我打架吗？"他不敢相信地问，"可你们是三个人啊。"

"哦，我们会让你打架的。把你的外套脱下来。你管这位老兄叫小偷——你才是不要脸的贼呢！他真想揍扁你。"

D战战兢兢地说："你们真想打的话，能不能用——枪，咱们两人一对一？"

"我们这里不搞这种杀人的买卖。"

"打起架来你们自己也从不动手。"

"这你该清楚，"他说，"我的一只手有残疾。"他把那只手从口袋里抽出来，晃了晃——一个手指僵直、戴着手套的物体，就像木偶的手似的。

"我不打。"D说。

"随你的便吧。"那个司机慢慢朝着他逼近，头上没戴帽子。他已经把外衣脱掉了，但没有费心把里面的紧身蓝夹克脱掉。D说："他比我年轻二十岁。"

"这不是国家体育俱乐部，"经理说，"这是给你上一课。"他松开攥住D衣领的那只手说，"来吧，脱掉衣服。"司机站在那儿等着，两只拳头垂在身子两侧。D慢腾腾地脱掉上衣，害怕肢体接触的感觉重新攥住了他：警棍抡了起来，他能看见狱卒的面孔——这是对人格施加侮辱。突然，他意识到从后面驶来一辆汽车，他一下子冲到路中央拼命挥手，口中叫道："看在上帝的分儿上……这些人……"

那是一辆小型莫里斯牌汽车。一个瘦瘦的、神经质的男人坐在方向盘后面，身旁坐着一个灰头发、身材魁梧的女人。她望着路上这几个奇怪的人，带着一种洋洋自得的不满表情。"我说——我说，"那个男人问，"这是怎么了？"

"一群酒鬼。"他妻子说。

"完全正确，老兄。"经理接过了话茬儿，他那只单片眼镜又戴到他那只死鱼眼上了。"我是库里上尉。你知道——都铎俱乐部。这个人偷车。"

"你需要我们去叫警察吗？"那个女人问。

"不需要。车主——一位好心的姑娘，再没有比她心善的了——不打算控告他。我们只打算教训他一顿。"

"那好吧，你们不需要我们，"那个男人说，"我也不打算掺和到这里面……"

"外国佬，"经理解释道，"一个油嘴滑舌的家伙，你知道。"

"哦，外国人啊，"那个女人说，抿了抿嘴，"走吧，亲爱的……"汽车发出呜呜的声音，换了一挡，驶入雾中。

"该说咱们的了，"经理说，"你打不打？"他接着又轻蔑地说，"你用不着害怕。比赛会公平合理的。"

"咱们最好到那边的野地里去，"司机说，"这儿车来人往的。"

"我不去。"D说。

"你不去也行。"司机伸手轻轻地打了他一个耳光，D本能地举起手来护了一下。司机立即又朝他嘴上打了一下。他的一只眼睛一直看着别的地方，这给人一种印象，好像他做这一切完全是漫不经心的，随随便便就可以把另一个人毁灭。他一步步跟上来，丝毫没有打架的架势，但一拳跟着一拳。他并不急于取得胜利，他的目的只是把对方打得头破血流。D的双手没有丝毫用处，他也没有想还击（他的心灵已成为恐惧与肉体屈辱的牺牲品），而且他也不知道该如何自卫。司机一下接一下地打他，D绝望地想：他们不久就会住手的，他们并不打算杀死他。他终于被一拳打倒了。经理说："站起来，下流坯，别装死。"D重新站起来的时候，好像看见L手里拿着自己的皮夹。感谢上帝，他想，我把证明文件藏起来了，他们总不会把我的袜子打脱吧。司机等着他站起来，一拳把他打倒在树篱上，然后退了一步，对着他冷笑。D现在得费好大的劲儿才能看清周围的景象，他满嘴都是血，心脏狂跳不止。他已经把生死置之度外，反而有些高兴地想：这群该死的白痴，他们想把我打死，这倒是值得的。他挣扎着，用尽最后一丝气力勉强从树篱上站起身来，照着司机的肚子上打过去。

"噢，这只臭猪，"他听见经理在喊，"往肚子上打，犯规。快点儿，结果他。"他在一只像包了钢头的靴子一样的拳头面前又摔倒了。他有一种奇怪的感觉，好像有人在旁边数："七，八，九。"

有人脱去了他的上衣。有那么一会儿，他真的觉得他是在家里了——他被埋在地下室，身旁是一堆瓦砾和一只死猫。过了一会儿他才明白过来是怎么回事。他模模糊糊地觉得一个人的手指在摸他的衬衣，在寻找什么东西。视觉又恢复了，他看见司机那张凑得很近的大脸。他有一种胜利的感觉：赢得这一轮战斗的是他。他嘲弄地向司机笑了笑。经理说："他没事吧？"

"哦，他没事，先生。"司机回答。

"那好，"经理说，"我希望这对你是个教训。"D费了好大劲儿才站起来。他惊诧地发现那个经理十分尴尬——像是一个教务长用长鞭挞完一个孩子后觉察到情况变得更加不可收拾了。他转过身去说："来吧，我们走。我来开库伦小姐的车。"

"你允许我搭你的车吗？"D问。

"搭车？我想他妈的不成。你可以开步走。"

"那么或许你的朋友可以把上衣还给我。"

"拿去吧。"经理说。

D走到沟旁，衣服就放在那里，他记不得他的上衣怎么跑到靠近汽车的那条沟边去了——还有他的皮夹。他弯腰去拾衣服，在他忍住浑身疼痛再直起腰的时候，他看见了那个姑娘——她一直坐在L的那辆戴姆勒小汽车的后排座上。他的怀疑情绪一下子又扩展开来，他连整个世界都无法相信了。她难道也是个特务？当然，这太荒诞不经了。她仍然醉意醺然，她对这一切到底意味着什么并不比那个荒唐的库里上尉知道得更多。皮夹的拉链被拉开了，这个皮夹的拉链一拉开就卡住，不管是谁检查里面的东西都不会有时间再拉上它。他举起皮夹放到汽车的窗口说："你看见了吧，这些家伙干得倒挺仔细。可是他们并没有达到目的。"她隔着玻璃看了看他，脸上带着厌恶的表情。他忽然意识到自己肯定浑身是血，叫人看着作呕。

经理说："你别缠着库伦小姐。"

他平静地说："我只掉了几颗牙。我这个年龄的人掉牙也没什么稀奇的。也许我们在格温小别墅还能再见到面。"她大惑不解地盯着他。他伸手往头上摸了摸，帽子已经不知去向了。肯定是丢在路上什么地方了。他说："请原谅，我的路可不近。但是我必须嘱咐你——我说的是正经话——你应该小心这帮家伙。"他抬脚向伦敦方向走去，库里上尉愤怒的呼喊声从身后的黑暗中传来。他听到一个词——"地狱"。这一天对他似乎漫长得没个尽头，但总的来讲还是成功的一天。

这一天发生的事也不完全在他的意料之外，他在这种气氛中已经煎熬了两年。即使置身于一个荒岛上，他也会把暴力带到那孤寂的环境里去。改变国籍是逃脱不了战争的，你只能变换战斗的手段，用拳头替代炸弹，用偷摸替代大炮的轰击。只有在睡眠中，他才能够逃避暴力。几乎他的所有梦境都是过去的和平幻景——是一种补偿，还是为了满足一种愿望？他已经对自己的心理状态毫无兴趣了。他经常梦见课堂、他的妻子，有时也梦见佳肴美酒，更多的时候是鲜花。

他下到排水沟里以避开来往的车辆。大地被白色的沉寂笼罩着。时不时经过一幢周围是鸡舍的隐约可见的平房。公路的白垩路堑在汽车灯的照射下像一条屏幕。他不知道L下一步要采取什么行动。他剩下的时间不多了，今天一天是白白浪费了。到目前为止他除了有把握和本迪池见面之外，别的事一点儿头绪也没有。把这事泄露给本迪池的女儿看来太轻率了，可是当时他没想到自己还有竞争对手。现实的问题开始把他的心思完全占据了，这使他忘记了疲劳和痛苦。时间过得很快。他机械地向前走着。直到他把这个问题想得差不多了，他才考虑到自己的两条腿，想是不是搭辆顺路的车。不久他就听到身后有一辆卡车轰轰的爬坡声，他走到路中央——一瘸一拐、浑身是伤——朝着开来的汽车打了个手势。

二

　　早班电车晃晃悠悠地绕过西奥巴德街角的公共厕所，朝着皇家大道开去。从东边各郡进城的卡车大半驶向考文特花园。在布卢姆茨伯里大街一个树叶落光的广场上，一只猫正从邻家的房顶上回家去。在D的眼中，这座城市是那样不寻常地暴露着，但居然没有受到任何损伤。街上没有一个人，除了他自己，也没有一丝战争的迹象。他带着传染战争的病菌经过一家家还没开门的店铺，经过一家烟草店和一家租赁廉价小说的书店。他记得他要去的门牌号码，但他还是把手伸到口袋里想证实一下——记事本不见了。这么说他们费了半天心机终究还是得到了些许报偿。可是本子里除了他的地址可能对他们还有些价值外，别的什么都没有。不错，本子里还有一份他从一张法文报纸上抄下来的做各种卷心菜的菜谱，以及他从什么地方抄下来的几行诗，诗的作者是一位原籍意大利的英国诗人。这几句诗表达了他对自己死去的亲人的哀思：

每天追逐着她的

是你的心跳与足音，

急匆匆地，你追赶了多少时日，

以什么样的激情，但她永远无法觅寻。

还有从法国某个季刊寄来的一封信，谈到《罗兰之歌》，提到他很久以前写的一篇文章。他很想知道L和那个司机对那几行诗有什么推测。很可能他们会认为那是某种暗语，正在费尽心机寻找破译的方法。人类的天性究竟继承了多少轻信和互不信任啊！

还好，他记得门牌号码——35号。颇有些出乎他的意料，那竟是一家旅店，虽然并不是一家讲究的旅店。敞开的大门在欧洲每一座城市都明确无误地标明了它的等级。他察看了一下自己置身的地方——他对这个地区的记忆已经十分模糊了。这里的环境只给予他一种朦胧的感觉，使他记起他在大英博物馆读书时的日日夜夜，攻读学术著作，恋爱，和平的日子。这条街道的一头通向一个大广场——有雾中黑魆魆的树木，一家带有奇妙的圆形屋顶的不很高级的旅店和一个推销俄式浴盆的广告牌。他走进这家小旅店，在室内的玻璃门前按了按铃。不知什么地方传来钟敲六点的声音。

一张憔悴、瘦削的面孔望着他，那是一个十四岁左右的女孩子。他说："我想，这里为我保留了一个房间。我的名字是D。"

"哦，"那个女孩说，"我们以为你昨天晚上就会来的。"她怎么也系不住围裙带。眼角的白色说明她还睡意未消。可想而知，那只不留情面的闹钟如何在她耳边发出刺耳的鸣响。他温和地说："给我钥匙，我自己上去就行了。"她不知所措地望着他的脸。他说："路上遇到一点儿麻烦——汽车出了毛病。"

她说："27号房间，在顶上。我带你去。"

"不用麻烦了。"他说。

"噢，这没什么麻烦的。那些短期住客才要命呢，一夜进进出出三四回。"

因为总是同不三不四的人打交道，她的纯洁和天真都已经失去了。开始两段阶梯还铺有地毯，再往上就只是光秃秃的木楼板了。一扇门打开了，一个穿着华丽睡衣的印度人露出他那双充满乡愁的迟钝的眼睛往外注视着。D的那位向导步履沉重地走在前面。她的一只袜子后跟有个窟窿，每走一步那窟窿都从趿拉坏了的鞋后跟里滑露出来。如果年岁再大一些，她无疑是个邋遢女人，但是在她这个年纪就显得惹人哀怜了。

他问："有人给我留过话或是信吗？"

她说："昨天晚上有个男人来这儿找你。他留下一张条子。"她打开房门的锁，"在梳洗台上。"

房间很小：一张铁床、一张铺有流苏台布的桌子、一张藤椅和一个蓝格子的棉布床罩，干净倒还干净，但是已经洗得褪了色，有些地方快要破了。"你要热水吗？"那孩子无精打采地问。

"不，不要，不要麻烦了。"

"那你早饭吃什么？——多数客人吃熏鱼或是煮鸡蛋。"

"我今天早上什么都不要。我要睡一会儿。"

"一会儿要我来喊醒你吗？"

"哦，不用，"他说，"这么高，爬上爬下也不容易。再说我习惯自己醒。你不用麻烦了。"

她热诚地说："给上流人干事情我心甘情愿。这儿的人都是'打短儿的'——你知道什么叫'打短儿的'吧？要不就是印度人。"她注视着他，目光中流露出一种忠诚与倾心的神情，她正处于只要一句话就可以永久把她占有的年龄。"你有行李吗？"

"没有。"

"算你走运，有人把你介绍到这里来。我们从不留宿没有行李的旅客——如果他们自己来是租不到房间的。"

他有两封信，都倚在梳洗台的漱口杯上。他拆开的第一封信的信笺上印着"世界语中心"的信头，打印着："本中心每期讲授三十课，学费六十几尼。明晨（本月十六日）八点三刻已为您安排了试听课。我们衷心希望您能参加全部课程。如果此时间于您不便，请打电话与我们联系，以便我们在您方便的时间为您另行安排。"另一封信是本迪池勋爵的秘书写来的，主要是确定会见事项。

他说："我很快就得出去。我现在稍微打个盹儿。"

"你要个汤壶暖脚吗？"

"哦，不用了。"

她在门口留恋不去，似乎还有什么事要办。"那里装着一块煤气表，需要往里投硬币。你会用吗？"伦敦简直没有任何改变。那只吃起硬币来没个够的嘀嗒转动的煤气表一下子回到他的记忆中，他总也弄不清那只表的刻度盘为什么走得那么快。在一个漫长的黄昏，他们把他口袋里连同她钱包中的所有硬币都倒了出来，一个子儿都不剩了。夜间冷极了，她早上才离开他。他突然醒悟过来，他在伦敦度过的两年的痛苦记忆仍然在外面等待着他，随时准备攫住他。"对，"他很快地说，"我知道。谢谢你了。"她抑制不住心头的喜悦，吞咽下他这句道谢的话。他是位上等人。她轻轻地把门带上。这个动作似乎表明：在她的心中，一只燕子就能带来温暖的夏日。

D脱下鞋子，躺在床上，连脸上的血迹都没洗。他嘱咐自己的潜意识，他必须在八点十五分醒来，就好像他的潜意识是一个俯首听命的可靠的仆从。他立刻就进入了梦乡。他梦见一位极有风度的老人同他沿着一条河岸踱步。他征求老人对《罗兰之歌》的看法，有时又互相客气地争辩几句。河对岸是一群令人望而生畏的宏伟建筑，就像他看到的纽约洛克菲勒广场的图片一样。一支小乐队正在演奏什么乐曲。在他的表指着八点一刻的时候，他准时醒来了。

他从床上起来，洗去嘴上的血迹。被打掉的两颗牙都是牙床后部的牙齿。还算幸运，他冷冷地想。生活似乎下定决心要使他的容貌同护照上的相片相差得越来越远。他的伤并不像他想象的那么严重。他下了楼。前厅里充溢着从饭厅飘来的鱼腥味，那个小女仆一头撞到他的怀里，手里还端着两只煮鸡蛋。"哎哟，"她说，"真对不起。"某种本能促使他一把将她扶住。"你叫什么名字？"

"爱尔丝。"

"听着，爱尔丝。我把我的门锁上了。我希望你替我照看一下，我不在的时候，千万别让任何人进去。"

"好吧，谁也不会进去的。"

他温柔地拍了拍她的胳膊："有人可能想进去。你替我收着这把钥匙，爱尔丝。我相信你。"

"这事你就交给我好了。什么人我也不让进去。"她低声发誓说，鸡蛋在她手中的盘子里滚来滚去。

世界语中心设在牛津大街路南的一座大楼的四楼，下面有一个卖玻璃珠饰物的小商店，一家保险公司，一个名叫《心灵健康》杂志的编辑部。一架破旧的电梯摇摇晃晃地把他送上四楼。他对自己在楼上会遇到什么情况心中完全没数。他推开一扇标有"询问处"的门，那是一间四面通风的大房间，屋里摆着几把扶手椅，两个文件柜，一个柜台，柜台后面坐着一位正在织毛衣的中年妇女。他说："我叫D，我到这儿来是听试听课的。"

"我非常高兴你到这里来。"她满脸堆笑地说。她长着一副理想主义者的干巴皱缩的脸和一头乱蓬蓬的头发，穿着一件有紫红色波纹的蓝色毛衣。她说："希望我们不久就能成为老朋友。"说着按了按铃。这是个什么样的国家啊，他既有些不情愿又有些嘲讽地想，可是又不无赞赏之情。她说："贝娄斯博士总是非常愿意和新来的学员亲自交谈几句。"他需要会晤的是不是就是这位贝娄斯博士呢？他也搞不清楚。柜台后面一扇通向一间私人办公室的小门打开了。"请这边走。"那位妇女说，替他抬起柜台入口的木挡板。

不可能，他不相信他要会晤的就是贝娄斯博士。贝娄斯博士站在那间窄小的房间里，屋里摆着皮沙发，家具都是核桃木颜色，空气里弥漫着一股干墨水的气味。博士伸出了双手。他有一头梳理得一丝不乱的银发，一副谨小慎微但又满怀希望的面孔。他嗫嚅着说了些什么，听上去似乎是："我很高兴。"他的动作与声音比他的面孔更让人感到矫揉造作。他那张脸因为无数次受人冷落已经变得皱缩干瘪了。他说："世界语中心向客人说的第一句话当然是欢迎光临。"

"您太客气了。"D说。贝娄斯博士关上门。他说："我已经安排好了，您的课程——我希望我可以用课程这个词——您的课程将由您的一位同胞任教。如果可以的话，我们总会这样做。这样可以使学员对课程产生好感，也可以帮助他们慢慢地熟悉一个新世界的秩序。您会发现K先生是位非常称职的老师。"

"这我丝毫不怀疑。"

"但是首先，"贝娄斯博士说，"我总是想解释一下我们的教学目的。"他仍然握着D的手不放，并且用难以察觉的动作把他领到一张皮椅子前面。他说："我希望我的客人是出于爱而到这里来的。"

"爱？"

"对整个世界的爱。一种愿望——希望能够和——所有的人——交流思想。而所有的恨，"贝娄斯博士说，"我们在报纸上看到的这些战争消息，这一切都是由于人们相互不能理解。假如我们大家都使用同一种语言……"他突然灰心地叹了一口气，这次叹气可不是造作的。接着他又说："我总是梦想着能够帮助别人。"这位不幸的急性子的人一直试图把自己的梦想变为现实，他知道自己毫无成效——这几张小小的皮椅，一间通风的房间和那位打毛线活、穿半长外套的妇人。他梦想着世界和平，而且他在牛津大街还有两层楼房。他有一种圣徒的气质，不同的是，圣徒永远获得成功。

D说："我认为你从事的是一种很高尚的工作。"

"我希望所有到这里来的人都能体会，我们之间不仅仅是一商业上的——关系。我希望你们了解我这里的工作人员所做的努力。"

"当然。"

"我知道我们的工作仅仅是刚开始……但是我们的成果要比你想象的更好一些。我们有西班牙人、德国人、一个泰国人，还有一位你的同胞，也有英国人。当然，我们的工作主要是靠英国人民的支持。可惜，对于法国人我就不能这么说了。"

"这只是时间问题。"D说。他为这位老人感到悲哀。"我致力于这项工作已经三十年了，这次战争对我们当然是莫大的打击。"他突然坚定地挺起腰板来说，"但是从这个月的情况来看，前途还是相当乐观的。我们已经试讲了五次课。你参加的是第六次。我不能老把你留在这里，你得去见见K先生。"休息室中有一只钟敲了九下。"打点了。"贝娄斯博士用世界语说，脸上露出惊骇的笑容。他重新伸出双手："我说的话的意思是——钟打点了。"他又把D的双手抓在自己的手中，仿佛他在D身上感到更多的同情，比他习惯的还要多。"我愿意到这儿来的是位知识分子……这对我们的工作大有益处。"他说，"我非常希望能和你再做一次这样有趣的谈话。"

"当然，这毫无问题。"

贝娄斯博士在门厅和他分手时显得有些依依不舍。"可能我刚才就应该把事情对你说清楚。我们用的是直接教学法。我们相信——像你这种人——除了世界语不说别的语言。"他重又把自己关在那间小屋里。身着半长外衣的那个女人说："你不觉得贝娄斯博士这个人非常有意思吗？"

"他很有抱负。"

"一个人必须如此——你不觉得吗？"她从柜台后面出来，领着他走进电梯。"教室在五楼。按一下开关。K先生肯定在那里等你呢。"电梯摇摇晃晃地把他送到上面一层。他纳闷K先生会是怎样一个人——不过有一点可以肯定，倘若他也属于自己来自的那个被战火蹂躏的世界，那他在这里就很不合适了。

但这个人在这里完全合适——倒不是说和贝娄斯博士的理想主义，而是说和这座建筑物非常协调。一个衣衫褴褛、浑身墨迹的小个子，在任何一所以营利为目的的学校都可以看到像他这样收入微薄的语言教师。他戴着一副金属框的眼镜，买个刮胡子刀片都要合计半天。他打开电梯门说："早安。"

"早安。"D说。K领着他穿过镶嵌着涂成核桃木颜色的松木护墙板的过道，过道尽头是一间同楼下休息厅一样大小的房间，房间被分隔成四小间教室。他不禁怀疑自己是否在浪费时间。肯定是有人搞错了，可是弄到他名字和地址的人又是谁呢？也许是L设计把他诱出旅馆，好趁机搜查他的房间？这也不大可能。L在弄到他的笔记本之前是不会知道他的地址的。

K先生把他领进一间很小的屋子，屋子里有一只不很暖和的小电炉。双层窗户关得很紧，密不透风，挡住了下面牛津大街上车辆的噪声。一面墙上挂着一幅像出自孩子手笔的卷帘画——一家人正在吃饭，背景似乎是一幢瑞士木屋。父亲挎着一支枪，一位女士撑着一把伞。远处山峦重叠，近处是树木和瀑布。桌上摆满了各种食品——苹果、一棵生卷心菜、一只鸡、梨、橘子和生马铃薯，另外还有一块肉。一个孩子在摆弄铁环。一个婴儿坐在童车里从奶瓶里吮奶。另一面墙上是一个挂钟。K先生说："桌子。"随后敲了敲桌子。他带有表演姿势地坐在一把椅子上，嘴里念叨着："请坐。"D也学他的样子坐在另一把椅子上。K先生说："现在时间是……"他指了指钟，"九点。"他伸手从口袋里掏出很多小盒子。他说："请注意。"

D说："对不起，肯定有些误会……"

K先生把盒子一只一只地摞起来，同时嘴里念叨着："一、二、三、四、五。"他压低嗓音加了一句，"我们规定除了世界语不能讲其他语言。倘若别人发现我讲的不是世界语，我就要被罚一个先令。所以请你不讲世界语的时候，把声音压低一些。"

"说是为我安排了一堂课……"

"这没错。我接到了指示。"他说，"这是什么？"他指着那些盒子自问自答道，"这是盒子。"他把声音又重新压低问道，"你昨天晚上干什么来着？"

"当然，我想见见你的上级。"

K先生从口袋里掏出一张卡片放在D的面前。他说："你乘的那班船仅晚点两个小时，可是你昨夜一整夜都不在伦敦。"

"最初，我把火车误了——耽搁就耽搁在海关那儿——后来一位女士请我搭她的车，可轮胎在半路上又爆了胎，在郊区一家旅馆我又被困住了。L也在那里。"

"他和你说了话吗？"

"他给了我一张条子，说是可以送给我两千英镑。"

在这个瘦小的人的目光中闪现出一种奇特的光芒——像是嫉妒，又像是渴望。他问："那你怎么做的？"

"当然了，我没理他。"

K先生摘下他那副金属框架的旧眼镜，擦了擦镜片。他说："那个姑娘和L有关系吗？"

"我看不像有。"

"此外还发生过什么别的事？"他突然指着墙上的那幅画说，"这是一家人。一家有钱的人。"门打开了，贝娄斯博士往屋里探了一下头，看了看。"好极了，好极了。"他说，然后温柔地一笑，顺手把门又带上了。K先生说："继续讲。"

"我把她的车开走了。她喝得醉醺醺的不想走。那家旅店的经理——一个叫库里上尉的家伙——开车追上了我。我挨了一顿揍，揍我的是L的司机。我还忘了告诉你，这个人在旅馆的盥洗室里还打算抢我的东西——就是那个司机。他们翻我的上衣，当然什么也没搞到手。我只好开步走。走了好久才搭上汽车。"

"库里上尉是不是……？"

"哦，不会。完全是个白痴，我想。"

"你讲的事真奇怪。"

D勉强赔了个笑脸。"当时这一切似乎非常自然。你要是不相信我——可以看看我的脸。我昨天还没有这些伤呢。"

那个小个子又问："给你那么多钱……他说没说……他想干什么？"

"没说。"D猛然醒悟过来：这个人并不知道他此行的目的——国内那些人就是这种做法：把他派来执行一项秘密使命，又让另外一些人来监视他。监视他的人是不会知道他来英国执行什么任务的。内战期间这种不信任已经成为一种风气，使所有的事情复杂化了。谁也不会想到这种不信任有时比信任使事情变得更糟。只有坚强的人才能受得住处处被怀疑，软弱的人只能按照分派给他的角色行动。在D的心目中，K先生就很软弱。D问道："他们这里给你的钱多吗？"

"一小时两个先令。"

"那并不多。"

K先生说："幸亏我不是靠这点儿钱活着。"但是从他那套衣服和疲惫的、躲躲闪闪的目光来看，他不可能有更多的其他收入。他低头看了看自己的手指——指甲啃得露出了嫩肉——说道："希望你的一切事都已作了安排。"有一个手指上的指甲看来不合他的意，他就又把它咬短了些，好和其他的指甲般配。

"是的，基本上都安排好了。"

"你想见的人都在城里吗？"

"在。"

当然了，这是在套他的情报。可惜K先生没有成功。从他们付给K先生的工资来看，他们不信任他可能是正确的。

"我得打个报告，"K先生说，"我向他们汇报你已经安全到达，你路上的耽搁似乎都有合理的解释……"一个人的行动处处需要用K先生这样一个人的标准来衡量真是奇耻大辱。"你的事什么时候可以办完？"

“最多也就是几天。”

“我记得你最迟星期一午夜就得离开伦敦。”

“是的。”

“倘若到时候走不了，你一定得让我知道。要是一切都顺利的话，你最迟也应该乘夜里十一点半的那趟火车离开。”

“我懂了。”

“好吧，”K先生无精打采地说，“十点之前你不能离开这里。我们最好还是继续上我们的课。”他站起身来走到墙上那幅画的旁边，一个瘦弱、营养不足的小个子——天晓得他们出于什么原因选中了这么一个人。难道在他的伪装下竟然深藏着对自己党派的无限热情？他说：“一家很有钱的人，”又指指那块肉，“这是一块肉。”时间过得很慢。D有一次觉得，似乎听见了贝娄斯博士从过道走过时橡皮鞋底发出的嚓嚓声。即使在世界语中心这个地方信任也并不多。

在接待室他又约好了星期一的课，并且预付了费用。那位已经上了年纪的女人说：“你有一点儿困难吧？”

“哦，我觉得收获不小。”D说。

“我很高兴。你知道，贝娄斯博士常常为高级班学生举办小小的晚会，非常有意思。每次都在星期六晚上八点。这使你有机会遇到世界各国人——西班牙人、德国人、泰国人——这样可以互相交流思想。贝娄斯博士不收费——你只需付咖啡和蛋糕钱。”

“我可以想象得出，蛋糕一定相当不错。”D说着很有礼貌地鞠了一躬。

他走到牛津大街上，现在没有什么可着急的了。会见本迪池勋爵之前他无事可做。他漫步走着，沉浸在一种梦幻般的感觉里——所有商店的橱窗里都摆满了各式各样的商品，什么地方都看不到倒塌的房屋，妇女们到巴扎德商店去买咖啡。这一切简直像他梦境中的和平景象。他在一家书店前面停了下来，看着橱窗里的书——人们有时间读书——新近出版的书。其中一本书的书名是《爱德华国王的一位宫廷女侍》，封面上印着一张照片——一个身穿白色绸衣、帽子上装饰着鸵鸟毛的胖女人。真叫人难以置信。还有一本《非洲狩猎的日日夜夜》，封面上是一个戴着太阳帽的男人，脚下踏着一头打死的母狮。这个国家是多么安宁啊，他满怀深情地想。他继续向前走，不由得注意到路上的行人个个衣着整洁。冬日的阳光苍白无力，牛津大街上停着几辆深紫色的公共汽车，交通又阻塞了。对于敌方的飞机，他想，这是多么明显的目标啊。每次空袭都发生在这个时候。但是天空空荡荡的——或者说基本上空荡荡的。一架闪闪发光的小飞机在晴朗的天空中掉过头，俯冲而下，飞机后部拖着一股轻烟，画出一行字："俄窝酒给你热力。"他走到布卢姆茨伯里区，忽然意识到，自己度过了一个多么宁静的早晨。他那种传染性似乎在这个一切都按部就班的和平城市中终于找到了一个劲敌。除了两个印度学生在俄式浴盆的广告下核对笔记外，这个树叶落光的广场上空无一人。他走进他住的那家旅馆。

楼下客厅里有一个女人，他猜想是这家旅馆的女经理。她长得肥胖臃肿，肤色黝黑，嘴的四周长着几个疖子。她用那种生意人的眼光瞟了他一眼，喊道："爱尔丝，爱尔丝，你上哪儿去了，爱尔丝？"完全是不耐烦的腔调。

"不用麻烦了，"他说，"我上楼的时候顺便就可以找到她。"

"钥匙应该挂在这儿的钩子上。"那个女人说。

"没关系。"

爱尔丝正在打扫屋子外面的过道。她说："没有人进去过。"

"谢谢你，你真是一个尽职的守卫。"

但是他一迈进房门立刻就觉察到她讲的不是实话。他有意把皮夹放成一个特别的角度，这样他就可以有把握知道……皮夹有人动过。也可能是爱尔丝收拾屋子来着。他拉开皮夹的拉链——里面没有什么重要的东西，但是东西的位置改变了。他叫道："爱尔丝！"他的声调并不高。看见她走进来，体格矮小，瘦骨嶙峋，脸上挂着的忠实的表情就像她穿的那件围裙一样极不相称，他真怀疑这个世界上还有没有人能够拒绝贿赂。说不定他自己也会被人贿赂——究竟怎么个贿赂法他可说不清。他说："有人进来过。"

"只有我和……"

"和谁？"

"老板娘，先生。我想你不会介意她的。"当他得知这个世界上最终还存在着忠实的时候，他感到无限欣慰。他说："当然了，你无法阻止她进来，对吗？"

"我想尽办法不让她进来。她骂我不想让她进来是怕她看见屋子里邋里邋遢。我说你嘱咐过我——谁都不许进这间屋子。她说：'把钥匙给我。'我说：'D先生把钥匙交给我，千叮万嘱说不叫人进去。'然后她从我手里一把夺走了钥匙。过后她进没进来我就不知道了。可是事后我觉得，哼……反正也没什么。我不知道你是怎么知道的。"她说，"真对不起，我不应该让她进来。"看得出来她曾经哭过。

"她对你发脾气了？"他温和地问。

"她把我辞了。"但她马上接着说，"这没关系。这里不是人干的——活儿总是能找得到的。而且还有法子多挣点儿——我这辈子也不会再当仆人了。"

他脑子里想：我的传染病还在身上带着呢。我来到这里，把别人的生活都打乱了。他说："我和老板娘说说去。"

"噢，我不会再留在这儿——发生了这事我绝不再留下来。她……"她好像问心有愧似的承认，"她扇了我一个耳光。"

"那你以后怎么办？"

她既天真无邪又非常世故，这不禁使他感到毛骨悚然。"噢，以前有个姑娘在这儿住过。她现在有一间房子。她那时总是让我跟她去——帮她管家。我不会像她那样跟男人打交道，当然了，只帮她管家。"

他叫起来："不行，不行。"就好像他猛然看到了在我们全然没有觉察的情况下缠附在我们身上的罪恶似的。我们中没有一个人清楚我们自己已经糟蹋了多少纯洁。他得承担责任……他说："别走，等我和老板娘谈了再说。"

她的话音中流露出一丝凄楚。"我去那儿干跟在这儿也没多大区别，不是吗？"她接着又说，"在那儿当仆人好多了。我和克拉拉每天下午都可以去看电影。她需要有人陪着，她说的。她养了一只哈巴狗，就只有那条小狗给她做伴，男人当然不算在内。"

"别急。我保证可以帮助你——总有办法。"他实际上一点儿主意也没有，也许只有本迪池的女儿……可是在演了那一幕汽车闹剧以后，这似乎不大可能了。

"噢，我下个星期内还不会走。"她太年轻了，对罪恶到底是怎么一回事还完全不可能从理论上认识。她说："克拉拉有一只装在洋娃娃身上的电话机，那个洋娃娃打扮起来就像个跳舞的西班牙小姑娘。克拉拉总是会给她仆人吃巧克力糖。"

"别忙着去找克拉拉。"他说。他现在心里已经完全勾画出了那个年轻女人的形象，她很可能有一副好心肠，但是，他相信，本迪池的女儿心肠同样也不坏。她在月台上还给他一个小圆面包呢。虽然她那样做完全可能出于无心，却令人感觉她非常慷慨。

一个声音在门外喊道："你在这儿干什么呢，爱尔丝？"那是老板娘的声音。

"我把她叫到这儿来的，"D说，"问她谁到我屋里来过。"

他对孩子提供的情况还来不及好好考虑一下——这个老板娘是不是和K一样也是协助自己工作的人，他只想核对一下自己是否走对了路。还是她已经被人收买了？是啊，倘若是这样的话，家里人又为什么让他到这家旅馆来呢？他的房间是预订的，一切都预先安排好了，他们也就不会失去联系了。

但是，当然了，这一切也完全可能是一个向L提供情报的人一手安排的——假如真有这么一个人的话。在这个地狱中转起圈子来没个头。

"谁也没到这屋子来过，"老板娘说，"除了我和爱尔丝。"

"我特意嘱咐过爱尔丝不要让人进来。"

"这话你应该对我说。"她的脸庞生得方方正正，透着一股刚毅劲儿，但是看得出来，因为健康的缘故已经大不如往昔了。"再说除了在旅馆干活的人，不会有人进你的房间。"

"有人好像对我这些文件感兴趣。"

"你动过这些纸吗，爱尔丝？"

"没动过。"

她把那张方方正正、生着疖子的大脸挑衅地扭向他，使他感到这女人曾是个威风凛凛的人物。"你看，肯定是你弄错了——要是你相信这个小丫头的话。"

"我相信她。"

"那我就没什么话好说了，反正你屋里什么也没丢。"他没有再开口，没有什么可说的了——她不是自己人就是L的人。是哪边的人都无所谓，她什么也没有找到，而且他也不能从这里搬走，他得执行命令。"也许你现在可以让我说话了，我上楼来是要告诉你：有位女士给你来了个电话。在大厅里。"

他惊奇地反问了一句："一位女士？"

"就是。"

"她说了姓名吗？"

"没有。"他看出爱尔丝的目光焦虑地注视着他。他想——上帝啊，千万别出别的乱子，这是不是一种幼稚的恋情？他往门口走去的时候碰了碰她的袖子，说："相信我。"十四岁有点儿太年轻了，不应该懂得这么多，因为十四岁的孩子对一切都是无能为力的。倘若这就是文明——熙熙攘攘的街道，妇女们排队在巴扎德商店购买咖啡，爱德华国王宫廷中的女侍，年轻的女孩子无时无刻不在沉沦堕落——倘若这就是文明，他宁肯选择野蛮，选择炸毁的街道和等着分发食品的长队。那里的孩子最坏也不过就是死亡。是啊，正是为了她这种人，他才加入了这场战斗，为了防止他自己的国家重新回到这种文明里来。

他拿起电话。"喂，你是哪一位？"

一个不耐烦的声音说："我是罗丝·库伦。"他想，这到底是怎么回事？他们是不是想利用这个姑娘引诱我，就像小说故事里那样使用美人计？"是吗？"他说，"你那天晚上平安到家了——回到格温别墅了？"只有一个人能够把他的地址告诉她——那就是L。

"我当然到了。听着。"

"非常对不住，我没办法，只得把你丢给那帮成问题的家伙。"

"哦，"她说，"别说傻话了。你是小偷吗？"

"在你降生之前我就偷汽车了。"

"你不是需要见我父亲吗？"

"他这么对你讲的吗？"

电话中传来非常不耐烦的声音："你认为我和我父亲处得不错，彼此常互通消息，是吗？日记上写着呢。你把日记本掉了。"

"我把地址写在日记本上了？"

"是的。"

"我想把它取回来，我说的是日记。日记同我的其他抢劫案有着感情上的联系。"

"噢，看在上帝面上，"那个声音说，"但愿你别再试图……"

他忧郁地凝视着这家旅馆小小的客厅的另一边——一株藤萝攀附在花架上，一个弹壳状的伞架。他不禁想：用家里那些弹壳足可以办个工厂。空弹壳可以出口。圣诞节到了，请买一个从某个被战争夷为废墟的城市运来的高雅伞架。"你睡着了？"那个声音问道。

"没有。我在等着听你的下文呢。这件事——你知道——令人有些尴尬。我们上次的会面有些古怪。"

"我想和你谈谈。"

"是吗？"他真希望自己现在就能判断她到底是不是L的人。

"我指的不是在电话里和你谈。你今天晚上能出来和我一起吃饭吗？"

"我没有像样的衣服。"她的声音听上去非常紧张——这真令人起疑。如果说她是L的人，他们现在当然会焦急不安的——时间不多了，他和本迪池的会面约定在明天中午。

"随你喜欢去哪儿都行。"

他想，只要自己不带证件——放在袜子里可不成——他和她会一次面是没有什么关系的。可是另一方面，他的房间还有可能被搜查。这肯定是一个难题。他说："那我们在什么地方见？"

她马上回答："罗赛尔广场车站外面——七点。"听上去没有什么危险。他说："你知道有谁需要一个好女仆吗？比如说你或是你的父亲？"

"你疯了？"

"别大惊小怪的。我们今天晚上再谈这件事。一会儿见。"

他慢慢向楼上走去。他不能抱有侥幸心理：证件必须找地方藏起来。他只要再挨过二十四小时，就是个自由人了——回到那些在飞机狂轰滥炸下忍饥挨饿的同胞那儿去。他们当然不会强塞给他一个情妇——除非在闹剧中，人们一般对这类事是没有多大兴趣的。闹剧中的间谍从来不知疲倦，也不会无动于衷，更不会爱一个死去的女人。但是，可能L喜欢读戏剧——他终究是代表贵族阶级的，代表那些侯爵、将军和主教——他们生活在自己那刻板而奇怪的天地里，胸前叮叮当当地摇晃着他们相互授予的勋章。因为生理需要他们生活在一个特定环境中，就像鱼儿生活在鱼缸里，永远隔着玻璃注视事物。他们对另一个世界的认识——那些有专长的人和劳动人民——部分是从剧本中得来的。你要是低估了统治阶级的无知那就大错特错了。玛丽·安托瓦内特[1]谈论穷苦人时不是说过："他们不能吃蛋糕吗？"

老板娘走了。电话机可能还有一条线，她可能通过另一部电话机一直在偷听他们的谈话。那个小女孩正赌着气专心致志地打扫过道。他停住脚步望了她一小会儿。有的时候一个人不得不铤而走险。他说："你能不能到我屋子里来一会儿？"她进来后，他把门关上，"我说话声音不能太大——不能让老板娘听见。"他

---

1 玛丽·安托瓦内特（Marie Antoinette，1755—1793），法国国王路易十六的王后。

看见对方那副忠心耿耿的样子又吃了一惊——他到底做了什么事赢得她的这种忠诚？一个年已半百的外国人，刚刚揩净脸上的血迹，疤痕累累……他只对她说过五六句表示同情的话；难道她周围的人从来不对她讲这种话，所以他讲的这几句就自然而然地引起她——这种情感？他说："我想请你帮我一个忙。"

"什么事你说吧。"她说。他想，她对克拉拉大概也是这么忠心耿耿。假如一个年轻女孩儿因为没有别的朋友而把感情寄托在一个老年外国人和一个妓女身上，她过的该是一种什么样的生活啊！

他说："不能让任何人知道。我身边带着一些文件，有人极力想搞到手。我想求你帮我把它们藏起来，明天再还给我。"

她问："你是间谍吗？"

"不是，我不是。"

"你是干什么的，"她说，"我不在乎。"他坐在床上把鞋脱下来，她目不转睛地望着他。她说："打电话的那位太太……"

他抬起头来，一只手拿着袜子，另一只手拿着证件。"千万不能让她知道。这事只能你知我知。"她的脸庞一下子变得容光焕发了，倒好像是他送给她一件珠宝。他马上改变了主意，不准备给她钱了。他不妨在离开的时候送给她一两件礼物，如果她愿意的话可以换成钱，但绝不应该这么给她钱，这会使她觉得受到侮辱，会伤了她的心。"你会把它们藏在什么地方？"他问。

"你藏在哪儿我就藏在哪儿。"

"不能让任何人知道。"

"我发誓。"

"最好现在就藏。立刻就办。"他转过身去望着窗外。旅馆镀金字母的大招牌就挂在窗下，四十英尺下面就是霜气凝结的人行道，一辆煤车正慢悠悠地驶过。"现在，"他说，"我得再睡一会儿。"连日来睡眠不足，他一定得把觉补过来。

"你不吃午饭了？"她问，"今天中午伙食还不算太糟糕。有洋葱土豆炖羊肉和蜜糖布丁。吃点儿饭会使你身体暖和。"她又说，"我给你多盛点儿——趁她看不见的当儿。"

"我现在可不习惯吃这么多了，"他说，"我来的那个地方，人们都学会了不大吃东西。"

"可是人总得吃饭啊。"

"是啊，"他说，"我们发明了一个省钱的法子。大家看看杂志刊登的食品广告就成了。"

"别胡说了，"她说，"我才不信你的话呢。你怎么也得吃饭。假如你的钱……"

"不是，"他说，"绝不是钱的问题。你放心，我今天晚上会吃得非常好。可现在我只想睡觉。"

"不会有人进这间屋子来的，"她说，"不会有人进来。"他能听见她像个哨兵似的在外面走廊上走来走去的声音。时不时传来一两下噼噼啪啪的声响，她可能正装模作样地在外面打扫卫生。

他和衣躺在床上。这次无须嘱咐他的潜意识到时间叫醒他了。他每次睡眠从没超过六小时，这是因为两次空袭之间的间歇时间最长也不超过六小时。可是这次他无论如何也无法使自己入睡——在这之前他一直把那些文件带在身边。在横穿欧洲大陆的整个旅程中他都随身带着这些文件，到巴黎的快车上如此，到加来和多佛尔来仍然如此。就是在他挨打的整个过程中，那些文件也还是安全地藏在他的鞋里，他的脚后跟一直扮演着一个忠实卫兵的角色。一旦那些文件不在自己身边，他的心情就变得十分不安。那些文件是他唯一的身份证明，可现在他什么也不是了——只是一个躺在一家下等旅店的肮脏破烂的床上的不受欢迎的外国人。倘若那个女孩子向人炫耀他对她的信任，那……可是他信任她的程度却超过对其他任何人。她很单纯，但这又可能使她在换袜子的时候把那些文件随手一扔，忘到脑后……L，他有些气愤地想，是绝对不会这么干的。从某种角度来看，他的国家的暗淡前途完全悬在这个收入微薄的孩子穿的袜子上。这几张纸就可以换得两千英镑——这是已经被证实了的。假如你允许他们赊欠的话，他们出的价码还要高得多。他感到浑身无力，就像剪掉了头发的大力士参孙。他差一点儿坐起来把爱尔丝喊回来。可是即使他把她喊了回来，他又能拿那些文件怎么办呢？在这间光秃秃的小屋中实在找不出地方可以藏它们。而且从某个方面来讲，穷人的前途依靠穷人自己也还是适宜的。

时间过得非常慢。他想这样也可以算休息吧。过了一会儿过道里变得一片寂静。她没办法再在那儿磨磨蹭蹭地假装扫地了。要是我有一支枪，他想，我就不会感到这么束手无策了。可是他没有法子把枪带进来，经过海关检查的时候太冒险了。也许这里有办法私下弄支左轮枪，可他却不知道到哪儿去弄。他发觉自己确实有些被吓住了。时间不多了——他们肯定很快就会对他下手的。他们既然一出场就揍了他一顿，下一步很可能会采取更厉害的行动。只身处于危险之中使人有一种奇特、孤独和恐怖的感觉。过去可不是这样，那时他有全城的人陪伴着自己。他感到他又回到了牢狱中，狱卒正跨过沥青路向他走来。那时他也是孤身一人。古时候同对方交锋可好得多：罗兰在荆棘谷也有伙伴——奥列弗和托宾[1]全欧洲的骑士都赶来帮助他。人们由于共同的信仰而团结一致。甚至异教徒也会站在基督教徒一边反对野蛮的摩尔人。他们或许在圣父、圣子、圣灵这个问题上看法不同，可是一涉及根本问题，他们就团结得像一个人了。现在经济唯物主义却有这么多不同的流派、这么多政治团体。

透过寒冷的空气从街头传来几声吆喝——谁有破旧衣服要卖，修理椅子！他曾经断定战争毁灭了一个人的感情，看来这并不真实。这些吆喝声使他充满了痛苦的怀旧之情。他就像一个年轻人那样把头埋在枕头里。它们把他的思想清晰地带回到结婚以前的岁月中。那时他们俩曾一起倾听这种吆喝声。他觉得自己像是一个献出全部心灵的年轻人，到头来却发现自己被愚弄了，被戴上了绿帽子，被彻底欺骗了。他又觉得自己像一个因沉湎于一时的荒唐而毁掉终身的年轻人。生活就像是作伪证、发假誓。有多少次他们曾发誓：要死的话，两人就在一个星期之内先后死去，可是他却没有死。他在牢狱中幸存下来，从废墟中活着爬了出来。那颗炸塌了四层楼房的炸弹炸死了一只猫，却饶了他的命。真的以为用一个女人就能让他上钩？要么这也许是伦敦——一座在和平日子中的外国城市——特地为他准备的，好叫他恢复旧日的情感：绝望？

1　见法国史诗《罗兰之歌》。

薄暮降临了，灯火像是一层霜气，笼罩住一切。他睁着双眼重新仰面躺到床上。是啊，就像回到家中似的。过了片刻他又爬起身来，刮了刮脸。该出发了。当他走进寒冷的夜色中时，他伸手把外衣的扣子一直扣到下巴底下。从市区刮过一阵东风，风中带着一股商业大厦和银行大楼的侵骨的寒气。这使人们想到长长的过道、玻璃门和死气沉沉的日常公务。那是一阵使人感情冻结的风。他向吉尔福特大街走去——下班高峰时间已过，去剧院的人还没有动身。那些小旅店里正在摆晚饭，一些东方人从他们的单人间里向外张望着，面色阴沉，充满了对家乡的思念。

在他拐到一条侧街上时，他听见后面传来一个人的声音，那是一个有事相求的人低低的话语声，听上去彬彬有礼："劳驾，先生。劳驾。"他停住脚步。那个人戴着一顶非常破旧的圆礼帽，穿一件拆掉了皮领的黑色长大衣，过分斯文地鞠了一躬。他的下巴上留着白色的短须，泡泡眼布满血丝，伸着一只仿佛是准备接受别人亲吻的筋骨外露的憔悴的手。那人马上就用一种只有高等学府——或是舞台上——才残存的腔调道歉说："非常对不起，我想和您说几句话，先生。情况是这样的，我现在处境非常尴尬。"

"处境尴尬？"

"只要几个先令就行了，先生。"D对此非常不习惯。在他的国家，乞丐总是叫人一目了然地看到自己的穷困不幸，站在教堂的门口，裸露着身上的烂疮。

这个人却带着一脸藏头露尾的焦虑神色。"不然我是不会对您说的，先生，当然了，我感觉到您这人——怎么说呢，也是位上等人。"这是乞讨时有意的阿谀奉承呢，还是获取同情的一种行之有效的手段？"当然了，要是不方便的话，就当我没说。"

D把手伸进口袋里。"别在这儿，假如您不介意的话，先生，别在大街上叫别人看到。请到那边背静的地方。向一位素昧平生的人这样借钱实在不好意思。"他不安地侧身走进一条僻静的小巷。"您完全可以想象得到我的处境。"这地方停着一辆汽车，一幢房子的巨大的绿色大门关闭着，附近没有人。"好吧，"D说，"喏，这是半个克朗。"

"十分感谢，先生。"他把钱一把抓了过去，"或许有一天我可以报答……"他迈着两条瘦长的腿走出小巷，来到大街上，最后消失在视野外。D跟在他后面往外走。他身后嗖地响了一下，墙那面忽然飞来一块碎砖头，狠狠地打在他的脸上。记忆提醒了他，他撒腿就跑。街道两旁的窗口灯光明亮，拐角上站着一个警察，他逃离危险了。他心里明白，刚才是一个人用带有消声器的枪向他开了火。是个笨蛋。他忽略了这一点，上了消声器以后枪就不容易瞄准了。

那个乞丐，他想，肯定在旅馆门口就等着他，把他诱到那条僻巷。要是击中了他的话，他们就用停在那里的车子把他的尸体运走。或许他们只准备把他打伤。他们多半还没决定该怎么办，这也可以从另一个角度解释子弹为什么没打中他，就像打枪时望着这个打那个，结果哪个都没打中。可是他们又怎么知道他离开旅馆的准确时间呢？他加快了步伐，来到伯纳德街，他心里隐隐约约有一股怒气。那个姑娘，当然了，不会在车站等他。

可是她却在那儿等着。

他说："我没有想到能在这儿看见你。在你的朋友向我开枪以后我真不抱什么希望了。"

"听我说，"她说，"有些事情我不愿相信也不能相信。我到这儿来是向你道歉的。关于昨天夜里发生的事情。我不相信你想偷车，可我当时喝醉了，失去理智了……我万万没想到他们要那么打你。主要是那个白痴库里。可是假如你现在又要作戏……是不是想再玩一套新的骗取别人信任的把戏？企图打动一个富于幻想的女孩子的心？你还是放聪明一点儿，你这是白费心机。"

他说："L知道你七点半在这里和我会面吗？"

她略有些不安地回答："L不知道，可是库里知道。"这种直言不讳使他大吃一惊。她可能确实是无辜的。

"他拿走了你的笔记本，你知道。他说笔记本不能还给你，这样你就不会再搞什么鬼了。我今天和他通过电话——他在城里。我告诉他我不相信你要偷汽车，我要见你并且把笔记本还你。"

"他把笔记本给你了？"

"这不是吗？"

"你是不是把时间和地点也告诉他了？"

"有可能。我们谈了半天。他总是跟我争辩。可是你说库里开枪打你算是白说——我不相信。"

"噢，是的，就连我也不相信。我觉得是他碰巧遇见了L，而且把我们会面的事告诉他了。"

她说："他和L一起吃的午饭。"她神色激动地喊道："这一切太离奇了。他怎么可能在大街上向你开枪——在伦敦？警察都干什么去了？还有枪声，周围又都住着人？你为什么到这里来？为什么不去警察局报告？"

他依然和善地说："让我一件一件地给你解释。是在一条僻巷，不是大街。枪上安有消声器。至于我为什么没去警察局，主要是为了和你在这儿的约会。"

"我不信。我怎么也不会相信。你难道看不出来，倘若事情真像你说的那样，生活就全然不一样了？一切都要从头再来了？"

他说："对我来讲这一点儿都不奇怪。在我们国家里，我们就是和子弹生活在一起的。即使在这儿你也得习惯这个。生活从来没什么两样。"他拉起她的手，就像是领着一个孩子似的沿着伯纳德街走去，然后拐到格兰威尔街。他说："没危险了。他不会待在那里。"他们来到那条僻巷。他从过道里捡起一小块砖头，说："你看，他击中的就是这个。"

"拿出证据来。拿出证据来。"她暴躁地喊。

"我想这办不到。"他用指甲抠了抠墙，在寻找什么。子弹有可能嵌入墙里……他说："他们是在孤注一掷。昨天在盥洗室就来了这么一次——后来的事你都看见了。今天有人搜查了我的房间，当然也有可能是我们自己人干的。可是这次——今天晚上——他们使用的手段更进了一大步。除了没杀我，他们什么方法都用到了，但我想他们是达不到目的的。杀死我可没那么容易。"

"噢，上帝，"她突然说，"这是真的。"他转过身来。她手里捏着一颗弹头。弹头打在墙上又弹回到地上。她说："这是真的。我们得采取措施。警察……"

"我走时谁也没有看见。也没证据。"

"你说昨天夜里你收到一张条子，提出要给你钱。"

"是啊。"

"那你为什么不同意？"她怒气冲冲地问，"你不应该被人打死。"

他突然觉得她要歇斯底里了。他抓起她的胳膊把她推进一家酒馆。"两杯白兰地。"他说。他开始满怀希望、喋喋不休地谈了起来。"我想请你帮我一个忙。我住的那家旅馆有一个小姑娘——她帮了我一个忙，结果为此被解雇了。你能不能给她找一个工作？你肯定有不少好朋友。"

"噢，别当堂吉诃德了。"她说，"你把你的事再给我讲点儿。"

"我能告诉你的就这么多了。非常明显，他们就是不愿意让我见到你的父亲。"

"你是不是他们所谓的爱国人士呢？"她既生气又有些蔑视地说。

"噢，不。我想不是。你知道，他们那些人才总是把所谓的'我们的国家'挂在嘴边。"

"那你为什么不接受他们的钱呢？"

他说："一个人怎么也得选择一种行为准则活下去，不然一切就都无所谓了，甚至可能用煤气炉了此残生。我选中的是那些几世纪以来一直吃别人残羹剩饭的人。"

"可是你的人民一直是被别人背叛乃至出卖的。"

"这并没有什么关系。你不妨把这看作是某些人的唯一职业——否则他们就无所事事了。不能任何事都讲道德。我们的人也像对方一样施行暴力。我想假如我相信上帝，事情就简单得多了。"

"你真认为，"她说，"你的领导人比L的领导人要好一些？"她一口把那杯白兰地灌下去，然后用那个小弹头神经质地敲着柜台。

"我并不这样想，当然不这样认为。但我还是更喜欢我们领导下的人民——即使我们的领导把他们领向完全错误的方向。"

"换言之，对也好错也好，你是为了穷人。"她嘲弄道。

"正像我对自己的祖国一样，对也好错也好，我一定得站在它一边。一个人一旦选择好该站在哪一方，就再也退不出来了——当然了，他很可能选择错了。这只有由历史去评判。"他伸手把她手中的子弹头拿了过来，接着说，"我得吃点儿东西。从昨天夜里到现在我还一口东西都没吃呢。"他端起一盘三明治向一张桌子走去。"来吧，"他说，"吃一点儿。我每次和你见面，你都是空肚子喝酒。这对神经没好处。"

"我不饿。"

"我可饿了。"他拿起一块火腿三明治咬了一大口。她用手指在一件闪闪发光的瓷器顶端磨来磨去，发出吱吱的响声。"告诉我，"她说，"在这一切发生之前你是做什么的？"

"我是一个讲师，讲授中世纪法国文学。"他说，"并不是一个很有趣的职业。"他笑了，"可也有它的乐趣。你听说过《罗兰之歌》吧？"

"听说过。"

"是我发现的伯尔尼抄本。"

"这对我毫无意义，"她说，"我这人生来不学无术。"

"最好的抄本是你们牛津大学的那部——只是里面后人篡改的地方太多了——而且还有遗漏的地方。再往下是威尼斯抄本，对遗漏的地方做了一些补遗，但是并没有补全……那部抄本价值不高。"他自豪地说，"我发现了伯尔尼抄本。"

"是你发现的，这没错吧？"她阴郁地说，目光注视着他手中的子弹头。然后她抬头看了看他那带有伤疤的下巴和受伤的嘴。他说："你还记得那故事吧——比利牛斯山的后卫，在奥列弗看见撒拉森人到来的时候，他如何督促罗兰吹响号角以便召回查理曼大帝？"

她的心思似乎都用来审视他的伤疤了。她问道："这是怎么回事……"

"罗兰说什么也不肯吹号角——他发誓说，任何敌人来攻他都不吹。一个勇敢的大傻瓜。战争期间人们总是选错了英雄。奥列弗才应该是这支颂歌中的主人公，他不该和那个嗜血成性的主教托宾一起被描写成二流角色。"

她说："你妻子是怎么死的？"可是他下定决心不使他们的谈话涉及他经历的那场战争。

他说："后来呢，当然了，当罗兰手底下的人都战死了或者即将死去，连他自己也快要完了的时候，罗兰这才说他要吹号角了。这时候颂歌的作者着重描写了这个场面——用你们的话应该怎么说？大肆渲染一通。他嘴中流出鲜血，太阳穴的骨头被打碎了。可是奥列弗还在奚落他。他一开始就有机会吹号角，这样所有的人也就都得救了，但是为了保持他的荣誉他就是不吹。现在他看到自己被打败而且就要死了，他才想起要吹号角，使他的民族和他自己的名字蒙受耻辱。就让他安静地死去吧，让他为自己的英勇精神所造成的一切危害自鸣得意吧。我刚才对你说过奥列弗才是一位真正的英雄吗？"

"你说过吗？"她说。很明显她并没有听他说的话。他看到她在强忍眼泪，而且很不好意思。可能这是一种自我怜悯吧，他想。他从来不关心这种情感，即使在一个少女身上表现出来他也无动于衷。

他说："这正是伯尔尼抄本的重要性。在这部抄本中奥列弗被重新创造了。这使得整个故事不仅仅是一篇英雄史诗，同时也成为一部悲剧。而在牛津那部抄本中，奥列弗却被描写成一个事事俯首听命的人，他完全是出于意外才失手打死了罗兰，因为他的眼睛受伤后瞎了。这个故事，你看，是经过整理让它变得适合……但是在伯尔尼的抄本中他是完全有意识地打倒了他的朋友——理由是他朋友的所作所为给他手下人带来了重大损失，那么多生命无谓地牺牲了。他恨他所爱的人——那个自负的勇敢傻瓜，关心自己的荣誉甚于关心信仰的胜利。但是你也可以看到，这个抄本描写古堡中举行宴会的场面时是多么苍白无力，那段穿插着猎犬、芦苇和酒杯的描写。诗人只能这么写，为了迎合那些中世纪贵族的胃口。只需要有点傲慢自负的性格和一双强壮有力的胳膊，他们也可能成为一个个小罗兰——但是他们并不了解奥列弗想做的是什么。"

"我更喜欢奥列弗，"她说，"不论什么时候。"他惊奇地看了看她。她说："我的父亲，当然了，正像你的那些贵族，是赞成罗兰的。"

他说："我刚出版了那部伯尔尼抄本，战争就开始了。"

"战争结束后，"她问，"你准备干什么？"

他从来没想到过要考虑这个问题。他说："哦，我想我是见不到那天的。"

"跟奥列弗一样，"她说，"假如你能办到的话，你是会结束这场战争的。但是像现在这个样子……"

"哦，我不是奥列弗，正像我的国家中那些可怜的浑蛋也不是罗兰一样。也许L倒是加纳隆。"

"谁是加纳隆？"

"是书中的一个叛徒。"

她说："你真的对L那么了解吗？我觉得他这个人还不错。"

"他们知道怎样表现自己。他们练习这种艺术已经几个世纪了。"他把自己的那份白兰地喝了下去，说，"是啊，我到这里来了。我们为什么要这么一本正经地谈话？你邀请我到这儿来，我来了。"

"我当时想，我没准儿可以帮助你，就是这么回事。"

"为什么？"

她说："昨天晚上他们打完你我直恶心。库里当然认为是因为喝多了酒的缘故。其实是因为你的脸。噢，"她痛苦地说，"你应该知道这是怎么一回事——什么地方都没有信任。我从来没见过一张诚实的面孔。我的意思是说对什么都诚实。我父亲手底下那些人——他们对于食物，哼，也许还有爱情——那些使他们透不过气来的妻子，倒是实心实意的，可是一牵扯到煤或是那些工人……"她说，"假如你希望从他们手中搞出东西来，看在上帝的分儿上，千万别想用言语说服他们，也别想用言语打动他们。让他们看看支票簿，签一份合同——把事情定死。"

在酒吧间的另一边，一群人正在聚精会神地玩投镖游戏。他说："我不是到这里来乞讨的。"

"这件事对你真的很重要吗？"

"今天的战争和罗兰时代的已经完全不同了。煤可能比坦克更为重要。我们搞到的坦克已经超出了我们的需要。虽然那些坦克并不怎么好。"

"但是加纳隆依然有可能把你的计划破坏吧？"

"也不是那么容易。"

她说："我想，你见我父亲的时候他们都会在座。就是一群小偷也还要讲点儿义气。高尔德斯坦因同老费廷勋爵、布里格斯托克——还有福布斯。面对你的这些对手你最好心中有个数。"

他说："你还是少说两句吧。不管怎么说，他们都是你的人。"

"我没有人。说来说去我祖父还是一名工人呢。"

"你真不幸，"他说，"你生活在两军对阵之间的无人地带。在我生活的地方，我们都不得不选择一方。当然了，双方对我们都不信任。"

"你可以相信福布斯，"她说，"我指的是有关买煤的事。自然不是事事都信任他。他的名字就是骗人的——他是犹太人，真名叫福尔斯坦。在爱情方面他也不诚实。他想和我结婚。所以我知道他在这方面不老实。他在谢波德市场那儿有一个情妇。他的一个朋友告诉我的。"她忽然笑起来，"我们还有些好朋友。"

这是D在这一天第二次大吃一惊了。他想起旅店的那位小姑娘。当今人们懂得的事情之多简直和年龄不相称。他的祖国的人民在学会走路之前就懂得了什么叫死亡。他们小小年纪就懂得了欲念——这种野蛮的知识本来应该慢一点进入他们的头脑，应该是从生活经验中逐渐收获的果实……在生活中对人们善良本性的幻灭感应该是同死亡一起到来的。而今天他们却似乎先有了这种幻灭感，然后才度过他们漫长的一生……

"你不会同他结婚吧？"他焦虑地问。

"有可能。在他们那些人之中他还算是个好人。"

"关于他有情妇的传闻不见得是真的。"

"哦，千真万确。我找人核实过。"

他没有继续谈这个话题，它令人感到不安。在他刚刚踏上英国国土时，心中不无羡慕之感……不管什么人都随随便便、漫不经心……甚至在检验护照的时候都存在有某种信任，可是现在看来在这种表面现象背后可能还隐藏着某种东西。他本以为笼罩着他生活的那种怀疑的气氛应该归咎于内战，现在他却开始相信这种怀疑实际上是无处不在的——它是人类生活的一部分。人们之所以聚集在一起，完全是由于他们在生活中的罪恶，但是在淫棍和窃贼与自己人相处时，倒也还需要保持某种信义。可惜他过去一直沉湎于自己的爱情生活，沉湎于伯尔尼抄本和每周讲授法国文学课，根本没有注意到这一点。看起来整个世界都即将变成一片废墟，只有十来个正直的人支撑着这个将倾的大厦——这太令人遗憾了。最好是干脆别费心机，让世界重新从蝾螈开始吧。

"噢，"她说，"我们走吧。"

"去哪儿？"

"随便什么地方。我们总不能老待在这儿。现在天还早。看场电影？"

他们在一家像宫殿似的豪华剧场里坐了将近三个小时——展翅的金色塑像、厚厚的地毯、女侍穿梭不停地给客人端来茶点，这一切都显得那么过分。他上一次在伦敦停留的时候，这种地方还不像现在这么讲究。那是一出情节离奇的音乐剧，充满了痛苦的牺牲。主人公是一位忍饥挨饿的编导和一位已经赢得明星桂冠的金发碧眼的女郎。她的名字本已用霓虹灯高悬在皮卡迪利广场上，可是她却毅然离开伦敦回到百老汇去拯救那位穷编导。她为一出新戏秘密筹措了资金，而且她那个对观众富有魅力的名字也使这出戏一举成功。那本是一出匆忙之中写出来的小型歌舞剧，班底也是一帮饥一顿饱一顿的天才人物。结果大家都挣了大钱，名字也都上了霓虹灯广告牌——编导也不例外。姑娘的名字当然从一开始就悬在那儿。苦受得不少，泪更没少流，最后才苦尽甘来。剧情荒谬离奇但又哀婉动人。所有的人都举止高尚而且发了财，仿佛已经遗失了几世纪的信仰和道德观念如今又在重新建立，依靠的只是人们不可靠的模糊记忆和潜意识中的期望——或许只是在石头上的一些象形文字。

他感到她的手放在自己的膝头上。她曾经说过，自己并不是浪漫的性格。依他看，这个动作不过是她对柔软的座位、昏暗的灯光、缠绵的失恋歌曲的一种条件反射，就像巴甫洛夫用于实验的狗分泌唾液一样。不论哪个社会阶层的人都会有这种条件反射，就像人人都懂得什么叫饥饿一样，只有他没有任何反应，他好像短路，运转已经失灵了。他怀着一种怜悯的心情把手放在她的手上——她应当嫁一个比那个在谢波德市场养着情妇的福尔斯坦更好一些的人。她并不是一个浪漫的姑娘，但是他却感到自己的手抚摸着的那只手凉冰冰的，非常依顺。他低声说："我觉得有人一直在跟踪我们。"

她说："管它呢。假如世界真是这个样子，也只好任它去了。是不是有人要开枪，或者一颗炸弹要爆炸？我最讨厌那种冷不丁吓人一跳的声响了。到时候你提醒我一下好了。"

"只是一个教世界语的老师。我刚才肯定看见他那副金属框眼镜在门廊那边闪了一下。"

那个长着一头金发、一双蓝色眼睛的女主角哭得更厉害了——因为人们必须经过公众的选择才能成名致富，而他们又都是出奇的凄惨愚钝。假如我们也生活在一个注定能得到幸福结局的世界中，他想，我们是不是也必须经过这么长时间才能找到它呢？可能这正是圣徒们的举止，他们的乐天知足的态度远非凡夫俗子所能理解——他们一进入这个世界就已经看到了幸福的结局，因此对于人世的种种痛苦是不往心里去的。罗丝开口说："我再也受不了啦。咱们走吧。落幕半个小时以前就知道这出戏怎么收场了。"

他们好不容易才挤到过道里。他发觉自己依然握着她的手。

他说："有时候我真希望我也能看到我自己的结局。"他感到异常疲乏。漫长的两天再加上遭人痛打使得他身体非常虚弱。

"哦，"她说，"我可以告诉你。你将继续为那些不值得为之战斗的人战斗下去。总有一天你会被杀死。但是你绝不会反过来回击罗兰——绝不会有意识地这么干。伯尔尼抄本的这部分整个是错误的。"

他们上了一辆出租车。她对司机说："卡尔顿饭店，吉尔福特街。"他回头从车尾小窗往外看了看，后面并没有K先生的身影。可能刚才完全是个误会——即使K先生有时也得轻松轻松，观看一场煽情的演出，他也不会到这个花钱的地方来。他说："我无法相信他们这么快就罢手。明天毕竟有人要吃败仗。煤就像一整队最新式的轰炸机。"他说这些话与其说是对着她，还不如说是自言自语。汽车缓慢地行驶在吉尔福特大街上。他又说："我要是有一支枪……"

"他们不会这么大胆，是吗？"她说。她用手挽着他的胳膊，仿佛希望他和她就这样隐姓埋名地安全地躲在这辆出租车里。他忽然想起自己曾经怀疑过她是L手下的人，他对此十分后悔。他说："亲爱的，这件事就像算术中的总和，把我打死很可能引起外交上的麻烦——但比起他们把煤弄到手来，外交上的麻烦对他们也没什么了不起。这仅是个加法运算问题——看怎样才能得到最大的和。"

"你害怕吗？"

"有一点。"

"那为什么不找个别的地方住？和我回去吧。我可以给你准备一张床。"

"我还有点东西在那里。我不能到你那里去住。"出租车停了下来。他走下车。她跟着他下了车，走到人行道上站在他旁边。她说："我能不能和你进去……万一……"

"最好别进去。"他握住她的手。这就给了他们一个借口，在街上多停留一会儿，看看身后有没有盯梢的。他始终摸不准老板娘是不是自己人。还有K先生……他说："在咱们分手前，我还想问问……你能为这儿的那个小姑娘找个事吗？她很可爱，叫人信得过。"

她尖刻地说："哪怕她马上就咽气我也不会管。"这是很久以前当他横渡海峡时在定期渡轮的酒吧里听到的声音，她就是用这副腔调向侍者命令的："再给我来一杯。我还要一杯。"就像令人感到沉闷的宴会上的一个不听话的孩子。她说："放开我的手。"他立刻照办了。"你这个该死的堂吉诃德。滚吧。让人拿枪把你打死……你还不知道你现在是什么处境！"

他说："你误会了。那个姑娘年纪小得可以做我的……"

"女儿，"她说，"说啊。我也可以做你的女儿。可笑之至。事情总是这个样子。我明白。我也告诉过你。我这个人并不罗曼蒂克。这就是所谓的父女恋情。你可以有一千个理由恨自己的父亲，可最后你还是迷恋上一个和他一样大的男人。"她说，"这简直太荒唐了。任何人也不能自诩这种爱情富有诗情画意。去打你的电话吧，约个时间……"

他颇为不安地看着她，发觉自己除了恐惧和稍稍有些怜悯以外再无其他感情。十七世纪的诗人似乎认为人完全可能把一颗心永恒地奉献出去。依照现代心理学家的分析这完全是胡说八道，但是你却可能感到自己是那么悲伤、绝望，以致再不敢重新燃起过去的那种感情。他无可奈何地站在这家简陋的旅馆门前。旅馆的门没有关，以便于短期旅客随时进出。

他说："如果这场战争结束了……"

"对于你来讲战争永远不会结束——你自己也这么讲。"

她是那么动人。他年轻的时候从来不知道有人会这样动人。他妻子一点儿也说不上动人，她是个相貌平常的女人，但当时这并没有妨碍他爱上她。虽然如此，如果女人长得漂亮一点儿，还是会使人动情的。他小心翼翼地把她搂在怀里，就像是在做一项试验。她说："我可以跟你上楼吗？"

"不要在这个旅馆。"他松开了搂着她的胳膊，他无法与女人谈情。

"你昨天夜里一上车我就知道我要出毛病。有些慌乱。对你特别客气。在我听见他们打你的时候我直想吐——我当时认为我一定是喝多了，可是今天早晨我一觉醒来感觉还是如此。你知道，我以前从来没有爱过谁。他们管这个叫——初恋，对吗？"

她使用的是一种名贵的香水。他尽量使自己除了怜悯之外再有一点儿别的感情。对于一位已到中年的前法国文学讲师来说，这毕竟是一次机会。"亲爱的。"他说。

她说："这件事不会持续很久，对吧？而且也不可能持续很久。你会被杀死——会吗？——这是用不着怀疑的。"

他不大令人信服地吻了吻她，说道："亲爱的，我会见到你的……明天就会见到你。到那时正事也都忙完了。我们在一起……庆祝一番……"他心里明白他演戏演得并不成功，但是现在不是表演忠诚的时刻，再说她又太年轻，受不了忠诚老实。

她说："即使罗兰，我想，也有一个女人……"但他想到的是另一个女人——她的名字叫爱尔达——当消息传来的时候她已经死了。在神话传说中，你深深爱着的人死去后，你的生活也就完了。不像他这样继续活下去。谁对这个也不感到奇怪——作者只用了简单的几行描写她。他说："晚安。"

"晚安。"她顺着街道向那些黑黢黢的树丛走去。他想，假如她真是L的人，那他找的这个情报员可太蹩脚了。他发现自己还是喜爱女人的，谈恋爱同背叛不无共同之处——可是这又有什么用？明天他要办的事就有了结局，他也就要回去了……他不知道最后她是不是会嫁给福尔斯坦。

他推开里扇的玻璃门，门开着一条缝。他下意识地把手伸进口袋，但是当然他并没有手枪。灯早已熄了，但是他知道那儿有一个人，因为他能听见离那棵叶兰不远的地方有一个人的呼吸声。他自己在远处路灯的照射下完全暴露在门前了。不要移动身子——他们随时都可能开火。他又把手从口袋里抽出来，手里握着的是香烟盒。他努力控制自己的手指不让它发抖，但是他害怕疼痛。他往嘴里放了一支烟，接着开始摸索火柴——那些人很可能根本没料到墙上会突然亮出一个火光。他往前蹭了蹭，猛然拿火柴往身旁的墙上一划。火柴划在一只镜框上燃烧起来。一张苍白的孩子气的脸像一只气球一样从黑暗中浮现出来。他说："哦，上帝，爱尔丝，你吓死我了。你在这儿做什么？"

"等你。"那个稚气未消的柔细的声音低声说。火柴熄灭了。

"为什么要等我？"

"我本来以为你也许会把她带到这儿来。"她说，"我得负责把顾客送进他们的房间。"

"胡说八道。"

"你吻了她，是吗？"

"那不过是应付。"

"不是。你有权利那样做。这是她的话。"

他怀疑把那些文件交给她是不是犯了一个大错误——假如她出于嫉妒把那些文件毁了呢？他问："她说什么了？"

"她说你会被杀死，一点儿也用不着怀疑。"

他放心地笑了："是啊，我的国家正在打仗。人们常常被杀死。但是她不了解实情。"

"可是在这里……"她说，"他们也不想放过你。"

"他们还不敢杀死我。"

"我知道出了一件可怕的事，"她说，"他们现在正在楼上，在议论你。"

"谁？"他急切地问。

"老板娘——和一个男人。"

"什么样的男人？"

"一个小个子、头发灰白的男人——戴着一副金属架眼镜。"他肯定在他们走出剧院之前就溜了出来。她说："他们刚刚还盘问我呢。"

"盘问你什么？"

"问我你对我说过什么没有，我看见什么没有——证件什么的。当然了，我什么都没说。他们想让我开口，那才是枉费心机呢。"她的忠诚深深地打动了他，同时一种怜悯之情在他心里油然而生。多么糟糕的一个世界，竟然听任这种品质白白浪费掉。她激昂地说："他们杀了我，我也不在乎。"

"不至于到那种地步。"

这次从叶兰旁边传来的声音略有些颤抖。"她什么都做得出来。要是有什么不合她的意，她什么疯事都做得出来。我不在乎。我不会让你失望的。你是一位绅士。"这个理由太没有说服力了。她继续伤心地说，"那个姑娘所做的一切我都愿意替你做。"

"你现在替我做的事就比她多得多。"

"她和你一起回去吗？回到你那个地方？"

"不，她不去。"

"我和你去行吗？"

"我亲爱的，"他说，"你完全不知道那里是什么样子。"

他能听见一声长长的叹息声："你也不知道这里是什么样子。"

"现在他们在哪儿？"他问，"老板娘和她的朋友？"

"二楼当街的房间，"她说，"他们是你的——不共戴天的仇人吗？"天知道她是从哪儿学来的这个酸词儿。

"我认为他们是自己人，但还拿不准。也许最好在他们知道我在这里之前，我先把事情搞清楚。"

"哦，他们现在已经知道了。她什么都听见了。楼上有人说话她在厨房都听得到。她让我别告诉你。"他心里猛地一惊：这孩子会不会遇到危险？但这是他不敢相信的。他们对她又能怎样呢？他顺着黑乎乎的楼梯谨慎地向上走去。脚底下一块楼板嘎吱响了一声。楼梯拐了半个弯，他爬到楼梯平台上站住了。一扇门敞开着。在粉红绸子制作的灯罩下面，灯光照射在两个人身上，他们正以极大的耐心等着他。

D轻声说："早安。你没有教我晚安该怎么说。"

老板娘说："进来，把门关上。"他照她的话办了。他也只能照她的话办，他突然想，不论做什么，自己总是听别人吆喝，就像由别人搬来倒去的一个木头靶子。"你去哪儿了？"老板娘盘问道。那是一张凶残的脸——丑陋的方下巴、阴险狡诈的神色和一脸脓疮，她真不该生为女人。

他说："K先生可以告诉你。"

"你和那个姑娘干什么来着？"

"轻松轻松。"他好奇地扫视了一眼这个小巢——这个词对这间屋子再合适不过了。它根本不是一个女人住的房间，没有铺台布的大方桌，几张皮椅子，既没有摆着花也没有小摆设，只有一只盛鞋的小柜子。整个房间无论是从装潢还是布置上看都只是为了实用的目的。小柜子的门敞开着，里面塞满坚固耐穿的平底鞋。

"她认识L。"

"我也认识L。"就连墙上挂的画片也是只有男人才挑选的那种。廉价的彩色画片上的女人都穿着长丝袜和内衣。在他眼中这简直是一间独居多年的光棍的房间，好像弥漫着一种畏畏缩缩、鬼鬼祟祟、无法满足的邪念，使人禁不住起一身鸡皮疙瘩。K先生突然开口了。他在这间男性十足的屋子里简直显得女气十足，听他说话你真担心他会歇斯底里。他说："在你出去——上剧院去的时候，有人给你来了个电话，向你提了个建议。"

"他们为什么要这样做？他们应该知道我当时不在。"

"他们说愿意满足你的条件，只要你明天不去赴约。"

"我没提过什么条件。"

"他们把话留给我了。"老板娘说。

"这么说他们是准备让所有的人都知道这件事了？让你和K。"

K先生把两只瘦骨伶仃的手紧紧绞在一起。"我们想要确切知道，"他说，"证件仍然在你手中。"

"你是担心我把它出卖了。在我回家的路上。"

"我们不得不小心点儿。"他说。他那提心吊胆的神情就像在倾听贝娄斯博士胶皮鞋的后跟声。甚至不在世界语中心他也总是战战兢兢的，生怕被罚一先令。

"你们是不是得到指示才这么干的？"

"我们得到的指示不很明确。很多事需要我们自己斟酌处理。你大概不会拒绝把你的证件拿给我们看看吧。"那个女人没有再开口——决定叫另一位先以好言相劝。

"不行。"

他轮流望了望他面前的这两个人——他似乎终于掌握了主动权。他真希望他的身体状况能允许自己运用这一权利，但是他已经筋疲力尽，没有这种精力了。英国到处都充满令人疲惫无力的记忆，使他记起他现在做的并不是自己真正的工作。他这时应该坐在大英博物馆里阅读法国文学。他说："我相信我们是为同一个雇主工作。但是我仍然没办法相信你们。"那个满头灰发的小个子男人坐在那里，目光停留在自己指甲啃得秃秃的手指上，就仿佛是在受别人的训斥似的。那个女人面对着他，脸上流露着目空一切的神色，但除了这家蹩脚的小旅馆外她谁也统治不了。他亲眼看到过双方都有很多人因为背叛而被枪杀了。他知道从举止和面容上分辨不出哪个人是叛徒。世界上并没有加纳隆式的人物。他说："你们是不是急着要拿到这桩交易中的一份好处？可是我告诉你们：既没有你们的一份，也根本没有交易。"

"这么说，可能该叫你看看这封信。"那个女人突然说道。他们刚才软硬兼施，都没有达到目的。

他细细地读了这封信。信无疑不是伪造的，他对部长签名和这种信纸非常熟悉，一眼就看出这是真的。看来他的使命已经到头了——这个女人被授权接收他手中那些重要的文件——什么原因信中没有说。

"你看，"那个女人说，"他们不信任你了。"

"为什么我刚来的时候你不把这封信拿给我看？"

"这事得由我斟酌决定。信任你还是不信任你。"

他的地位真是太不可思议了。他们的信任只局限于叫他把证件带到伦敦，K先生被指示查对他到达旅馆之前的行动，但是对于他的秘密使命无权过问。这个女人看来在这两方面都是被信任的，既了解使命的内容也有权接收他的文件，但只是在不得已的时候，就是说，在他的行动受到怀疑的时候，他突然说："你当然知道这些文件的内容是什么。"

她神气十足地说："当然知道。"但是这时他心里完全明白了，她并不知道——他从她脸上看得出来，她只是装得十分神气，却板着一张脸。他们把这件事弄得非常复杂：既把任务交给你又不信任你，告诉你一部分真话又闪烁其词。如果部里对情况的估计是错误的……如果他把这些文件交出去，而他们又把文件出卖给L……他知道唯一可以信任的人是他自己，别的他就什么也不敢肯定了。屋里弥漫着一股廉价香水的恼人气味——这是这间屋子里的唯一女性气息，可是这也像男人洒了香水一样，令人心里不舒服。

"你知道，"她说，"你现在可以回去了。你的工作到此结束了。"

这也太简单了，简直令人无法相信。那位部长不信任他，或者说不信任他们，干脆什么人都不信任。他们互相之间也是同床异梦。每个人只知道自己是真是假。K先生知道自己想用这些文件做什么交易。老板娘明白自己的企图。除了自己之外你不能为任何人担保。他说："这不是给我下的命令，文件还是要由我保管。"

K先生的声音变得又尖又细。他说："假如你想背着我们搞什么名堂……"他那双收入菲薄、长久教世界语的眼睛闪烁不定，并且丝毫不加掩饰地泄露出他内心的贪婪和嫉妒……对那份少得可怜的工资你又能指望什么呢？在别人为自己的理想操劳的时候，有多少人孕育着自己的背叛行径啊。老板娘说："你这个人很感情用事，一个资产阶级分子，一位教授，可能还很罗曼蒂克。假如你欺骗我们——你等着瞧吧，我这人可不是好惹的。"他不能正视她，她的样子像地狱一样可怕——一肚子坏主意。她脸上的那些疖子就像是她从前干的见不得人的事情的印记。他记得爱尔丝曾经告诉过他："她有时像个疯子。"

他问："你指的是我欺骗你们，还是欺骗家里的人？"他心里确实对她的话没理解。在强手如林的敌人圈子里他已经筋疲力尽、昏头昏脑了，他离前线越远就越感到孤独。他真羡慕那些战斗在前线上的人。他蓦地又回到现实中来了——街上，一连串的铃声，飞驰而过的呼啸声——是消防车还是救护车？空袭解除后人们寻找着被炸塌的建筑物掩埋起来的尸体；偶尔一镐下去就会碰到受伤的人……飞扬在街道上方的灰尘使整个世界一连几个小时变得雾蒙蒙的。他感到一阵恶心，止不住直发抖，他想起了那只紧挨着他脸的被炸死的公猫，当时他一动都不了，只好强忍着躺在那里，猫毛几乎塞到他的嘴里。

整个房间开始震动起来。老板娘的脑袋像脓疱一样肿了起来。他听见她在说："快点，锁上门！"他努力使自己振作一些。他们要拿他怎么办？是敌人……还是朋友……他跪在地上。时间似乎停滞不前了。K先生以不可思议的慢动作向门边走去。老板娘的黑裙子在他嘴边晃着，和那只死猫的皮一样，一股尘土味儿冲鼻而来。他真想大声叫喊，但是做人的尊严像牙科医生使用的撑口器一样压住了他的舌头——即使当警棍打在身上的时候，他也没有喊叫。她俯着身子问道："那些文件放在哪儿了？"她呼出来的是廉价香水和尼古丁搅在一起的气味——构成了一股半女半男的气味。

他怀着歉意地说："昨天挨了一顿打，今天又挨了一冷枪。"一只粗壮有力的大拇指恶狠狠地向他的眼球按来：他陷入了一场噩梦。他回答道："文件我没带着。"

"那在哪儿？"那只大拇指在他右眼前晃动着，他能听见门口传来K先生拨弄门锁的声音。K先生说："锁不上。"他感到恐惧，就仿佛她的手和脸都带有传染病菌。

"你往另一边拧。"他拼命想挺起身来。但那只拇指又把他推了回去。一只结实的鞋子狠狠地踩在他的手上。K先生嘴里嘟嘟囔囔地不知在抱怨什么。一个虽然下定决心但还是流露出内心战栗的声音问道："是您按铃叫我吗，夫人？"

"当然不是我。"

D小心翼翼地抬起了头，说："是我按的铃，爱尔丝。我没什么大事，只是有些恶心。救护车就在外面。有一次空袭我曾被埋在砖瓦下面。你搀我一把，我好上楼。"转眼间他们走出了那间小屋——盛鞋的小柜子、廉价画片上穿着长丝袜的女人和单身汉的房间所特有的椅子也一起抛在身后了。他说："今天晚上我要锁上房门，不然我会梦游的。"

他们慢慢地爬到顶层。他说："你来的正是时候，我差一点儿干了傻事。我估计，到明天早上我们就可以一起离开这里了。"

"我也走吗？"

他不假思索地允诺下来，就仿佛在这个充满暴力的世界上，你可以一张嘴就答应一切请求似的。"是的，你也一起走。"

三

那张猫皮和那条脏裙子和他做了一夜的伴。平时那种安宁的梦境硬生生地被破坏了，他没梦见鲜花和平静的小河，也没梦见老教授讲课。自从经历过那次最厉害的空袭以后，他一直害怕窒息而死。他高兴的是那边的人只是把犯人枪毙，而不是把犯人吊死。要知道，绳索套在脖子上是会使噩梦变为现实的。白天到了，可是没有一点儿亮光，黄色的迷雾让人看不清二十码以外的东西。在他刮胡子的时候，爱尔丝端着托盘进来了，盘子里有一个煮鸡蛋、一条熏鲑鱼和一杯茶。

"你别麻烦了，"他说，"我应该下楼去吃。"

"我想，"她说，"把早饭送上来是个合适的借口。你大概正等我把文件送回来吧。"她脱掉一只鞋和长筒袜，说道："噢，上帝，如果有人现在进来，会想些什么呀？"她坐在床边，在脚背上摸索文件。

"那是什么？"他一边说一边仔细听着。他发现自己非常害怕文件回到自己手中。责任像是个不吉利的戒指，你更愿意把它送给别人。她端坐在床上，听着外面的动静。一个脚步声嗒嗒嗒地下了楼梯。

"噢，"她说，"那是穆克里先生，一位印度绅士。他跟那些楼下的印度人不一样。穆克里先生很受人尊敬。"

他把文件接过来——哼，反正他很快就用不着这个了。爱尔丝穿上袜子说："他这个人爱打听别人的事，他只有这个毛病。爱问这问那。"

"爱打听什么事？"

"咳，什么都打听。比如，我相信不相信占星图？我相信不相信报纸上说的？我觉得艾登先生这人怎么样？他还把我说的都记下来。我不知道他为什么这么做。"

"奇怪。"

"你想这会不会给我带来什么麻烦？我情绪好的时候，就跟他说一些事，比如艾登先生的事啊，什么都说。说着好玩儿，你知道。可有时候我一想，我说什么他都记下来，真害怕。我抬头一看，他正盯着我呢，就像盯着一只动物似的。但这个人总是很令人尊敬的。"

他不想过问这件事，穆克里先生和他没有关系。他坐下吃起早饭来，可是这女孩没有走。她好像有一肚子话要告诉他——或者告诉穆克里。她说："你昨天晚上说咱们一起离开这儿的话，还算不算数？"

"算数，"他说，"我会想法给你作出安排的。"

"我不想成为你的负担。"她又开始使用廉价小说中的词语，"我可以去找克拉拉。"

"我们照顾你会比克拉拉照顾得周到。"这事他得求助于罗丝。昨天晚上他们谈起这事，罗丝有点儿歇斯底里。

"我不能跟你一起回去吗？"

"情况不允许呀。"

她说："我在书里读过，女孩子也可以乔装打扮……"

"也就是书里这么写。"

"我害怕再待在这儿——和那个女人在一起。"

"你再也不会了。"他向她保证说。

楼下铃声刺耳地响起来。她说："这个人真啰唆。"

"他是谁？"

"住在三楼的一个印度人。"她不情愿地向门口走去，说道，"你答应我了，是不是？今天晚上就让我离开这儿。"

"我答应你。"

"那就画个十字吧。"他照她说的做了。"昨天晚上，"她说，"我睡不着觉。我觉得她会干出点儿什么来，干一件可怕的事。你真应该看看我进屋的时候她那脸色。'是你按铃吗？'我说。'当然不是。'她说话的时候目光像是刀子。我告诉过你，我离开你的时候把房间门锁上了。她上你这儿来干什么呢？"

"我也不太清楚。不过，她干不出什么事来的。她就像个恶魔一样，你知道，样子挺凶，实际上害不了人。如果我们不被她吓倒，她就伤害不了我们。"

"啊，"她说，"我告诉你，我真高兴就要离开这儿了。"她站在门旁边，冲他笑了一下，就像小孩过生日一样高兴。"不会再同罗先生或者任何短期房客打交道了，不会再见到穆克里先生，也永远不会再看见那个女人了。今天是我最快活的日子。"她好像在为过去的生活举行告别仪式。

他一直待在屋里，锁着门，直到该去会见本迪池勋爵的时候。他这次一定要把事情办得妥妥当当的。他把文件放在上衣里面贴胸的口袋里，穿上大衣，扣子一直扣到脖领上。他肯定这回没有一个小偷能偷走文件。至于那些人会不会使用暴力，他就得冒点儿险了。那些人都知道现在文件就在他身上。他只能指望伦敦这个城市来保护他。他好像一个正在陌生的大花园里玩捉迷藏的孩子，本迪池勋爵的住宅就是他的"家"。再过三刻钟，到十一点一刻，他想事情就会有这样或那样的结果了。他们那些人也许会利用伦敦的迷雾来会会他。

这是他要走的路线：穿过伯纳德大街，到罗赛尔广场地铁站——他们想在地铁里搞什么名堂是不太可能的——然后再从海德公园拐到查塔姆路，这段路大约要在雾里走十分钟。当然他可以打电话叫一辆出租车，一直坐车去，可这太慢了。堵塞的道路、嘈杂的市声和大雾会给那些被逼急了的人一些机会。他开始想，那些人现在一定被逼得不择手段了。此外，他们也不会想不到自己要搞一部汽车。如果他打算坐汽车去海德公园拐角，他应该从街头上等待的一长串出租车中叫一辆。

他走下楼去，心怦怦地跳着。他虽然一再安慰自己，白天在伦敦大街上不可能出什么事，他是安全的，可还是不管用。但是当那个印度人从三楼自己的房间向外张望的时候，他又安心了一些。印度人还是穿着那件花里胡哨的起毛的睡衣。这就像有个朋友在背后为你当见证人似的。他真希望所有他住过的地方都留下明显的脚印，毋庸置疑地记录下他的行踪。

从这里起楼梯开始铺上地毯了。他的脚步轻轻地走在上面，不想让老板娘知道他现在正离开这里。但是，他还是没能逃掉。老板娘正在她那间布置得像男人住所一般的房间里，坐在桌子旁边，门敞开着。她穿着他梦里见到的那件散发着霉气的黑衣服。他在门口站了一下，对她说："我出去一下。"

她说："你知道得很清楚，为什么你没有遵守上级指示。"

"一两个小时以后我就回来。今天晚上我不在这里过夜了。"她以十分冷漠的神情望着他，这使他很吃惊。倒好像她比他还了解他的计划，就像很早以前，一切事情在她那能干的脑袋里都已经安排好了。"我想，"他说，"我住的房间已经付过钱了吧？"

"付了。"

"没有付的——也在我的开支内——是女佣人的一个星期的工资。我要付的。"

"我不懂你的意思。"

"爱尔丝不在这里干活了。你把这孩子吓坏了。我不知道你是出于什么动机……"

她的脸显出一副极感兴趣的样子，一点儿也不生气了。仿佛他对她说了一件事，使她万分感激。"你是说，你要把这个姑娘带走？"听她这么问，他觉得好像有人正在警告他，叫他谨慎小心。他向四周看了看。当然没有人在他身边。远处一个房门砰的一声关上了，是谁在发出一个警告。他没有注意，接着说："小心些，不要再吓唬那个姑娘。"他发现自己简直走不开了。文件安全地放在他衣袋里，可他觉得还是把一件需要他照顾的东西落在后面了。真荒谬，不会有任何危险的。他转过头来，挑衅地盯着老板娘的那张方方正正、满是脓疱的脸，说："我很快就回来。我会问她，如果你……"

昨天晚上他没有注意她的大拇指会有那么粗。她不动声色地坐在那里，两团发面似的大拳头——据说这是神经官能症的一种症状。大拇指握在里面，手上没有戴戒指。她厉声大喝道："我还是不明白。"在说话的同时，她的脸扭曲着，一个眼皮耷拉了下来。她向他粗野地挤了挤眼，不知为什么似乎觉得这件事很有趣。看得出来，她这时一点儿也不再担心了，她已经控制住了局面。他把脸转过去，只觉得自己的心在胸膛里剧烈地跳动，好像用密码传递一个他不懂的信息，或者是警告。他想，自己做了件傻事，话说得太多了。本来可以等他回来以后，再把这些告诉她。如果他不回来了呢？好在那也没什么关系，这女孩儿又不是她的奴隶，用不着老在这儿受罪。再说伦敦又是世界上警察保护最严密的城市。

他走下楼，来到大厅，这时一个非常谦卑的声音说："您是不是能帮我个忙？"说话的是一个印度人，虽然两只棕色的大眼睛闪着冷漠的光芒，却又叫人觉得这人很随和。这个印度人穿着一件闪光的蓝衣服、一双橘黄色的鞋。这人一定是穆克里先生。他问D："您是不是能回答我一个问题？就是这个问题：您是怎么攒钱的？"

这人是不是个疯子呀？D想。他回答说："我从来不攒钱。"

穆克里先生的脸盘很大，肉皮松松软软，嘴角两旁满是皱纹。他焦急地问："真的一点儿都不攒？我是说，有些人把所有铜币或是带维多利亚女王像的便士攒起来。有这种借助储蓄盖房子的公司，也有政府办的储蓄。"

"我从来不攒钱。"

"谢谢您回答我的问题，"穆克里先生说，"这正是我想知道的。"他开始在笔记本上写些什么。这时爱尔丝在穆克里先生身后出现了，她看着D离开这里。不知道为什么，D又一次感到非常高兴，即使穆克里先生就在身边，也没有影响他这种情绪。他离开了她，并没有把她孤零零地交给老板娘。他隔着穆克里先生俯身的脊背向她笑了笑，又冲她挥了一下手。她犹犹豫豫地也向他笑了一下。这情景让人想起了火车站：人们互相告别，情人之间短暂的亲昵。恋人和母子之间在告别时总有点儿困窘，也有人好奇地旁观。对穆克里先生这种局外人来说，观察这一情景就像窥探私人住宅里的秘密一样有趣。穆克里先生抬起头十分亲热地说："我们下次见面，也许还能谈谈什么有意思的东西。"他伸出一只手，但又很快地缩了回去，就像害怕别人拒绝跟他握手似的。这以后他温顺地站在那里，谦卑地嘿嘿笑着，看着D走入浓雾中。

如果人们知道分别会有多久，他们就会更珍惜分别时的微笑和那几句道别的话了。迷雾把他包围起来，火车已经驶出了车站，人们不再在站台上站着了。一道拱门把那些最有耐心的高高挥动的手臂隔开了。

他疾走如飞，一面仔细听着周围的动静。一个挎着公文包的姑娘从他身边走过。一个邮差走着"之"字路，消失在朦胧的雾中。D觉得自己就像一个在大西洋上空的飞机驾驶员，俯冲之前，正飞翔在充满车辆的海滨上空。他要办的事情顶多需要半个小时，半小时之后一切就会有结果了。他一直认为，他同本迪池会达成协议，因为他的国家什么代价都肯出，只要把煤炭搞到手就成了。迷雾笼罩着一切。他想听到人们的脚步声，但是他唯一能听到的是他自己的双脚踏在石板路上的声音。这种宁静根本不能使人放心。他追上了几个人，可是只有当这些人的身影从他面前的浓雾中显露出来时，他才能看到他们。如果现在有人跟踪他，他也不会知道。也许在某个地方，他们会突然对他下毒手。

一辆出租车开得很慢，几乎同他并排，但和便道保持着一定距离。司机探出头来问："要车吗，先生？"D已经忘了他作出的决定——必须从一长串的出租车中搭车。他上了车，告诉司机："到格温小别墅，查塔姆路。"他们的车驶进一片茫茫的浓雾里，驶了一段路，又转了几个弯儿。他突然感到一阵不安："路不对啊！我太蠢了！"他喊道："停车！"但是汽车却继续朝前开。他看不清到了什么地方，唯一能看见的就是司机宽大的后背和车外面的雾。他捶着玻璃，嚷道："让我出去！"汽车停住了。他往那人手里塞了一先令，走上了便道。他听见一个吃惊的声音说："这个人犯了什么毛病？"汽车司机可能是个正直的人。是他自己被发生的事吓昏了头，神经过分紧张了。他撞见一个警察，连忙问："罗赛尔广场怎么走？"

"你走错路了。"警察说，"往回走，沿着铁栏杆走，走到左边第一条街再拐。"

他好像走了很长一段时间才走到车站。

在他等电梯的当儿，他突然发现要到地底下去乘地铁需要更多的勇气，他没想到自己会这么胆怯。自从那次大轰炸被埋在废墟里以后，他一直在地面上活动，就是空袭的时候他也总是站在屋顶上瞭望。他宁可快一点儿死，也不愿意伴着一只死猫慢慢地断气。电梯门还没关上他就紧张得不得了，差一点儿想夺门而出。这种紧张劲儿简直让他的神经受不住。他坐在电梯里唯一的一张长凳上，四周墙壁忽悠悠地升起来。他双手抱住脑袋，不想感到自己正在下降。电梯停了，他已经到了地下。

一个声音说："要人扶一把吗？你帮这位先生一下，康韦。"D发现自己被一只黏乎乎的小手推着站起来。这时，一个干瘦的、脖颈上围着一圈毛皮领子的女人说："康韦过去在电梯上也总是叫别人领着。你说是不是，宝贝儿？"一个年龄在六七岁、脸色很不健康的孩子紧紧拉着他的手。D说："我想我现在已经好了。"其实，置身于空气污浊的地下室过道里，再加上远处火车的隆隆声，他仍然非常紧张。

那个女人问D："你是要去西区吧？我们把你送到你出站的站台。你是外国人，是不是？"

"是。"

"啊，我对外国人的态度是友好的。"

D发现自己被领过一条挺长的过道。那个小孩穿着一条很难看的灯芯绒短裤、一件柠檬黄的上衣，头戴一顶学校的制服帽，帽子上面印着咖啡色和紫红色的条纹。那个女人又说："我真担心康韦的身体。医生说像他这么大的孩子很容易得病。他爸爸就得过十二指肠溃疡。"D被这两个人护送着，想逃也逃不了。他们一直把他扶到车厢里。女人接着说："他现在就有一种毛病，老爱伤风。快闭上嘴，康韦。这位先生可不想看见你的扁桃腺。"

车厢里的人并不多。D身后当然没有人追踪。海德公园拐角难道会出事？还是他把整个事件夸大了？这里毕竟是英国啊。但是，他想起了多佛尔路上那个袭击他的司机，满脸贪婪、喜出望外的样子。他又想起了在那个偏僻小巷中拾到的子弹头。那个女人又说话了："康韦的坏毛病就是他不爱吃青菜。"

突然，有个念头在D的脑子里转了一下。他问："你们也是去西区吗？"

"肯辛顿区大马路。我们要去巴克尔服装店，这孩子穿衣服太费……"

"也许你同意我在海德公园拐角带你们搭一段汽车……"

"啊，我们不应该麻烦你，乘地铁更快。"

地铁在皮卡迪利广场停了一下又继续往前开，带着轰轰隆隆的声音驶进隧道。D神情紧张地坐在座位上。这声音把他带回到那个遭受大轰炸的城市。每逢某处一枚爆炸力极强的大炸弹爆炸以后，这样的声音就传到人们耳朵里，带来一股死亡的气息和受伤的人的痛苦呻吟。

他说："我想这个孩子……康韦……"

"这名字很有意思，是不是？他出生以前，我们正在电影院看康韦·蒂尔勒主演的影片。我丈夫很喜欢这个名字，比我更喜欢。他说：'要是生个男孩儿就叫这个名字。'那天晚上孩子果然出世了。看起来，嗯，是个好兆头。"

"他也许喜欢乘小汽车吧？"

"噢，坐出租车他会感到不舒服。他就是这么古怪。坐公共汽车和地铁没问题。可是我和这孩子一起乘电梯有时感到不好意思，叫别的人看了很丢人。他老是爱盯着人看。你还没弄清楚是怎么回事，他就把你的手拉住了。"

看来毫无办法了。可是话又说回来，他们又干得出什么来呢？那些人可以说已经把王牌打出来了。杀人未遂——他们已经做到极限了，再进一步就是成功地把他干掉了。想象不出，L居然会跟这件事有牵连，当然了，他是有办法从任何一件不愉快的事情中脱身出来的。"你到站了，"她说，"你就在这儿下车。很高兴能跟你聊聊天。跟这位先生握握手，康韦。"D敷衍了事地握了一下小孩的黏湿的手指，然后转身向黄色的雾气走去。

空气中充满了欢呼声，每个人都在欢呼，看来倒像取得了什么大胜利。骑士桥边的人行道上行人拥挤不堪。在马路另一边，海德公园的大门从低沉的雾霭中显露出来。在路的另一头，一辆由四匹高头大马拉的马车奔驰在蒙蒙雾气中。圣乔治医院周围的公共汽车被堵塞了，过了一会儿又像鳄鱼一样一辆接一辆地消失在好似一片沼泽的潮湿雾团里。有人正在吹哨子。一个残疾人用一只手转动着轮椅不知从什么地方慢慢地出现了，另一只手按动着一支风笛。他沿着路边的水沟艰难地向前移动，吹的曲调总是走调，就像一个玩具橡皮猪发出的吱吱声。他不得不费力地一遍又一遍地从头吹起。那残疾人在一块黑板上写着："一九一七年受毒气侵害，只靠半叶肺维持残生。"D的四周黄雾翻滚，行人在鼓掌欢呼。

一辆戴姆勒牌小轿车从马路当中的车流中驶过来。几个女人在尖声叫喊，男人都摘下了帽子。D有点儿不知所措，他以前曾经看见过宗教游行，可这里却没有人打算下跪。小汽车在他面前缓缓地行驶着，透过玻璃，可隐约看到两个很小的女孩，穿着定做的僵硬的外衣，戴着手套，苍白的面孔，表情冷漠。一个女人尖着声音说："啊，亲爱的，他们要去哈罗德百货商店买东西。"这算得上是一个奇景：戴姆勒汽车居然载着人们崇拜的偶像游行。这时，D听见一个他所熟悉的声音严厉地说道："摘下你的帽子。"

这是库里。

D的第一个念头是，这个人正在跟踪我。当库里认出这是D的时候，他真的有些发窘。他侧过身去，扶了一下单片眼镜，小声咕哝说："噢，对不起，外国人。"这情景令人想到的是：D是一个同库里有过不正当关系的女人，库里不可能假装没看见她，他只想从她身边赶快走过去。

"我想知道，"D说，"你是否能告诉我去查塔姆路怎么走？"

库里的脸一下子红了起来："查塔姆路，去找本迪池勋爵？"

"是的。"街头那个吹笛子的人又一次断断续续地从头吹起来。公共汽车笨重地移动着，人群开始散去。

"听我说，"库里说，"那天晚上我好像做了一件蠢事，真抱歉。"

"没什么。"

"我以为你也是一个骗子呢。我过去上过当。库伦小姐可是个好姑娘。"

"是的。"

"我买过一艘沉没的西班牙大帆船。是西班牙舰队的一艘舰艇。我付了一百英镑的现款。后来才发现，根本就没有什么大帆船。"

"可不是么。"

"喂，我愿意向你表示我对你毫无恶意。我陪你一起去查塔姆路。我总是高兴能助外国人一臂之力。如果我到你的国家去，我想你也会同样帮助我的。当然了，我并没有可能去你们那里。"

"你真太好了。"D说。他这么说是真心实意的，他长舒了一口气。这场战斗看来已经接近结束了。如果那些人打算在这场大雾中最后再冒一次险，他们算打错了算盘——倒不是D运用智谋战胜了他们。他把一只手放在胸口上，隔着外衣摸了摸那份凸起来的证明文件，感到非常宽慰。

"当然了，"库里上尉继续啰啰嗦嗦地说，"有这么一次经验，会使你以后变得小心谨慎。"

"经验？"

"就是买那艘西班牙大帆船啊。那人花言巧语，给我五十英镑拿着，可他自己却兑换了我的支票。我当时真不该听他的，可他非要那么办不可。他说他得把支票兑换成现款才是公平交易。"

"这么说，你只叫人骗去了五十镑。"

"咳，这五十镑都是假钞票。我想他可能觉得我这人比较重感情。当然，这件事叫我变得聪明了。'吃一堑长一智'嘛。"

"是吗？"D很高兴让这个家伙这样不停地唠叨着和他一起沿

着骑士桥走下去。

"你听说过一家叫'西班牙大帆船'的酒馆吗？"

"没有。我想我没听说过。"

"这是我开的第一个路边酒馆。在梅登海德附近。可是我最后还是不得不把它卖掉了。你知道，在西部地区人们对社会地位不那么看重。在肯特郡或者艾塞克斯还比较好一点儿。可是往西走，往科茨瓦尔德那边去，你就会看到人们都不大讲究阶级身份了。"在等级森严、充满清规戒律的国家里，人们一般是不使用暴力的。暴力是非常简单的手段，是不文雅的举动。他们离开大路拐向左边的一条街。在他们面前，透过迷雾现了几个高大的塔楼和城堡状的建筑物。库里上尉说："看什么有意思的戏了吗？"

"我一直很忙。"

"千万不能太劳累了。"

"我还在学习世界语。"

"我的上帝，你干吗学这种玩意儿？"

"这是一种世界语。"

"归根结底，世界上大多数人都会说一点儿英语。"他说，"哎呀，真没想到，你看咱们刚刚从谁身边走过去？"

"我谁也没看见呀。"

"那个汽车司机，他叫什么名字来着？你曾经跟这个人较量过。"

"我谁也没看见。"

"他就站在那个门口，汽车也在那儿停着。我们过去跟他打个招呼怎么样？"他用那只没有伤残的手拉了一下D的袖子，"时间多得很，再走两步就到查塔姆路了。"

"不，没时间了。"他一下子恐慌万状。难道这是一个圈套？那只手仍在轻轻而又毫不留情地推他……

"我和本迪池勋爵约好了。"

"用不了几分钟的。再说上次你同司机打架，两边谁也没吃亏，棋逢对手。应该去和他握一下手，表示你的宽宏大量。这是规矩。我上次做得不好，你知道。"他在D的耳边轻声唠叨，一只手还在使劲拉着D的衣袖。D嗅出他嘴里有一股威士忌味。

"以后再说吧，"D说，"等我见过本迪池勋爵再说。"

"我可不愿你同他记仇。如果真那样，我就太对不起人了。"

"不，"D说，"你没有责任。"

"你们的约会在什么时候？"

"正午。"

"还有六七分钟呢。去跟那人握握手，再去喝一杯。"

"不。"他挣脱了那只紧紧拉着他袖子的手。听到有人在他身后吹口哨，他把牙一咬，倏地转过身去，举起拳头来。但他看到的只是个邮递员。D开口问："你能告诉我去格温别墅怎么走吗？"

"你已经快到门口了，"那个邮递员说，"这边来。"D瞟了一眼库里上尉那张吃惊又生气的面孔。过后他想，也许他搞错了——库里上尉只是一心想叫他同那个司机言归于好。

看到爱德华时期建筑风格的大门在面前打开，显出建筑物内部华丽的大厅，他仿佛看到了警报解除的信号。大厅里挂满了国王们的情妇的肖像，他对这个矿主的癖好不禁感到好笑。大厅装着巨大的细工嵌板，四壁悬着一些名画的复制品。楼梯口上面最显眼的地方是奈尔·格温[1]的画像，围在一群小天使中间。这些男孩子后来陆陆续续都被封了各种爵号。真是件不可思议的事，一个卖橘子的女人居然生下这么一群王室子孙来。除了奈尔·格温之外，他还发现蓬巴杜侯爵夫人和曼特农夫人[2]的肖像。另外还有加比·戴思莉[3]小姐穿着第一次大战前的服装，戴着黑手套，穿着黑丝袜。本迪池勋爵的癖好真是奇怪。

"把衣服给我吧，先生？"

他把外衣递给了男仆。这间外厅的家具是法国路易七世、英国斯图亚特王朝和中国的各种式样的大杂烩。这使D感到非常有趣。对于一个从事秘密活动的人来说，这里是一处避风港。

"我怕我来得早了点儿。"D说。

"爵爷吩咐说，您来了就直接进去。"

他有一种非常奇怪的感觉，不知为什么他总是想到罗丝就是这种环境——姑且称之为变相的色情狂吧——的产物。难道这就是一个野心勃勃的工人儿子的黄粱美梦吗？金钱就意味着美女。那个男仆也令人难以置信地被夸大了：高高的个子，腰部好像打了个褶儿，只有靠一种奇怪的姿势才能使身体保持直立，好像比萨斜塔一样总是向一旁倾斜着。D向来不怎么喜欢男仆——他们总是思想保

1　奈尔·格温（Nell Gwyn，1650—1687），英国女演员，英国国王查理二世的情妇。
2　曼特农夫人（Mme de Maintenon，1635—1719），法国国王路易十四的第二个妻子。
3　加比·戴思莉：（Gaby Deslys，1881—1920），法国女演员，葡萄牙国王曼努埃尔二世的情妇。

守，讲究礼貌，十足的奴才相。然而这个男仆却引他发笑，因为他像一张漫画，把所有这些特性都夸大了。D想起他有一次在一位剧院经理家里吃饭，曾看到好几个穿着特别制服的仆人。

男仆推开了一扇门。"D先生到了。"他通报说。D发现自己走进了一间非常宽敞的、铺着镶木地板的大房间。屋子里挂着许多肖像，似乎都是其家族成员。在一个烧木柴的火炉前，几把椅子围成个半圆形。这些椅子椅背很高，从进门处一点儿也看不到椅子上是否坐着人。他犹豫不定地向前迈了几步。他想，如果是另外一个什么人，这间屋子一定会把他镇住。就是说，这间屋子的布置与摆设都使人意识到自己的破袖口、旧衣衫和没有保障的生活。但是D却没有这种感觉，他生来就不巴结阔人。他根本没想到自己衣着如何寒酸。他轻轻地咳嗽了一声，迈着轻松的步子，走过了镶木地板。终于安全地来到这里使他万分高兴，他根本顾不上考虑其他事情了。

突然，一个弹头形脑袋上长满灰白头发、生着马嘴似的长下巴、身躯高大的男人从中间那张椅子上站了起来。他开口问："是D先生吗？"

"您就是本迪池勋爵了？"

那人向身边的三张椅子挥了一下手介绍说："这是福布斯先生，费廷勋爵，布里格斯托克先生。高尔德斯坦因先生恐怕不能来了。"

D说："我想你们已经知道我来访的目的吧。"

"我们已经收到了信，"本迪池勋爵说，"两星期以前我们就接到了你要来的消息。"他的手向一张镂花细木的大写字台一挥——他爱做的一个手势是把自己的手掌当作信号器。"请你原谅，咱们现在就谈正事吧。我是个非常忙的人。"

"我正是此意。"

这时，另一个人从一张椅子上站起来。这是个小个子，皮肤黝黑，五官线条分明，像只小狗似的机灵、麻利。他一本正经地把椅子在桌子后面摆好。"福布斯先生，"他喊道，"福布斯先生。"福布斯先生应声出现了。这个人穿着一套花呢西服，衣着举止令人一望可知，他刚从乡间来到伦敦不久，只是从头型才看得出他的犹太血统。他带着嘲弄的语气说："过来吧，布里格斯托克。"

"费廷勋爵！"

"叫费廷睡他的觉吧。"福布斯先生说，"当然了，只要他不打呼噜。"这些人自己都坐在桌子的一边，本迪池勋爵坐在正中，D觉得自己有点儿像经历一场学位口试。他想，这些人当中布里格斯托克多半会跟我找麻烦，他会像只小狗死咬着一件东西那样刨根问底地问我问题。

"不坐下吗？"本迪池勋爵声音重浊地说。

"好吧，"D说，"如果桌子的这头有张椅子，那么我当然乐意坐。"福布斯先生笑起来。本迪池勋爵呵斥了布里格斯托克一声。

布里格斯托克连忙绕过桌子，拿过来一把椅子。D坐了下来。这一切好像都不真实，叫人惴惴不安。他盼望的时刻终于来了，但他却几乎不能相信这是事实——坐在这间没有真实感的房子里，身边挂着的是那么多冒牌的祖先。还有那些早已离开人世的国王的情妇。费廷勋爵甚至没有露面。这里根本不是可望解决战争胜负的地方。D说："你们知道从现在到四月份我们需要多少煤吧？"

"知道。"

"能给我们提供这个数量吗？"

本迪池勋爵说："就假定说我同意这样做吧，再假定福布斯和费廷也都同意……还有布里格斯托克。"他又补充说，好像事后才想到似的。

"问题在于我们肯出什么价钱？"

"对，就是这么回事，还有你们的信用。"

"我们愿意出市场上最高的价钱。到货后另付25%的奖金。"

布里格斯托克问："是用黄金购买吗？"

"一部分用黄金。"

"你别指望我们接受你们的钞票。"布里格斯托克说，"那玩意儿到明年春天就可能一钱不值了。或者如果你们想以货易货的话，到时候可能从你们那里什么也运不出来了。"

本迪池勋爵歪靠在椅子上，叫布里格斯托克全权代表自己谈判。布里格斯托克久经锻炼，懂得怎样把本迪池勋爵已经承诺的事重新拉回来。福布斯先生在他面前摆着的一张纸上画了许多雅利安人的面孔。他画的女人都长着圆圆的多情的大眼睛，穿着游泳衣。

"如果你们同意把煤卖给我们，倒不必担心汇率问题。战争虽然进行了两年，但我们的货币并未贬值。有了煤，我们会彻底把那些反叛者击败。"

"我们也得到了完全不同的消息。"布里格斯托克说。

"我认为你们的消息不一定可靠。"

突然，椅子背后有人大声打起呼噜来。

"我们坚持要用黄金付款，"布里格斯托克说，"咱们是不是把费廷叫醒？"

"让他睡吧。"福布斯先生说。

"我们能满足你们的一部分要求，"D说，"我们准备按照市场价格用黄金付煤款，但奖金得用我们的钞票或实物支付。"

"那么奖金必须是全部煤款的35%。"

"太多了吧。"

布里格斯托克说："我们要承担很大的风险。运煤船需要保险。还有不少别的风险。"他背后挂着一幅画，画的是裸体女人、花朵和田园风光。

"你们什么时候能交货？"

"我们有些存货……从下月起分批交货。不过，鉴于你们需要的数量，我们还得重新启封几口矿井。这需要时间——也需要钱。机器都老旧了，工人也不会是那些技术熟练的老人了。他们比机器更容易老化。"

D说："当然了，你现在卡着我们的脖子。我们没有煤就维持不下去。"

"还有一点，"布里格斯托克说，"我们是生意人，不是政治家，也不是十字军。"费廷勋爵从火炉边刺耳地叫了一声："我的鞋，我的鞋在哪儿？"福布斯先生又笑了起来，继续画着让人看了不舒服但很多情的眼睛。接着，他又在眼睛上画了睫毛。他是不是正在思念住在谢波德市场的那个姑娘？他这个人给人一种健康而耽于色欲的印象，尤其是穿着这套花呢衣服、叼着烟斗的样子。

本迪池勋爵慢吞吞而傲慢地说："布里格斯托克的意思是，我们的煤在别人那里也能卖好价钱。"

"很可能。但是你们还得考虑一下将来的事。如果我们的敌人赢了这场战争，他们就不会再从你们这里买煤了。他们和别人建立了同盟关系……"

"这事离现在太遥远了。我们看重的是眼前的利益。"

"你会发现他们的黄金还没有我们的纸币可靠。不管怎么说，他们的金子是盗窃来的。我们会向国际法庭起诉……而且，你们还有一个政府。如果把煤卖给那些反叛分子，你们是违法的。"

布里格斯托克厉声说："如果想把这笔生意谈妥，你们一定要把奖金提高到35%，按照付货最后一天的煤价计算。另外，还有一点也必须同你讲清楚，佣金由你们一方支付。我们已经做了最大的让步。"

"佣金？我不大懂你的意思。"

"当然是指做成这笔生意后你拿到的报酬啦。你只能从你们那边领取。"

"我没打算要佣金，"D说，"按照常规，中间人一定得要佣金吗？我不清楚。但是，不管怎么样，我不会要的。"

本迪池说："你这个代理人可真不一般。"说完，他看了一眼D，那神情就像D宣传了什么异端邪说，或者做了什么违法的事似的。布里格斯托克说："在签署合同之前，我们得看一下你的证件。"

D把手伸进那个贴胸的衣袋。证件不见了。这真是令人无法相信的事。

他惊慌失措地翻遍了所有的衣服口袋，可是连证件的影子也没找到。他抬起头来，看见对面的三个人正在望着他。福布斯先生不再画小人儿了，他正饶有兴趣地盯着他。D说："这太奇怪了，我是把证件装在这个兜里的呀……"

福布斯先生轻声说："也许在你的外衣口袋里？"

"布里格斯托克，"本迪池勋爵说，"按一下铃。"他向进来的男仆说："把这位先生的外衣拿来。"这只是走一下形式，因为D清楚地知道证件根本不会在那儿。可到底这证件是怎么丢的呢？难道库里会……？不，这不可能。没有人有机会偷走证件，除非……男仆胳膊上搭着那件外衣走了进来。D看了一眼那双受人雇用、恪尽职守的毫无表情的眼睛，好像他希望能从中找到些暗示。但是，那双眼睛不论接受了别人的贿赂还是赏金，却什么也不表现出来。

"怎么样，找着了吗？"布里格斯托克用刺耳的声音问。

"不在那里。"

突然，火炉前站起来一个非常老的老头。他开口说："那个人什么时候来，本迪池？我已经等了很长时间了。"

"他已经来了。"

"应该告诉我一声。"

"可你一直在睡觉呀。"

"胡说。"

D一个接一个地翻着口袋，甚至连衣服的衬里都找了一遍。当然，那儿是绝不会有的。他做的可能只是个富于戏剧性的姿势，叫那些人相信他的确有过证件。D觉得他的表演非常蹩脚，给人的印象是他自己也没有希望找到这件东西。

"我刚才是在睡觉吗，布里格斯托克？"

"是的，费廷勋爵。"

"是吗？睡觉就睡觉吧。我现在倒有精神了。我希望你们的事情还没有谈妥呢。"

"是的，什么也没有谈妥，费廷勋爵。"布里格斯托克的样子有点儿沾沾自喜，他好像要说，"我一直都在怀疑……"

本迪池勋爵问D："你会不会出来的时候把证件丢在家里了？太奇怪了。"

"我一直把证件带在身上。是让人偷走了。"

"偷走了？什么时候？"

"我不知道。就是到这间屋子来的路上。"

"噢，"布里格斯托克说，"那就什么也别说了。"

"是怎么回事？"费廷勋爵厉声问道，他又说，"你们就是谈妥了什么事，我也不会签字的。"

"我们什么也没有决定。"

"应该这样，"费廷勋爵说，"这件事还需要考虑一下。"

"我知道，"D说，"因为我拿不出证件，你们怕我的话不算数。可是我干这件事又能捞到什么好处呢？"

布里格斯托克从桌子后边探过身来，语气恶毒地说："你能拿到一笔佣金，不是吗？"

"算了吧，布里格斯托克，"福布斯说，"他说了，他是不要佣金的。"

"哼，他这么说是因为他看到根本没希望拿到。"

本迪池勋爵说："用不着争论了，布里格斯托克。这位先生可能是真的，也可能是冒名顶替的。如果他的身份是真的，并能提供证明，我就准备同他签订合同。"

"当然了，"福布斯说，"我也是这样。"

"你应该了解，先生，你现在是在洽谈一笔生意，我们是无法同一位身份不明的代理人签订合同的。"

"你还应该了解，"布里格斯托克说，"我们国家有一条法律，对于招摇撞骗的人是要严厉惩处的。"

"我们还是以后再谈吧，"费廷勋爵说，"好好考虑一下再谈吧。"

我该怎么办？D在思忖，我现在该怎么办？他坐在椅子上，承认自己被彻底打败了。什么陷阱他都摆脱了，只有最后这一招他没有料到……他感到很不是滋味。没有别的法子了，只有再千里迢迢地重新回老家去——乘坐渡海峡的轮船，乘坐到巴黎的火车。家里的人当然不会相信他的故事。他没有被敌人的子弹打死——倒不是他自己做出了什么努力——结果却被自己这边的人枪毙在坟场上。他们总是在坟地里行刑，免掉搬运尸体的麻烦……

"好吧，"本迪池勋爵说，"我想没有什么好说的了。如果你回到旅馆以后找到了证件，最好马上给我打个电话。另外还有一个人要同我们谈这笔生意……我们不能无限期地等下去。"

福布斯问道："伦敦没有人可以给你作保吗？"

"没有人。"

布里格斯托克说："我想咱们别再耽搁人家了。"

D说："我想我用不着对你们说，我早就料到这个结局了。我到这里来还不到三天，我住的房子就叫人搜寻过，我自己被人打了一顿。"他用手摸了摸脸，"你们可以看到我脸上的伤疤。还有人向我开了一枪。"在这些人观察他脸上伤疤的时候，D想起罗丝警告过他的话——不要像演戏似的妄图打动这些人的感情。本迪池、费廷、布里格斯托克，一个个脸上都毫无表情，倒好像他在不适当的场合讲了一个肮脏的故事。本迪池勋爵说："我相信，你可能真的把证件丢掉了……"

"这是浪费时间，"布里格斯托克说，"谁都看得出来。"

费廷勋爵说："简直是胡闹。有警察嘛。"

D站起来说："还有一件事，本迪池勋爵。你的女儿知道有人冲我开过枪。她到那个出事地点去过。连枪弹也找到了。"

费廷勋爵笑了起来。"噢，那个姑娘啊，"他说，"那个年轻的姑娘，总是瞎胡闹……"布里格斯托克神情紧张地斜着眼睛瞥了本迪池勋爵一眼，他好像想要说什么又不敢开口。本迪池勋爵说："我女儿说的话在我们家里算不得证明。"他皱了皱眉头，低头看着自己指关节生满汗毛的一双大手。D说："那么，我只好说再见了。但是我还没有被打败。我请求你们别匆忙作出决定。"

"我们办事从来不匆忙。"费廷勋爵说。

D走了半天才从这间气氛冰冷的屋子走出去。他好像开始踏上了漫长的归途，谁也说不准在他到达行刑的坟场前，中途有没有个落脚点。L正在客厅里等候接见，D看到他像个无足轻重的人被冷落在自己后面，心里略微感到些许安慰。L站在那里，有意摆出一副傲然物外的样子。他正在审视围在一群小天使中的奈尔·格温，听见脚步声连头也不回。过去，由于意识到自己的优越地位，他总是先打招呼，但现在这种残酷无情的处境却使他不得不佯装不识了。他向油画又凑近了两步，开始观察圣阿尔班公爵肖像的背面。

D开口说："我应该多防备一些。你雇的特务当然不少，可是这种把戏只有一方面是要不起来的。"

L带着忧愁的神色，把目光从油画上的小天使转向这个不懂社交礼节的人。他说："我想，你大概要搭第一班船回国，但如果我是你的话，到了法国就别再往南走了。"

"我不准备离开伦敦。"

"你在这儿还有什么好做的？"

D沉默不语——说实在的，他自己也不知道还留在英国做什么。他的这种沉寂似乎让L感到不安。L认真地说："你还是听我忠言奉劝吧……"这么说一定还有什么事叫他感到惴惴不安，他是不是害怕对方采取最直截了当的办法？D说："你犯了不少错误。在路上打我——库伦小姐绝不会支持你，认为我偷了她的汽车。还有那次偷偷向我开枪——我虽然没有找到枪弹，可是叫库伦小姐找到了。我要对你提出控告……"

铃声响了一下，刚才把D引进来的那个男仆一声不响地突然出

118

现在他们身边："本迪池勋爵现在请您进去，先生。"

L根本没有理睬男仆（这件事很值得玩味），他说："只要你肯保证……别再找麻烦。"

"我向你保证，今后几天我的住址都在伦敦。"D又恢复了信心：这件事断定谁胜谁负还为时尚早。L变得惶惑不安起来，不知为什么。他好像准备好言相求，他肯定知道一些D并不了解的事。门铃突然响起来，仆人把大门打开，罗丝好像到别人家做客似的走了进来。她说："我要去赶……"这时她一眼看到L，改口说，"真是幸会！"

D说："我刚才正在跟他说，我并没有偷你的汽车。"

"你当然没偷。"

L行了一个欠身礼说："我不能叫本迪池勋爵久等了。"仆人打开门，L立刻隐没在那间大屋子里。

"喂，"她说，"还记得你昨天说了什么吗？我们要庆祝一番。"她说这话的勇气是强装出来的。在向一个男人倾吐了自己的爱情之后，下一次同他见面是会有些尴尬的。D本来猜想她也许会提出什么借口——"我什么都不记得了。上次我喝醉了。"但是她却没有这样，她一片真诚，简直叫人吃惊。她说："你没有忘记昨天晚上的事吧？"

D说："要是你还记得，我自然什么也没有忘。只不过没有什么可值得庆祝的。他们把我的证件弄去了。"

她很快地问："他们没有把你打伤吧？"

"没有。他们没费一点儿事就拿去了。给你开门的那个人是新雇的吗？"

"我不知道。"

"肯定是……"

她说："你是不是认为我也住在这里？"但她立即就把这个问题撇开了，"你是怎么同他们说的？"

"跟他们说的都是实话。"

"所有你经历的那些闹剧？"

"是的。"

"我警告过你。福尔特有什么反应？"

"福尔特？"

"就是福布斯。我总是叫他福尔特。"

"我不清楚。净是听布里格斯托克一个人说了。"

"福尔特还算个正直的人，"她说，"尽管他自己有一套处世方法。"罗丝脸上的肌肉绷紧了，好像她正在沉思福尔特的处世方法。D不禁从心坎里可怜起这个姑娘来：她从小失去家庭的温暖，在一群私人侦探和互相猜忌的气氛中长大成人，她在自己父亲的这个家里是非常不舒服的。她还这么年轻，D结婚的时候她还是个小孩子，可是在短短的时间里她就发生了这么可怕的变化。与此同时他们俩的关系也过分亲密了点。她说："你们的使馆里有没有人可以给你担保？"

"我想不会有。我们不相信使馆的人——除了有一位第二秘书，也许是个例外。"

她说："那就不妨去试试。我去叫福尔特来。他很精明。"她按铃把仆人找来，对他说："我要见一下福布斯先生。"

"我怕他正在开会呢，小姐。"

"没关系。告诉他我有要紧事要跟他谈。"

"本迪池爵爷吩咐过……"

"你不知道我是谁,是吗?你一定是新来的。我没有必要认识你的面孔,但是你应该认识我才好。我是本迪池勋爵的女儿。"

"很对不起,小姐。我不知道……"

"那么你就给我传话去吧。"她转身对D说:"你看,他是新来的。"

门打开的时候他们听见了费廷的声音:"不用忙。最好睡一会儿……"罗丝说:"如果是这个人把你的文件偷走了……"

"肯定是这个人。"

她气冲冲地说:"我就叫他找不到饭碗。英国没有哪个职业介绍所会……"福布斯先生走了出来。罗丝说:"福尔特,我要叫你给我办一件事。"福布斯把身后的门关上,回答说:"办什么事都成。"他像是一个穿灯笼裤的东方君主,愿意许诺给别人巨大的财富。罗丝说:"那些傻子不肯相信他。"当他望着她的时候,他的眼睛湿润了。不管那些侦探如何汇报,他的确是无可救药地爱着她。他对D说:"很对不起,你的经历太离奇了。"

"我找到了那颗子弹。"罗丝说。

离开了那些人,又不是坐在桌子后面,福布斯的犹太人特征显得格外分明了——隆起的肚皮和犹太人的头颅。他回答说:"我说他的经历很离奇,但并不等于说不可能发生。"他的非常遥远的背景是沙漠、死海、荒山以及从耶利哥[1]出发后一路上遇到的艰

---

1 耶利哥,西亚约旦境内死海以北的古遗址,这里象征犹太人的祖居地。

难险阻。像他这样的人是什么离奇的事都会相信的。

"他们在里面现在谈得怎样了？"罗丝问。

"没有很大进展。费廷这老头儿总是横生枝节，布里格斯托克办事也不痛快。"他转过来对D说，"别认为布里格斯托克只不相信你一个人。"

罗丝说："如果我们能向你证明，D说的话都是真实的……"

"我们？"

"是的，我们。"

"如果我感到满意，"福布斯说，"我就签订一份合同，在我力所能及的范围内提供最大数量的煤。这还不能完全满足你们的需要，但是别的人也会照我这样办。"他焦虑不安地望着他们俩，好像在为什么事担忧。说不定这个人一直生活在恐惧中，他害怕在报纸上读到一则结婚启事，也害怕听到人们议论："你听说本迪池女儿的事了？"

"你现在就同我们去使馆吧？"她问。

"我以为你是要告诉我们……"

"这不是我的主意，"D说，"我想这很可能解绝不了问题。国内的人对我们这位使节是不信任的……但也不妨试一试。"

他们一言不发地在雾中缓缓地驾驶着汽车。福布斯在途中只开口说过一次话："我倒很愿意再把矿井打开。工人们现在的生活太糟了。"

"他们的生活糟不糟关你什么事，福尔特？"

他冲着坐在汽车另一角的罗丝笑了一下，说："我不愿意招人恨啊。"这以后他的两只葡萄干似的小黑眼睛又开始聚精会神地凝望着车外的黄雾。他非常耐心，就像为了娶拉结甘心服役七年的雅各那样耐心[1]……D想，雅各住在帐篷里心中还存有希望呢。你能责备他吗？他觉得即使福布斯也是值得羡慕的，不管怎么说，他爱的是一个活生生的女人，哪怕爱情的代价是恐惧、嫉妒和痛苦。这种感情毕竟是高尚的。

汽车到了使馆，D说："要是第二秘书接见我们……还是有希望的。"

他们被带进会客室。在会客室的墙壁上挂着的还是战前的风景照片。D说："这就是我出生的地方。"那是一个群山环抱中的荒凉的小村落。"现在让他们占据了。"他在屋子里缓步地兜着圈子，好像有意叫福布斯同罗丝单独在一起。这些照片都很不高明，有意照出浓厚的云层和艳丽的花朵，给人以华而不实的感觉。有一张照片是他教过课的大学……空无一人，像是一座寺院，叫人看着很不真实。门开了，一个穿着黑色晨装、戴着白色高领的人——样子像个没有台词的演员——进来说："是福布斯先生吗？"

D说："你们别管我。尽量向他提出问题吧。"会客室有一个书架，上面的书都是同样的装帧，厚厚的，看来没有人翻过。戏剧集、诗集……D把背转过去，佯装看这些书。

福布斯先生说："我来打听一些事。我代表本迪池勋爵，也为了我自己。"

"只要我们能够帮助您……我们乐于为您效劳。"

---

1 《圣经》中的一个典故。犹太人的第三代祖先雅各为娶自己的表妹拉结，曾为舅舅做工七年。

"我们同一位先生会过面，这位先生自称是贵国政府的代表，来洽谈购买煤炭的事。"

使馆里的人语调是冷冷的："我想我们没有收到这方面的消息……我可以问一下大使，但我敢肯定……"他越往下说语气就越发坚定。

"可是我想，你们也有可能没有接到通知，"福布斯先生说，"这个人是机要人员。"

"这绝不可能。"

罗丝厉声说："你是第二秘书吗？"

"不是，太太，他休假去了。我是第一秘书。"

"他什么时候回来？"

"他不回英国了。"

看来这件事到此就可以结束了。福布斯先生说："他声称证件遗失了。"

"噢……恐怕……我们对这件事毫不知情……我刚才说了，这绝不可能。"

罗丝说："这位先生还是有些名气的。他是位学者……在大学任过课。"

"如果是这样，我们不会不知道。"

D非常佩服，看不出罗丝居然是位干将。她每次开口都说到点子上。

"这个人是法国文学权威。他注释了《罗兰之歌》的伯尔尼稿本，名字叫D。"

这次，那冰冷的声音在沉吟了片刻后才接着说："恐怕……我从来没听说过这个名字。"

"这很可能，是不是？也许你对法国文学毫无兴趣。"

"如果您肯等两分钟，"他强作镇静地干笑了一声，"当然了，我可以去查一下人名录。"

D转身离开书架，对福布斯先生说："恐怕我们这是白白浪费您的时间。"

"啊，"福布斯先生说，"我的时间没有那么宝贵。"他的眼睛一刻也离不开那个女孩子。他对她的一举一动都紧紧盯着不放，眼睛里流露出疲惫、悲哀和情欲的神色。这时她走到书架旁边，从书架下层抽出一本书，翻看起来。门又开了。使馆的秘书走了进来。

他说："我已经查过了，福布斯先生。没有这么一个人。我怕是你们上当了。"

罗丝怒气冲冲地抢先一步说："你说谎。你是不是说谎？"

"我有什么理由说谎？这位……"

"我叫库伦。"

"亲爱的库伦小姐，因为这场内战，所以一些真真假假的人物都上场了。"

"那么为什么他的名字印在这里？"她拿着一本打开的书说，"我不懂这里写的是什么，但这里是这个名字……我不会弄错的。这里还有'伯尔尼'这个字。这似乎是一本人名录。"

"真奇怪。我可以看看吗？也许，因为您不懂这种语言……"

D说："我懂，我可以谈谈吗？这里面记载着我担任塞德大学讲师的时间，也谈到了我论述伯尔尼手稿的那本著作。可不是，这里面都写着呢。"

"你就是这位学者？"

"不错。"

"我可以看看这本书吗？"D把书递给他。D想：天啊，她胜利了。福布斯也看着她，眼睛里流露出无限的敬佩。第一秘书说："啊，对不起。因为您的发音，库伦小姐，所以我弄错了。D这个人我们当然都知道，是我们最尊敬的学者之一……"他让自己的话在半空飘浮着，看来他就要彻底投降了，但他的目光却一直停在室内那位女客身上，他根本不看这件事的主人公。这里面一定有鬼，这人肯定又要搞什么名堂。"你看，是这么回事吧。"罗丝对福布斯说。

"可是有一点，"第一秘书不慌不忙地说，"他已经不在人世了。他在监狱里被叛变的人枪杀了。"

"没有，"D说，"这不是事实。我被交换出来了。这里——我带着护照呢。"他没有把护照同证件放在一个口袋里，真是万幸。第一秘书接过护照来。D说："你还有什么话说？护照是伪造的，是不是？"

"噢，不是假的，"第一秘书说，"我看这份护照倒是真的，只不过不是你的。只要看看上面的照片就知道了。"他把护照擎在手里叫大家看。D想起他在多佛尔检查站镜子里看到的那个满面笑容的陌生人……他不抱希望地说："战争和牢狱生活使人的容貌都改变了。"

福布斯先生语气温和地说："当然了，相片和本人还是很相似的。"

"当然有相似的地方，"秘书说，"要使用别人的护照就得找一个……"

罗丝怒气冲冲地说："相片上就是他这张脸。我一看就知道是他的脸。谁都看得出来……"但是D却听出她的语气里不无某种怀疑，她故意大发雷霆只不过为了叫自己深信不疑。

"他是怎么把护照弄到手的，"秘书说，"这事谁也不知道。"他转过来对D说："我要叫你为这件事受到应有的惩罚……一点儿不错，我绝不会让你逃掉的。"接着他又降低了声音，毕恭毕敬地对罗丝说："真是对不起，库伦小姐，D本来是我们最有学问的一名学者。"他说这话时语调令人非常信服。D觉得好像是听别人在背后恭维自己，他觉得很奇怪，并且夹杂着某种自鸣得意的感情。

福布斯先生说："最好叫警察局去好好调查一下。我真弄不明白这是怎么一回事。"

"对不起，我现在就给警察局打个电话。"一秘在桌子旁边坐下来，拿起电话机听筒。

D说："我这个假冒死人的人似乎干了不少犯法的事。"

秘书对着电话机说："是警察局吗？"接着他告诉了对方使馆的名称。

"第一件犯法的事是偷了你的汽车。"

秘书说："护照是在多佛尔盖的入境签章，两天以前，不错，他就是这个名字。"

"接着布里格斯托克先生又怀疑我冒名顶替图谋钱财——我不知道他为什么这么想。"

"我知道了，"秘书说，"看来肯定就是这个人。是的，我们就把他扣在这儿。"

　　"现在我又被控告使用假护照，"D接着说，"作为大学讲师，我这些履历可真不光彩。"

　　"别开玩笑了，"罗丝说，"简直是疯了。你是D。我知道你是D。如果你还不算正人君子，那么这个肮脏的世界简直……"

　　秘书说："警察局已经来找你这个人了。不要乱动。我的口袋里有一支手枪。他们要问你几个问题。"

　　"不会只问几个，"D说，"偷车……冒名顶替……假护照。"

　　"还有一个姑娘死因不明的事。"秘书补充说。

四

噩梦又重新回来了。他成了一个带着传染病菌的人，他到什么地方，暴力也跟随他到什么地方。像一个伤寒传播者，他要对所有素昧平生的人的死负责。他在一把椅子上坐了下来，说道："什么姑娘？"

"你很快就会知道的。"一秘说。

"我想，"福布斯先生说，"我们最好还是走吧。"看上去他有些迷惑不解，事情的发展越来越复杂了。

"您最好还是先不要走，"第一秘书说，"他们很可能要了解一下这个人的行动。"

"我不走。这太令人不可思议了，简直疯了……"罗丝说，"你可以对他们解释今天一整天你都到过什么地方吗？"

"噢，当然可以，"他说，"而且我今天每一分钟的行动都可以找到见证人。"他不那么悲观绝望了，这显然是个误会，他的敌人用不了多久就会承认自己搞错了。可是就在这个时候，他又想起第一秘书提到死人的事不会是假的，在某个地方，肯定有某个人死了。这绝不是什么误会。他心中的感情更多的是怜悯，而不是恐惧。说起来他已经经历过那么多陌生人的死亡场面，可以说已经习惯了。

罗丝说："福尔特，你不相信这件事吧？"他从她这句话中又一次听出怀疑的语气。

"怎么说呢，"福布斯说，"我也不知道。这太离奇了。"

但是她又一次在极为关键的时刻说出了几句非常有分量的话："假如他是冒充的，为什么还会有人向他开枪呢？"

"要是他们真的向他开过枪的话。"

秘书坐在门口，故意装作非常讲礼貌，不听他们的谈话。

"但是我亲手找到了那颗子弹头啊，福尔特。"

"依我看，一颗子弹头完全可以事先做点儿手脚。"

"我不相信。"D注意到她不再说她从来不相信会有这种事了。她转过身去，背朝向他。"他们现在还要做什么？"

福布斯说："你最好离开这里。"

"去哪儿？"她问。

"回家。"

她笑了起来——完全是歇斯底里的狂笑。除她以外谁都不出声，他们只是等待着。福布斯开始端详那些照片，就好像那些照片非常重要似的。过了一会儿，门铃响了。D一下子站起身来。第一秘书开口说："别动。警察局的先生们会进来的。"两个人走了进来，他们看上去就像一个是店铺老板，一个是店铺伙计。那个年纪大一些的警察说："是D先生吗？"

"是。"

"你是不是和我们去一趟警察局回答几个问题？"

"就在这儿问吧。"D说。

"就随你吧，先生。"他站在那儿一言不发，等着其他人离去。D说："我不反对这几个人在场。假如你们只是要了解一下我去过的地方，他们还会有些用处呢。"

罗丝说："他怎么可能做这种事？今天任何时间他都可以找到证人……"

警长有些左右为难，他说："这件事很严重，先生。假如你去一趟警察局，不管对谁都会方便些……"

"那么就逮捕我好了。"

"我在这里不能逮捕你，先生。再说，事情还不到那个地步。"

"那就问你的问题吧。"

"我相信你认识一位克鲁尔小姐，是不是？"

"我连听都没听说过这个名字。"

"恐怕不对吧。你就住在她干活的那家旅馆。"

"你说的不是爱尔丝吧？"他一下子站了起来，伸出手来朝那个警长走过去，几乎是恳求地说，"他们没有对她下毒手，你说是吗？"

"我不知道你指的'他们'是谁，先生。但是那个姑娘已经死了。"

他喊道："噢，天哪，这都是我的错。"

警长依然不紧不慢地说着，就像是医生在对病人讲话："我应该提醒你，先生，你说的话全部……"

"这是谋杀。"

"从技术性讲，可能是，先生。"

"你说技术性是什么意思？"

"你先不必注意这个，先生。此刻我们所关心的是——这个姑娘似乎是从顶层的一个窗户跳下楼的。"D记起从楼上俯视，下面的街道在雾中若隐若现的样子。他听见罗丝说："你们不可能把他扯进去。从中午起他就一直在我父亲家中。"他又忆起他妻子逝世的消息是如何传到他耳中的。他当时还认为这样的消息以后再也不会伤害他了。一个被火烧伤的人是不会害怕再挨一下烫的。但是这次他的感觉却像是自己唯一的孩子死去了一样。在她掉下去之前她肯定吓得魂不附体。这是为什么，为什么，为什么？

"你和那个姑娘是不是有亲密关系，先生？"

"不。当然不。这怎么可能，她还是个孩子呢。"大家都目不转睛地盯着他，警长的嘴巴在令人敬畏的店铺老板式的上髭下面抿得紧紧的。他对罗丝说："您最好还是离开这里，太太。案情牵扯到的一些事情不太适合女士们听。"

她说："你们搞错了。我知道你们搞错了。"福布斯先生拉着她的胳膊把她带了出去。警察对第一秘书说："您要是愿意待在这儿，就待在这儿，先生。这位先生可能希望自己的使馆为他出面。"

D说："这并不是我的使馆，事情很清楚。现在不要理会这种事了。往下问吧。"

"有位印度客人，叫作穆克里，也在你住的那家旅馆住。据他说，早上他看见那个姑娘在你的房间里，正在脱衣服。"

"这简直荒谬绝伦。他怎么可能知道？"

"他对这件事倒不隐讳，先生。他偷看来着。他说是为了取得资料——我并不知道他要什么资料。据他讲，那个姑娘当时正在床上脱袜子。"

"原来是这么回事。我现在明白了。"

"你现在还否认你们之间关系过分亲密吗？"

"我否认。"

"那么她在那儿做什么呢？"

"我头一天夜里交给她一些很重要的文件，让她替我收藏。她一直把这些文件放在袜子里随身带着。你要知道，我有理由认为我的房间可能被搜查或是我本人遭到攻击。"

"什么样的文件，先生？"

"我的政府交给我的文件，证明我的代理人身份，并且授权给我签订一项生意合同。"

那名警察说："但是这位先生认为，事实上你并不是D先生。根据他的看法，你是用一张死人的护照到这儿来的。"

D说："哦，是的，他这样看有他的理由。"罗网已经在他周围收口了，他被死死罩在里面。

那个警察说："我能看看那些文件吗？"

"让人偷了。"

"在什么地方偷的？"

"在本迪池勋爵的家里。"他的这种解释别人当然是不相信的。他自己对这个荒诞不经的故事也感到很可笑。他说："是本迪池勋爵的男仆偷的。"有那么一会儿大家谁都没有开口，那个警察甚至连记录都懒得记了。他的那个同事努着嘴唇，东瞧瞧西看看，就好像他对罪犯的供词早已失去了兴趣似的。盘问D的警察说："我说，咱们还是回头说说那个姑娘吧。"他停了一会儿，似乎是给D一个机会重新考虑他准备编造的故事。他说："你能不能对这个自杀事件为我们提供一点儿线索？"

"不是自杀。"

"她不幸福吗？"

"她不是今天才不幸福的。"

"你是不是威胁过要抛弃她？"

"我并不是她的情人，老弟。我不能和孩子谈恋爱。"

"你是不是无意中对她说过，你们要一起自杀？"马脚终于露出来了：他们认为D曾经同爱尔丝订过一个一同殉情的誓约，警察刚才谈到的"真正意义上的谋杀"也正是指这个。他们臆断他把她带到一个深渊，自己却一走了之。这是极端懦弱的表现。天知道他们怎么会这么想。他有气无力地说："没有说过。"

"我想随便问问。"那个警察说，目光随即转开，开始打量起墙上那几张照得非常糟糕的照片来。"你为什么要住在这家旅馆呢？"

"房间是在我到达之前就预订的。"

"这么说你以前就认识这位姑娘？"

"不，不认识，我已经将近十一年没来过英国了。"

"你选中的这家旅馆可是有点儿古怪。"

"是我的雇主挑选的。"

"可是你在多佛尔对海关检查员却说要住在滨河旅馆。"

他简直想举手投降了，自从上岸以后，他经历的每一件事似乎都在这条绳索上加了一个死结。尽管如此，他还是固执地说："我当时认为那只是例行公事。"

"你为什么这么认为？"

"海关检查员向我挤了挤眼睛。"

那名警察禁不住叹了一口气，从他的表情看，他简直想把记录本一合了事。他说："这么说你对于这起自杀事件提供不出什么线索了？"

"她是被谋杀的——凶手就是老板娘和一个名叫K的人。"

"出于什么动机？"

"我现在还不能肯定。"

"我想，你要是听说她留下来的自白，肯定会大吃一惊，对吗？"

"我不相信。"

警察说："事情还是应该由你自己说出来，这样我们大家都可以省点儿麻烦。"他又用蔑视的口吻说，"订立自杀契约并不是判死刑的罪。我倒希望干这种事要判处死刑。"

"我能不能看看那个姑娘写了什么自白？"

"我可以给你念几段——如果这样做可以帮助你下定决心的话。"他往椅子背上一靠，清了清喉咙，好像是要朗读自己的一篇大作似的。D坐在那儿，两只手垂在身旁，目光停留在第一秘书的脸上。背叛使整个世界变得暗淡无光。他想，这简直是世界的末日了。他们不能就这样随便杀死一个孩子。在他的脑子里出现了她跌到冰冷的人行道之前的恐怖过程。当一个人无望地跌落下去的时候，两秒钟的感觉会显得多么长呢？怒火突然在他心头升起。直到现在，他一直像只木偶一样让别人摆弄，时间也够长的了，现在该是他采取主动了。既然他们喜欢暴力，就让他们自己也尝尝暴力是什么滋味吧。第一秘书被他的目光搞得有些不安，身体动了动，他的一只手插到那只装着左轮枪的口袋里。枪可能是在他刚才出去向大使汇报的时候趁机取来的。

警察读道："这样的日子我再也无法忍受了。他说今天夜里我们一同远走高飞，再也不回来了。"他解释说，"她记有一本日记，你知道。写得相当好。"其实写得并不好，她使用的辞藻都是从她读过的那些廉价杂志上抄下来的，非常俗气，但是D却能听出那正是她的声音，这些拗口的词句在她的舌头上打着滚。他绝望地暗暗发誓：一定得有人为她抵命。在他妻子被杀死的时候，他也曾经发过这种誓，但是后来并没能做到。"今天晚上，"那个警察继续读道，"我以为他爱的是别人，但是他说我想错了。我想他不是那种拈花惹草、朝三暮四的男人。我已经给克拉拉写了信，告诉她我们的计划。我想她听说以后会伤心的。"那个警察颇有感触地说，"她这么能写，是从什么地方学来的？简直像写一本小说。"

"克拉拉，"D说，"是一个年轻的妓女。你找她不会太难。那封信或许可以把这一切解释清楚。"

"她在这里写的已经再清楚不过了。"

"所谓'我们的计划'，"D不动声色地说，"不过是我今天要把她从旅馆带走。"

"她还不到法定的结婚年龄。"警察说。

"我还不至于是那种野兽。我曾请求库伦小姐给她找个工作。"

那个警察说："你看这么说怎么样：你在许诺给她找个工作后，得到她的同意把她悄悄带走？"

"当然不是这么回事。"

"这可是从你嘴里说的。那个叫克拉拉的女人是怎么回事？她跟这件事有什么关系？"

"她以前叫这个孩子到她那儿当她的女仆。我觉得这件事似乎不大——合适。"

那个警察写道："一个年轻的女人曾经主动提供给她一个职位，可是我觉得此事似乎不适宜，所以我说服她和我一道离开……"

D说："你写得还没有她好呢。"

"这不是在和您开玩笑。"

怒火像癌一样在他的身子里慢慢膨胀起来。他想起她的话——"大部分房客像发情的雄萨门鱼。"憧憬着未来，一个人留在旅馆里惊惧不安，可怕的不成熟的爱情。"我不是开玩笑。我是在告诉你这里面不存在自杀的问题。我要控告老板娘和K先生精心策划这次谋杀。她肯定是被推下……"

警察说："起诉是我们的事。我们已经向老板娘调查过了——这很自然。她十分悲痛。她承认自己对她发过脾气，嫌她太邋遢。至于K先生这个人，我从来没听说过。旅馆里没有这么个名字。"

D说："我提请你注意。假如你不做这项工作，我可要做。"

"够了，"警察说，"在这个国家里你不能再干什么了。我们该走了。"

"你们并没有充足的证据可以逮捕我。"

"不是因为这件事——现在看来证据还不充分。但是这里的这位先生说你使用的是一张假护照……"

D一个字一个字地说："那好吧。我和你们去。"

"外面有我们的车。"

D站起身来。他说："戴不戴手铐？"那个警察的口吻有些缓和，说道："我想用不着。"

"还需要我吗？"第一秘书问道。

"恐怕您得和我们去一趟局里，先生。您知道，我们在这里没有任何权力——这是您的国家。万一哪位大政治家提出质询，我们可能需要您来证明，是您请我们到这里来的。依我看，我们的起诉不会仅此一项。彼特斯，"他说，"去看看车在不在外面？雾这么大，我们最好别在外面站着等车。"

非常明显，一切都完结了——不仅爱尔丝完了，而且家里成千上万的人也都完了……因为不可能再搞到煤了。她的死仅仅是开始，因为她是孤孤单单的，所以也许是最恐怖的。其他人将在地下掩体里集体死亡。他越来越按捺不住胸中的怒气……一直这样被别人要来要去……他注视着彼特斯走出屋子。他对留下的那个警察说："那边那张照片拍的就是我出生的地方——就在大山的脚下。"警察转过身去看那张照片。他说："风景很美。"说着D一拳打过去——正击在第一秘书位于白色高领上面一点儿的喉头上。第一秘书痛得大叫一声，倒在地上，摸索着把枪掏出来。这倒帮了D的忙。在警察还没反应过来之前，他已经把枪抓在自己的手里。他急促地说："别认为我不敢开枪。我是在执行任务。"

"我说，"那个警察开口了，非常冷静地举起双手，就是在他执勤的时候也不过如此，"别这么轻率——你最多也不过被拘留三个月。"

D对第一秘书说："到那面墙那儿去。从我到英国起就有一群叛徒想整治我。现在该轮到我开枪还击了。"

"把枪放下，"那个警察语气温和，似乎是在同他讲道理，"你现在太激动了。回到警察局以后我们会好好研究一下你提供的情况。"

D开始一步步退到门边。"彼特斯。"屋里的警察高声叫道。D的手已经抓到了门把手，他拧了拧，但是遇到阻力。外面有人想要进来。他撒开手，退到墙边，手里的枪对着那个警察。门一下子被推开了，正好挡住他。彼特斯说："什么事，警长？"

"留神！"但是彼特斯已经走进屋子了。D把枪转向他。"你也退到墙那儿去。"他说道。

年纪大些的那个警察说："你纯粹在干傻事。即使你从这儿跑了，用不了两个小时我们还会把你逮住。放下枪，我们就只当没有这回事。"

D说："我可用得着这支枪。"

门是开着的。他慢慢地倒退着走出去，砰的一声关上了门。他无法锁上它，只好喊道："谁开门我就对准谁开枪。"他现在置身于大厅里那些挂得高高的古老的油画和大理石支架中间。他听见罗丝问道："你这是做什么？"他飞快地转过身去，枪依然在手中端着。福布斯就在她身旁。他说："没时间解释。那个女孩子被谋害了。得有人偿命。"

福布斯说："把枪扔掉，你这个傻瓜。这是伦敦。"

他根本没去注意他。他说："我是D，我没有骗人。"他觉得他有许多事情应该对罗丝讲。他似乎不大有可能再见到她了，他不愿意让她认为所有的人都在欺骗她。他说："这些事肯定有办法搞清楚……"她正在满怀惊惧地注视着那支枪，她很可能完全没有听他在说什么。他又说："我曾经送给大英博物馆一本我的书——题有'敬赠阅览室管理员，谨致谢意'。"有人在拧动门把手。他厉声喝道："不许开门，不然我就开枪了。"一个穿黑衣服的人夹着一只公文包顺着大理石台阶脚步轻盈地跑下来。他大声说道："我说……"可是当日光碰到那支枪的时候他立刻全身僵在那里了。现在大厅里已经聚集了好几个人，都惴惴不安地等着发生什么事。D犹豫了片刻，他有一个信念，认为她总会说点儿什么，说一句意义深远的话，像"祝你好运"或是"千万当心"什么的。可是她却一声没吭，只是紧紧盯着他手里的那支枪。倒是福布斯开了口，他有些迷惑不解地说："你知道警车就停在外面。"站在楼梯上的人又说了一句"我说……"，这个人好像不相信这里发生的事是真的。一阵铃声叮零零地响了一阵，又沉寂下来。福布斯说："别忘了他们这里有电话。"

不是他提醒，D确实忘了这件事。他很快地退了几步，退到大厅的玻璃门旁，把枪塞进口袋，飞快地走了出去。警车就在那儿。紧靠路边停着。假如福布斯这时喊人的话，那他连十码的优势都不会有。他在不引起怀疑的前提下尽量加快步伐，司机上下打量了他一番——他这才想起来他没戴帽子。雾中可以看清二十码以内的景象。他不敢撒腿快跑。

福布斯很可能并没有喊人。他回头望了望，警车的轮廓已经模糊了——他所能看见的只是闪闪发光的尾灯。他踮起脚尖跑起来。后面突然传来响动，那是发动引擎的声音。他们追来了。他跑着——可是没有找到出口。他原来没有注意，大使馆前面的广场只有一个出入口。他拐错了方向，结果三面都是墙。没有时间了……他听见警车已经开动了。他们没有浪费时间，掉过车头，汽车兜着圈子开过来。

难道又陷入绝境了吗？他几乎丧失了理智，顺着栏杆和警车同一个方向赛跑。就在这时他的手突然摸不到栏杆了：这里有一个缺口——是地下室台阶的入口。他一口气跑下台阶，缩在墙底下听着警车从头上驶过去。他得救了，在大雾的掩护下暂时得救了。他们弄不清他是否一直在他们的前边，或许在他们发动汽车的时候他并没有拐过来，而是超过他们跑到大街上去了。

但是他们并没有掉以轻心。上面传来一阵警笛声，接着就是绕着广场慢慢移动的脚步声，他们正在搜查这块地方。两个搜查的人肯定是兵分两路。警车则封锁住通往大街的出入口，而且等一会儿他们就会召来更多的援兵。难道他们不担心他这支手枪吗？要不然就是他们从警车里拿到了武器，英国的这类情况他并不了解。他们越走越近了。

周围没有灯光。这一点就构成了危险：如果这间地下室有灯亮，住着人，他们肯定不会认为D隐藏在这里。他从窗户往里窥视了一下，除了能看见一张长沙发的一角外别的什么都看不见。很可能这是一套地下公寓。门上贴着一张启事："星期一之前不要送牛奶。"他把字条扯了下来。门铃旁边有一块小黄铜牌：哥洛文。他试着推了推门。毫无希望，除了插销之外还加了双道锁。脚步声越来越近了。他们肯定搜索得非常仔细。现在只剩下唯一的希望了——人们有时会粗心大意的。他取出刀子，把它插到窗子插销下面挑了挑，窗户打开了。他好不容易才挤着爬了进去，一下子掉在那张长沙发上，幸好没有弄出什么响动。上面广场传来搜索的声音，但是已开始移往别的方向了。D感到浑身瘫软无力，透不过气来，但他还不敢休息。关上窗子以后他拉开了电灯。

壁炉台上一只花熏炉里散发出来的玫瑰花香使人透不过气来，那张长沙发上铺着一条钩织的罩单，还放着几个天蓝和橘红相间的靠垫，此外屋子里还有一个煤气炉。他飞快地把这一切看过去，连墙上的几幅复制的水彩画和梳妆台旁的一架收音机也没有放过。这一切说明屋子的主人很可能是一位没有什么爱好又没结婚的老女人。他听见上面的脚步逐渐朝地下室前的这块地方走来。他绝不能叫他们认为这间屋子的主人不在家。他找了一下插座，把收音机接上电源。收音机立刻传出一个欢快的女人声音："如果桌子只能安排四位客人，年轻的主妇又该怎么办呢？到邻居家去借很可能也不方便。"他毫无目的地打开一扇门，发现那是一间卫生间。"那为什么不想办法接一张同样高的桌子呢？铺上一块台布，拼接的地方就看不见了。但是从哪里去找台布呢？"不知道是什么人——很可能是警察——揿了揿地下室的门铃。"假如你的床上有块素色床单的话，那你就连台布都用不着去借了。"

他的一举一动都被愤怒支配着。直到现在他们还在摆布他，现在该轮到他给他们点儿颜色看了。他拉开小橱的门，找到了他所需要的东西——一把女人用来剃腋毛的小保险刀、一块刮脸用的肥皂和一条毛巾。他把毛巾披在领子下面，在胡子和下巴的那块伤疤上涂满肥皂沫。门铃又响了一下。一个声音说道："刚才是'年轻主妇顾问'节目的第二讲，由梅尔舍姆女士播讲。"

D磨磨蹭蹭走到门边，打开门。一个警察站在门口，手里拿着一张揉皱了的纸。他说："我看见这上面写着'星期一之前不要送牛奶'，我认为屋里没人，却忘了关灯。"他仔细地审视D。D尽力把音发正确，仿佛在参加一场英语口试："那是上个星期的条子。"

"你看见没看见附近有生人？"

"没注意到。"

"祝你早安。"警察道别后不甚情愿地走开了。突然他又回过身来，语气严厉地说："你使的这把剃刀有点意思。"

D这才想起他手中还握着那把女人用的剃刀。他说："哦，这是我妹妹的，我找不到自己的了。怎么？"

警察是个年轻人，他一下子变得不那么自信了，只好回答："噢，是这么回事，先生，我们总得加点儿小心。"

D说："十分抱歉，我还有别的事。"

"没关系，先生。"他眼看着警察爬上台阶，消失在雾中。这以后他关上门，回到卫生间。网口没封住，让他溜出去了。他洗去嘴上的肥皂，胡子已经没了。这使他的样子大大改观，完全变成了另一个人，看上去年轻了十岁。在他血管里流的已经不是血，完全是愤怒的情感。苦酒自饮，他经历了盯梢、毒打和子弹，现在也该轮到他们尝尝他的厉害了。假如他们经受得住，那就叫他们也把这一切都经历一番吧。他想起K先生、老板娘和那个死去的孩子，回身又走进那间令人透不过气来的房间。屋里弥漫着干枯的玫瑰花的气味。他发誓从今天起他将做一个狩猎者，做一个盯梢者，做一个在僻巷放冷枪的狙击手。

第二部

狩猎者

一

BBC电台里一个嘶哑的声音广播道："各位听众，在我们播出北部纽卡斯尔音乐厅的管风琴独奏音乐会之前，伦敦警察局发来一份紧急通缉令：警方正在搜捕一名外国人，他护照上的名字是D。今天早上他曾被警方逮捕，在大使馆受到讯问，然后他攻击了使馆秘书并逃跑。此人年纪大约四十五岁，五英尺九英寸高，黑色的头发已经开始发白，上髭浓密，下巴右边有一块疤痕。据悉此人携带着一支左轮手枪。"

女招待说："真有意思，你下巴上也有个疤。你走吗？可别惹出麻烦来。"

"不会的，"D说，"不会。我得小心点儿，是不是？"

"出了这种事，真可怕，"女招待说，"当时我正在街上走，忽然看见前面有一群人。有人跳窗自杀了，他们说。我当然也停下来看一看。可是我什么也没看到，所以吃午饭的时候我到旅馆去了一趟。我想找爱尔丝打听打听到底是怎么回事。后来他们告诉我，死的人就是爱尔丝，我真不敢相信我的耳朵。"

"你同爱尔丝是朋友？"

"可不是，我是她最好的朋友。"

"你一定感到非常震惊。"

"我到现在也不能相信这是真的。"

"像她这么年纪轻轻的，怎么可能呢？你不觉得这——也许——是件意外事故？"

"噢，不会是什么事故。如果你问我的意见，我可以告诉你，这孩子很有心眼儿，外人猜不透。我遇见的人多了，我认为她一定是在爱情上受到了挫折。"

"你这样想？"

"是的——跟一个住在海伯里的有妇之夫谈恋爱。"

"你跟警察说了吗？"

"验尸的时候他们会叫我去的。"

"她自己跟你说过这件事吗？"

"啊，没有。她不爱说话。可是有不少事你是可以看出来的。"D惊骇地望着她。啊，这就是友情。在这个女招待信口开河地胡编这个恋爱故事时，他望着她那双毫无心肝的棕色小眼睛。住在海伯里的那个人多半只存在于她罗曼蒂克的乌七八糟的脑海里。爱尔丝讲话总是用廉价爱情小说中的词句，难道这些书也都是从她这儿借去的？她接着说："我想，他们无法解决的是怎么处理那个人的几个孩子。"从她的声音也可以听出来，她充满了创作的热情。爱尔丝已经死了，再也无法更深地伤害她了。每个人都可以随心所欲地给她编造一套瞎话。"爱尔丝爱他简直爱疯了。简直可以说是不能自拔。"

他把要付的钱放在自己的盘子旁边，说："好了，听你讲这段——惊险故事，真是很有意思。"

"我可忘不了这件事。我告诉你——我都不敢相信我的耳朵了。"

他走到外面冰冷的暮色里。他之所以到这个咖啡馆来完全是件偶然的事，要不然就是因为咖啡馆离他住的旅馆只隔着两个街区。他需要立即决定下一步的行动。现在所有的报纸都登载了这件事——印着"使馆里的枪手"这一大标题的报纸广告到处都对他怒目而视。他们已经知道了他的面貌特征。他的罪名是使用假护照混入英国。有一家报纸不知从哪个人口里居然探听到消息，他住的旅馆有一个女仆上午自杀身亡了。这份报纸把这件事也刊登出来，而且在字里行间暗示这是一件疑案，暗示这件自杀案还有许多秘密有待发现……一点儿也不错，事情确实不能只停留在现在这个地方。

他把心一横，沿着马路向自己住的旅馆走去。雾气差不多已经散尽了。他觉得自己好像舞台上的演员，在幕布拉开后，完全暴露在大庭广众面前。他怀疑旅馆门前会不会站着一个警察。他沿着栏杆小心翼翼地往前走，把一张报纸举在脸前，假装边走边读报纸……旅馆前边并没有人，门像平常一样敞开着。他很快地走进去，穿过第二道玻璃门，随手把门关上。钥匙都挂在挂钩上，他取下自己房门的那把。一个声音——老板娘的声音——在二楼上喊道："是穆克里先生吗？"

他应了一声"是我"，暗自祈祷穆克里先生没有什么口头禅……如果单听口音的话，两个不同国籍的外国人是没有什么区别的。老板娘对他搭了腔似乎感到满意。他没听到她再说什么。整个旅馆显得出奇的安静，好像刚被死神触摸过。餐厅里没有刀叉的磕碰声，厨房里也没有人讲话。他从铺着地毯的楼梯蹑手蹑脚地往楼上走。老板娘的房间门半掩着，他从门前闪过去，踏上木头的楼梯。她是从哪个窗口跳下来的呢？他把钥匙插进自己房间的锁孔，把门轻轻打开。外面不知道是谁在什么地方咳嗽，一声连一声地传到他耳朵里来。他把门开了一条缝，他想听清门外的动静。早晚他会听到K先生的声音。他已经盘算好，K先生是最容易对付的一个人，只要稍微用点力，他会比老板娘更快吐露真情的。

他转身走进朦胧的房间。因为死了人，屋子里的窗帘已经拉上了。他走到床边，突然全身一震。爱尔丝的尸体正停在他的床上，已经装殓好准备下葬。难道他们还要等尸体检验？可能这家旅馆只有他这个房间是空的——爱尔丝自己的一间没准儿已经让接班的人占据了——生活仍旧按常规继续下去。她躺在那里，僵直，干干净净，但又很不自然。人们总是说，死了就跟睡觉一样，这是不对的。死就是死，跟什么也不一样。他想起曾经见过笼子里的一只死鸟，仰面躺着，两爪僵直，像是葡萄梗，看着真是一点生气也没有。他也看见过空袭后街上的死人，他们的姿势都非常奇怪，总是扭曲着——像是母体里的无数胚胎。但他现在看到的却完全不同，这是为了某种需要而摆布出来的独特的姿势。痛苦和睡眠都不会这样躺着。

有的人也许会为她祈祷。这是一种消极的反应，而他却一心想用行动来抚慰她的亡灵。她的尸体躺在那里好像把他对痛苦的恐惧完全消除了，他再也不怕在任何一条荒僻的公路上只身面对凶暴的汽车司机。他觉得恐惧再也无足轻重了。他没有对她的尸体说什么，它什么也听不见了，它不再是她了。这时他听到了楼梯上的脚步声和说话声……他藏在窗帘后面，坐在窗台上，把两只脚从地板上提起来。屋子里的电灯打开了。老板娘的声音说："我发誓曾经把门锁上了。喏，她就停在那儿。"

一个女人的热切的、充满感情的声音说："你看她多美啊！"

"她总是谈起你，克拉拉。"老板娘语调低沉地说。

"可怜的孩子……她当然会谈起我。你想，她为什么要……？"

"谁也不了解另外一个人的心思，你说是不是？"D从窗帘的夹缝里看到两个谈话者中的一个——一个年轻姑娘，生着一张美丽而粗俗的面孔，泪痕未干。这个姑娘问："是从这间屋子的窗户吗？"她的声音里含着畏惧的感情。

"可不是。就是从那个窗户。"

这个窗户。为什么她不挣扎呢？他想。为什么没有留下引起警察注意的痕迹？

"是从这个窗户吗？"

"是。"

她们开始往窗户这边走过来。是不是这两个人想仔细看一看出事地点？那可就要发现他了。脚步声一点一点向他移近，但是忽然又停住了，因为克拉拉又讲起话来：

"她要是到我那里去，就不会出事了。"

"在那个人到这里来以前，"老板娘说，"她在我这儿过得很好。"

"那个人肯定做了亏心事。她给我写信说要跟他走，我可没想到是这么个走法。"D心想：这么说那封信也一点儿不起作用了。这个可怜的孩子，脑子里充满了爱情小说的词句，直到最后也没把事情说清楚。

老板娘说："要是你不介意的话，我去把穆克里先生找来。他非常想最后见她一面。"

"你尽管去找吧。"克拉拉说。他听见老板娘走出了屋子。从窗帘的夹缝里看得到克拉拉正在化妆——涂粉、抹口红。房间外边响起脚步声。克拉拉并没有把眼泪抹掉，脸上应该带着点儿眼泪。

回来的是老板娘，只有她一个人。老板娘说："真奇怪。穆克里先生没在房间里。"

"也许还没回来吧。"

"我听见他回来了。他在门厅里自己取的钥匙。我跟他打招呼，他还应了一声呢。"

"也许他——你知道——在那个地方。"

"没有。我推了一下门。"老板娘感到很不安，她说，"我真不懂是怎么回事。有人进来过。"

克拉拉说："出了这种事，有点儿叫人疑神疑鬼的，是不是？"

"我想我该到楼上去看一眼了，"老板娘说，"我得把那间屋子整理一下，叫新来的女仆住。"

"爱尔丝不太注意整洁，是吗？可怜的孩子。我猜想，她到我那儿也不太合适。我那儿有上流社会的男友来，家里得像个样子。"克拉拉正好站在窗帘的夹缝前边，她有些得意地望着被布盖上的尸体。"好啦，我得走了。一位绅士跟我约定了，准八点到我家去。他不喜欢不守时。"克拉拉的身体移动到D的视线之外。老板娘的声音说："我不陪你下楼了，亲爱的。你不会介意吧？有些事……"

D把手放在手枪上，等待着。电灯熄了。关门的声音。钥匙在锁孔里响了一下，老板娘一定随身带着一把钥匙。D等她走远了才从窗帘后走出来。他没有再看一眼床上的尸体，没有声音，不会思想，爱尔丝已经不再引起他的兴趣了。如果一个人相信上帝，也许会相信爱尔丝现在是得救了，不用再受苦受难，有了更好的归宿。你也许会把恶人受报应的事交给上帝去安排……因为凶手干的事不过是把被害者还给上帝，所以根本不需要什么报应。但问题是，D并没有特殊的信仰。在他的心目中，如果做坏事而得不到惩罚，这个世界就成了一片混沌，他的生活就再也没有任何希望了。他把锁从门里边打开了。

老板娘正在楼上跟人说话。D轻轻把门关上。他并没有锁上——叫他们去疑神疑鬼吧。突然，他听到了K的声音："我想你准是忘了。还会有别的什么人？"

"我是不会忘事的，"老板娘说，"再说，如果不是穆克里先生，搭腔的是谁呢？"

"没准儿他又出去了。"

"不会。他不是那种一会儿进、一会儿出的人。"

空气里有一股刺鼻的油漆味。D慢慢地走上楼去。他现在可以看到屋子里的情况了。屋子里开着灯。D俯身在黑暗的楼梯阴影里向里面窥视。K先生站在窗户前边，手里拿着一把漆刷。D一下子就明白了：爱尔丝是从她自己房间的窗户掉下去的。窗台上曾经有一些痕迹，现在已经没有了。屋子已经为新来的女仆重新收拾过，墙壁刷白了，到处干干净净，什么地方也看不出犯罪的痕迹了。但是K先生使用油漆刷子时手脚很笨——他们不敢找另一个懂行的——不仅西服上衣有好几块绿漆，而且连金属框的眼镜也沾上漆点了。他说："到底是谁呢？"

"我想到的是D。"

"他没有这么大的胆子。"可是他对自己说的话也没把握，马上又像吵架似的加了一句，"他想必没有这么大的胆子吧？"

"一个人到了走投无路的时候多大的胆子都有。"

"可他不知道啊。你真的以为他现在就在这幢房子里——在哪儿藏着吗？也许——在她那间屋子里。"听得出来他已经有些害怕了。"他到这儿来干什么？"

"说不定是来找咱们的。"

看到K先生的脸在眼镜后边抽搐起来，D先生非常舒服。毫无疑问，对这个人只要施加一点儿压力，他就会吐露真相的。K先生又说："啊，上帝，收音机里说，他还带着一支枪呢……"

"说话别这么大嗓门。说不定他正听咱们讲话呢。咱们弄不准他在什么地方。我记得清清楚楚曾把那间屋子的门锁上了。"

K先生对她尖声吼叫起来："他有没有钥匙你总该清楚吧？"

"嘘！"老板娘心里也不踏实了——一张斑斑点点的大脸更

加灰白了。"要是刚才我跟克拉拉在那间屋子里，他就躲在我们身边的话，那可太……"

D开始一步步地退下楼梯来。他听见K先生没好气地喊："别让我一个人留在这里！"又听见老板娘轻蔑的声音："咱们得把事情弄清楚。我下楼去看看他的钥匙在不在架子上挂着。如果钥匙没有了，咱们就给警察局打电话。"她有些犹犹豫豫地说。

D快步走下楼去，他不再管楼梯是否发出吱吱嘎嘎的声音，也不去想会不会在三楼上碰见那个印度客人——说不定那个人已经卷铺盖走了，谁愿意住在一家死了人的旅馆里？他一个人也没碰见。他把钥匙挂在架子上——他要办的这件复仇的事不需要惊动警察——站在餐厅门后边支棱着耳朵听着。他听见老板娘小心谨慎地走到楼下的前厅里，喘着粗气，大声喊道："钥匙在这儿呢。"他又听见K先生在楼上走动的声音。K先生脚步匆忙，油漆在桶里发出拍溅的响声。老板娘好像报喜似的又在大声喊："准是我弄错了。你走过那间屋子的时候推推门，看看锁上了没有。"

"我不干。"

"傻瓜，你就推一推。我一分钟以前把它锁好的。"

K先生气喘吁吁地向楼下喊："锁已经打开了。"

D从叶兰花上面的一面镜子里望到了她的脸，脸上的神色不只是恐惧，还有算计和窥伺……他忽然想：她也许不想叫警察来，因为楼上刚刚涂过油漆，整个旅馆充满了油漆气味。她引起的怀疑越少，事情就对她越有利。K先生这时已经到了楼下的前厅里，只听他焦虑不安地说："你大概是记错了，自以为把门锁上了。他没有这个胆子。"

"那我听到的声音呢？"

"当然是穆克里先生的。"

"好吧，"她说，"穆克里先生这不是来了！你可以自己问问他。"前厅的门打开了。D在镜子里看到了她的眼睛……心事重重，正在盘算着什么……她说："你回来晚了，穆克里先生。我以为十分钟以前就听到你的声音了……"

"那不是我，太太。我今天很忙，非常忙……访问了很多邻居。"

"啊，上帝，"K先生说，"你是在……"

"你在忙些什么，穆克里先生？"

"啊——希望你们别见怪——你们有一句话：'戏已经开场了'，对不对？自从那可怜的孩子自杀以后，我觉得这是一个大好时机——进行社会调查。你知道是怎么一回事，门德瑞尔太太，于是我们这些群众心理观测家就开始调查了。"

调查什么？D迷惑不解。他不懂这是怎么一回事。

"所以我一直忙着搜集材料。对于这件自杀案的种种解释——海伯里的一个有妇之夫啊，兰伯兹的一个年轻人啊，等等——当然了，这都是臆测，但这却说明了人们的脑子对这件事的反应。我们当然知道，是那位外国绅士……"

"听我说，"K先生说，"听我说，我可不在这儿待着了。去叫警察吧。"

穆克里先生不以为然地说："很多人都有些歇斯底里。你可能对这个感兴趣，门德瑞尔太太。有一个人说那个女孩子坠楼的时候她正好看到了。实际上她并没看到。"

"没看到？"

"没有。因为她把窗户说错了。别的什么都对——因为她看了报，你知道，所以别的细节她都知道——什么你正在场啦，想拉住她啦……还有那尖叫的声音……什么她都知道。但是她把窗户说错了。这真有意思，我觉得。"

"你搜集这些材料干什么？"老板娘问。

"我用我的皇冠牌小打字机打下来，把材料送交组织调查的人。我们管这个叫群众心理调查。"

"以后要印出来吗？"

"他们留起来作档案资料。也许有一天收在一本厚书里——不登我的名字。"他不无遗憾地补充说，"我们只是为了科学而工作。"

K先生说："你得去叫警察了。"

"别犯傻了。"老板娘一点儿也不客气地说。她解释道："他总是以为自己看到了那个人——就是把爱尔丝逼上死路的那个人，你知道——走到哪儿他都以为看见了那个人。"

穆克里先生机械地说："真有意思。"他打了个喷嚏，"啊，油漆味。这也很有意思。你们是不是很讲求实际——正在消除痕迹——或者这是一种迷信？"

"你说痕迹是什么意思？"K先生紧张地问。

"啊，我是说一些污垢、脏痕……你们这样一家像样的旅馆理应干干净净，反正你们早已计划粉刷一次，所以就趁现在做了。要不然，也许是出于迷信。因为旅馆里死了人。你们知道，西非的某些部落就有这种迷信。只要死了人，他们就把死人的东西全部毁掉，衣服啊，房子啊，什么都不留。他们想彻底忘掉死人的事。我很想知道，你们重新粉刷是不是也属于这种情况。"

K先生说："我走了。我受不了。如果你还要人帮忙……"

D突然发现，老板娘从镜子里也完全可以看到自己。他们俩的目光对在一起了。老板娘慢条斯理地说："我没有关系。有穆克里先生在这里。你自己可要当心一点儿。"她转过身来对那个印度人说："你不是要看看尸体吗，穆克里先生？"

"是的，如果方便的话。我买来一些花……这是迷信，但也有实用价值。花的香气……"

"一般来说，我不喜欢在卧室里摆花。但是出了这样的事，我想放一点儿花也没有什么。"

D紧紧地盯着她，她也从镜子里看着他。有的人会这样互相枪击，D想。在电影里，借助一面镜子。

K先生说："我走了，玛丽。"好像除了老板娘那句冷酷的警告外，他还期待着什么似的。正如D从镜子里看到，老板娘似乎在鼓励他干出最坏的事来。她很强壮，她不是那么容易被别人的气势压倒的人。身体方方正正，满脸斑点，意志坚强，这个女人好像正在把一个牺牲品交到他手里……

穆克里先生说："等一会儿。我想，我在吃早饭的时候把眼镜放在餐厅里了。"D把手枪从口袋里拿出来，等待着。

"啊，不会的，穆克里先生，"老板娘说，"你会在你的房间里找到的。我们总是把客人落掉的东西收起来。"她用一只手挽着他的胳臂向楼上走去。穆克里先生拿着几枝不很干净的花，用报纸裹着。说起来也真怪，只因为发生了一次暴力事件，就可能改变整个世界。为了安全起见，他们本来想把他处置掉，没想到他现在倒有一种安全感了……因为他如今一心要复仇，别的什么也不去想了，连他担负的重大职责暂时也置诸脑后了……那天早晨还是他在欢迎穆克里先生，现在欢迎这个印度人的却变成他们了。

前厅的门关上了，他随着K先生走到街上。K先生夹着一把雨伞，步子很快，并没有回头看。D落在他身后大约二十步远，两人很快地向格雷律师学院路走去。D并不想遮掩自己的行迹，他料想K先生绝不敢叫警察。K过马路的时候他也跟着过马路，K停下来他也跟着停下来。最后，K一定是发现了身后的脚步声，他突然在人行道上一处公共汽车站停下来，就像一只野兽被猎人追急了反身相向一样。他转过身来看着D一步步向他走来，他拿着一支纸烟，纸烟在他手中索索地抖动着。他说："对不起，借个火可以吗？"

"当然可以。"D擦着了一根火柴，递了过去，火柴的光照亮了他的两只近视眼，眼中充满了惊惧的神色。这双眼睛打量了对方一会儿，逐渐变得释然了，他并没有认出D来。没想到刮掉胡须竟有这么大差别。真叫人吃惊。K先生用另外一只手把抖动的纸烟拿稳，说："我看到您口袋里带着一份报纸。能借给我看看吗？"K先生是一个只要能借就绝不自己出钱买东西的人，他省了一根火柴，又省下一份报纸的钱。

"你拿去吧。"D说。K先生同D见过两次，这时他似乎听到对方的声音有些耳熟，不禁又担心起来。他狠狠盯了D一眼，立刻又低头看起报来。他还没有看清对方是谁。一辆公共汽车开进站来。他说了声"谢谢你"，就上了汽车。D紧跟着他走到汽车的顶层上。两人一前一后摇摇晃晃地找座位。K先生在前排的一个位子上坐下来，D坐在他后面一排。K先生猛地一抬头，看到D映在窗玻璃上的面孔。他顾不得看报了，开始沉思起来。他坐在那里，缩着肩，身上的一件破旧大衣像猫皮一样给人一种生了癫病的感觉。

公共汽车转入霍本。人们正排成长队走进韦斯顿音乐厅。从街道两旁的大橱窗里可以看到室内的办公家具。一家牛奶店，更多的家具。公共汽车这时正向西开。D也借助窗玻璃观察K先生的脸。这个人在哪儿住？他有胆量回家吗？汽车这时穿过了圣吉尔斯圆环，转入了牛津街。K先生向窗外望去，他看到在岗位上值班的警察，看到在阿斯托里亚饭店外面跳舞的男男女女，脸上流露出依恋的神色。他摘下眼镜，擦了擦镜片，他想看得更清楚些。报纸铺在他的膝头上，打开的正是登载着枪手大闹使馆那一版。他开始读起这篇报道来；他似乎更相信报纸上的描述，而不相信自己的记忆力。他又偷偷地瞟了D一眼，这次他的目光正好落到D脸上的疤痕上，不禁"噢"的一声叫出了声音。

"你是跟我说话吗？"D探着身子问。

"我？啊，没有。"K先生说。他干咳了几声——咳、咳、咳。他站起身来，身体随着汽车的晃动左摇右摆。

"你在这站下车吗？"

"我？是的，是的。"

"我也是，"D说，"你好像是生病了，要不要我帮你一把？"

"不用，不用。我很好。"

他向车门走去，D紧跟在他后面。

他们俩肩并肩地站在人行道上，等着交通信号灯放行。D说："现在好多了，是不是？"他有一种幸灾乐祸、不顾一切的感觉，他甚至因为这种激动的心情而有些发抖。

"你说什么好多了？"K先生问。

"我是说天气。今天早上还是大雾。"

交通信号灯变换成绿色，他们两人并排走进了邦德街。D发现K先生不断地斜眼看着铺面的窗玻璃，想通过玻璃观察走在他身边的人。但是他什么也看不清，贫困和读书已经把他的视力毁掉了。他不敢直接开口问。看来只要D不公开自己的身份，他也就装糊涂不把他当作D。

K先生突然把身子一转，拐进一个门道，走入一条幽暗的过道，他像小跑似的向过道尽头的灯光奔去。D觉得这条过道有些熟悉，他刚才的思想过于集中，没有注意他们走进了一幢什么建筑物。他一步不落地紧紧跟着K先生。一架老旧的电梯吱吱嘎嘎地降了下来，门口正对着D的猎物。K先生突然尖声喊叫起来，他的声音顺着电梯的升降井一直传到楼上的房间："你老是跟着我。你跟着我干什么？"

D和和气气地说："你应该说世界语呀——对你的学生。"他把手亲密地放在K先生的袖子上，"我没想到，蓄不蓄胡须会有这么大区别。"

K先生一把拉开了电梯门。他说："我不想同你打交道。"

"咱们俩不是站在一边的人吗？"

"你的工作已经有人接替了。"

D轻轻地把他往电梯里一推，顺手把电梯的门关上，说道：

"我忘了。今天晚上举行晚会，对不对？"

"你应该回家了。"

"我被事情耽搁住了。你一定知道是什么事。"他按了一下开关，电梯在两层楼之间停住了。

K先生说："你为什么让电梯停住了？"他靠在电梯壁上，眼睛在金属框的镜片后面眨动着。楼上不知什么人正在弹钢琴，弹得很蹩脚。

D说："你看过高尔德索伯写的侦探小说吗？"

"让我出去。"K先生说。

"学校教师一般都爱读侦探小说。"

"我要喊了，"K先生说，"我要喊了。"

"在开晚会的时候喊叫可有失体统。顺便说一下，你衣服上还沾着油漆呢。你太不聪明了。"

"你要干什么？"

"穆克里先生遇到的一个女人是个目击者，她看见的是另外一个窗户。这真是太巧了。"

"我没在场，"K先生说，"我什么也不知道。"

"真有意思。"

"让我出去。"

"我刚才给你讲高尔德索伯的侦探小说还没讲完呢。一个人在电梯里把另外一个人杀了。他让电梯降到楼下。自己走出来，走到楼上。再按电钮让电梯升到上面。他当着别的见证人的面打开门，发现了里面的尸体。当然了，他很幸运地逃避了杀人的罪名。要想杀人就必须有一只走运的手。"

162

"你不敢杀我的。"

"我只是在给你讲高尔德索伯的小说。"

K先生有气无力地说："没有这样一个人。这个作家的名字是你胡诌的。"

"他是用世界语写作的，你知道。"

K先生说："警察正在捉你呢。你还是快逃吧——快。"

"他们没有我的照片。关于我的相貌特征的描写也都不对。"他语气温和地说，"要是有办法把你顺着电梯井扔下去就好了。你要受到惩罚，你知道，这是你罪有应得……"

突然间，电梯又向上开动了。K先生像取得胜利似的说："电梯动了，你瞧。你还是快点溜吧。"电梯摇摇晃晃、缓缓地升到三楼上——三楼是《心灵健康》杂志的办公室。

D说："如果我是你的话，我就不这么多嘴。你看到报上登着我有一支手枪的事了。"

"你应该担心的人不是我，"K先生说，"我对你没有恶意。可是卡彭特小姐或者贝娄斯博士……"

他的话没有说完，电梯已经停住了，贝娄斯从一间大会客室里走出来向他们俩打招呼。一个穿着棕色绸衣的半老徐娘走进电梯来，挥了挥手。她的手上戴着许多假首饰，像是黏附在船底的一堆甲壳动物。她又尖着嗓子说了一句谁也没听懂的话。贝娄斯博士说："晚上好，晚上好。"对D和K先生笑脸相迎。

K先生瞪大了眼睛瞧着他，等待着。D的一只手揣在口袋里，但是贝娄斯博士对今天发生的新闻似乎毫无所闻。他拉着每人的一只手，热情地握着。他说："对于新学员我可以破例讲几句英语。"接着他又疑惑不解地说，"你一定是个新学员。我想我认识你……"

D说："你在寻找我的胡子。"

"一点儿不错。你把胡须剃掉了。"

"我下了决心——学一种新语言我得面目一新。你看没看今天的晚报？"

"没有，"贝娄斯博士说，"对不起，咱们别谈这个。我这个人从来不看报。我发现，一本好的周刊会筛掉所有的谣言、刊登确信的新闻。所有重要的消息周刊上都有，让人减少很多烦恼。"

"这是个好主意。"

"我也向别人推荐这个方法。卡彭特小姐，我的秘书——你认识她——也采纳了。自从这样阅读新闻以后，她比过去快活多了。"

"这的确是个叫人快活的方法。"D说。他这时发现，K先生已经溜走了。"我一定要跟卡彭特小姐谈谈这件事。"

"她正在招待大家喝咖啡，你会找到她的。开晚会的时候我们不必严格遵守这里的规则。当然了，如果可能，我还是希望大家说世界语——但晚会的主要目的是让大家互相见见面。"他领着D走进会客厅。台子上摆着一把大咖啡壶、一盘盘小甜饼。卡彭特小姐隔着烟雾腾腾的水蒸气向他们挥手致意。她仍然穿着那件蓝色的大毛衣。"晚上好。"她招呼D说，"晚上好。"十几张面孔一齐向他这面转过来。D看到的是儿童百科全书中的一页插图：世界不同人种的大展览。其中有不少戴着眼镜的东方人。K先生也在这群人里面，手中拿着块小甜饼，但却没有吃。

"我一定要把你介绍给我们的泰国人。"贝娄斯博士说。

他轻轻地推着D，向屋子的另一头走去。"这位是D先生。这是李博士。"

李博士戴的眼镜镜片很厚，他有些困惑不解地盯着D。"晚上好。"他说。

"晚安。"D说。

谈话在皮制扶手椅之间时断时续地进行着。有人在某个角落突然高声讲了几句，然后又沉寂无声了，像是植物缺少养料而枯萎下去一样。卡彭特小姐给大家倒咖啡；K先生盯着手里的小甜饼；贝娄斯博士一会儿游荡到这里，一会儿游荡到那里，像是不能坚定持久的爱情。他的一头白发梳理得非常光滑，风度高雅却意志不坚。

D说："一位理想主义者。"

"什么？"

"我刚刚学习世界语，"D说，"我还不能用这种语言交谈。"

"什么？"李博士神色冷峻地说。他的眼睛在厚镜片后面眯缝着，像是两个舷窗。他紧紧盯着D，似乎害怕他做出什么野蛮的举动来。K先生悄悄地向门边溜去，手里仍然拿着那块甜饼。

李博士厉声说："说世界语。"

"说英语。"

"不，"李博士十分气恼，口气坚决地说，"不说。"

"对不起，"D说，"我有点儿事。"他很快地走到屋子的另一头，拉住K先生的胳膊说："咱们不能马上就走。别叫人起疑。"

K先生说："让我走，我求求你，我什么都不知道。我觉得不舒服。"

贝娄斯博士又出现在他们面前。他说："你同李博士谈得怎么样？他是个很有影响的人物，楚拉兰卡兰纳大学的教授。这让我对泰国抱有很大的希望。"

"我跟他谈话很困难，"D说，"他大概不会说英语。"他的一只手始终挽着K先生的胳膊。

"噢，"贝娄斯博士说，"他的英语说得好极了。但是他认为——他的想法当然很有道理——学习世界语的唯一目的就是用世界语讲话。同大多数东方人一样，他的性格有些固执。"他们三个人的目光一起转向李博士。李博士眼睛半睁半闭地静静地站在一处。贝娄斯博士向他走过去，两人开始用世界语认真地交谈起来。屋子里变得鸦雀无声，所有的人都在倾听这位世界语的发明人如何运用这种语言讲话。这对他们是一种特权。贝娄斯博士像是一个滑冰运动员，正飞快地在障碍物之间绕来绕去。

K先生很快地说："我受不了。你缠住我不放到底是为什么？"

"为了一点儿正义。"D轻声说。他一点儿也不怜悯K先生。在这样一个奇怪的场合里——由办公室、咖啡、自制糕点、穿着小得难穿的过时晚礼服的形容憔悴的女人和戴着眼镜、充满商人气息的精明的东方人构成的背景前面——K先生更加不像那种遭受不幸、值得同情的人了。贝娄斯博士又走回来了。他说："李博士让我转达说，他很愿意再同你见面——等你世界语学得更好一点儿的时候。"他露出了若有似无的笑容，接着说："性格真是坚毅，我从来没有见过这样信仰坚定的人。真的没有，在全国也找不到。"

D说："我和K先生感到很抱歉，我们该走了。"

"这么早就走？我很想再介绍你认识一位罗马尼亚的女士呢。啊，我看见了，她正在同李博士谈话。"他从屋子的这一头向那两个人笑了笑，倒好像他们是一对正在谈恋爱的年轻人，羞羞涩涩，他在旁边给他们鼓气似的。贝娄斯博士说："看啊！我就是这么想的。要的是思想交流而不是误解纠纷……"D想，罗马尼亚同暹罗大概很少可能闹什么纠纷……但是贝娄斯博士又走到别处去了，他正在给毫无关联的国家牵线搭桥。卡彭特小姐站在大咖啡壶后面满脸堆笑。

D说："咱们该走了。"

"我不走。我要送卡彭特小姐回家去。"

D说："我可以等你。"

他走到窗前，俯视下面的街道。公共汽车像大甲虫似的在牛津街上缓缓移动。在对面一座建筑物的房顶后面，灯光拼写出了重要新闻的标题：足球赛2∶1。远处人行道上几个警察列队走进马尔伯勒街。还有什么新闻？灯光逐渐消失后又重新亮起。另一条最新报道……五千难民……四次空袭……这像是来自他祖国的一系列信号——你在这里做什么？为什么还浪费时间？什么时候回来？他想到爆炸后扬起的烟尘和天空中飞机的嗡嗡声，他非常怀念祖国。一个人应该因为某些事物热爱自己的国家，哪怕是它的痛苦和暴力行动。L同本迪池达成协议了吗？他很想知道。他已经被排斥在这项交易的大门外了。他正由于杀人嫌疑被警察通缉，在这个令人起敬的国家里他再有什么证明文件也不起作用了。他又想到那个小女孩在窗前喊叫的情景，拼命挣扎，指甲在窗框上抓了好多道道，最后从雾气里摔到下面的人行道上。像她这样死于非命的人真是成千上万。她好像通过自己的惨死终于归化到他的国家，成为他国家的一个女孩了。死亡是他的领域，比起活人来，他对死人和将要死的人有更多的爱。贝娄斯博士也好，卡彭特小姐也好，因为他们生活在安全的环境里，自鸣得意，因此就被剥夺了真实感。除非他们也受到死亡威胁，他是不会把他们当作真实人物的。

他从窗前转回来，对卡彭特小姐说："这里有没有电话？我想用一下。"

"当然有。在贝娄斯博士的办公室里。"

他说："我听说K先生准备送你回去。"

"啊，K先生，你太好了。真不应该麻烦你。到摩尔登路去可不近呢。"

"不麻烦。"K先生嘟哝了一声。他手里仍然拿着那块小甜饼，倒好像那是一块身份证明牌，死后人们可以用它来辨明是谁的尸体。

D打开贝娄斯博士房间的门，马上道了声对不起。一位生着日耳曼人头颅、胡须剃净的中年人同一位瘦骨嶙峋的女士偷偷跑到这间屋子里，正在贝娄斯博士的写字台上坐着。闻得到屋子里有一股洋葱味，这两个人中不知是哪个肯定刚刚吃过牛排。"对不起，我来打个电话。"瘦骨嶙峋的女士咯咯地笑起来。她长的样子一点儿也不吸引人，手腕上戴着一块很大的手表，衣领上别着一枚苏格兰猎狐犬形的别针。

"没关系，没关系，"那个德国男人连忙说，"咱们走吧，温尼弗雷德。"他在门口身体僵直地向D鞠了一躬。"柯尔达，"他说，"柯尔达。"

"柯尔达？"

"世界语，意思是'心肝宝贝'。"

"啊，是这样。"

"我对英国女孩子很有好感。"德国人坦率地解释说。

"是吗？"

德国人紧紧握住温尼弗雷德的一只骨瘦如柴的手。这个女孩子的牙齿很不整齐，头发呈灰鼠色，看到她你马上会猜到她的生活背景：黑板，粉笔末，小学生向她请假上厕所，星期日带着狗到荒野散步……

"英国女孩子非常天真。"德国人补充道。他又鞠了一躬，然后把门关上。

D拨通了本迪池勋爵家的电话。他问："库伦小姐在家吗？"

"库伦小姐不住在这儿。"D这次比较走运，接电话的是一个女人，不是上次那个男仆——那人说不定还会听出他的声音。D说："我在电话簿里查不到她的电话号码。你能不能告诉我？"

"噢，我不知道我可不可以这么做。"

"我是她的一个老朋友。路过英国，只停留一两天。"

"是吗？"

"她会很失望的，如果……"

"是吗？"

"她特别嘱咐我……"

"库伦小姐的电话号码是梅费尔区3012。"

他又拨了一次电话，等待着。K先生会不会溜掉，完全要看卡彭特小姐能不能把他留住了。D知道传统礼仪有时比恐怖力量还大——特别是当恐怖还只是一种朦胧意识，你并不完全相信的时候。要真正懂得害怕也得有个学习过程。他问："库伦小姐在家吗？"

"我想她不在。你先别挂上。"即使他自己买不到煤，也一定得想个办法不叫L买到。只要他能证明那件谋杀案……只要他能证明那是一次谋杀……

罗丝的声音突然在他耳旁响起来："是谁啊？"

他说："克罗威尔。"

"你有什么事？我不认识叫克罗威尔的人。"

"我住在柴斯特花园，3号。离大使馆只有两三个门。"

电话线的另一端出现了片刻沉寂。D又接着说："当然了，如果你也相信那个故事——那件所谓的自杀事件——你今天晚上可以叫警察来。或者，要是你觉得我根本就不是D的话。"

她没有回答。是不是把电话挂上了？D又说："那个女孩子当然是被人谋害的。做得很巧妙，是不是？"

她突然怒气冲冲地说："你关心的就是这件事？"

他说："不管是谁干的，我都要把他杀死……我现在还不太有把握……我要找到真正的凶手。杀也只能杀一个人，不能冤枉了别人。"

"你发疯了。你就不能赶快离开这儿回国去？"

"他们可能会枪毙我的。这倒也没什么。可是我不想叫 L……"

她说："你太晚了。他们已经签字了。"

"我怕……"他说，"你知道合同是怎么写的？我不明白他们有什么办法把煤运出港口去。有一个中立国协约呀。"

她说："我问问福尔特是怎么回事。"

"他也签字了？"

"他也签了。"又有人弹起钢琴来，还有人在唱歌。唱的多半是个世界语的歌曲，"柯尔达"这个词一遍又一遍地出现。她马上接着说："他也只好这样做了。"她在为他辩解，"既然别的人都签了字……所有的股东……"

"当然了。"因为她居然出面为福布斯辩护，D心中有一种奇怪的嫉妒的感觉。他觉得这就像一只冻僵的手又恢复了知觉一样。他并没有爱上这个女孩子，他已经不可能爱任何活着的人了，尽管如此，那嫉妒的感情还是刺疼了他。

她说："你现在是在什么地方？我在电话里听到一些非常古怪的声音。"

"在一个晚会上，"他说，"至少他们管这个叫晚会。是世界语学校主办的。"

"你是个大傻瓜，"她绝望地说，"你还不明白他们正在缉捕你吗？抗拒逮捕，伪造护照，天知道还有什么罪名。"

他说："我在这里似乎很安全。我们正在吃小甜饼。"

"你干吗这么傻？她说你的年纪够大了——不是吗？——你应该有能力保护自己。"

他说："你能不能替我打听一下——从福布斯那里？"

"你真的想那么做——你刚才说的杀人的事？"

"是的，我准备这样。"

她的声音突然从话筒里非常清晰地传出来，就好像站在他身旁似的。听得出她非常气愤，正在谴责他："这么说你还是爱上了那个小丫头？"

"不是，"他说，"我对她就跟对别的人一样，并没有特殊的感情。今天一天就有四次空袭。我敢说，除了她以外，他们已经害死了五十个像她这样的孩子了……应该报复他们一下。"他突然觉得这一切是多么荒谬。他到英国来的身份是充当秘密使节，他来的目的是谈一项与他的国家命运攸关的煤炭交易。库伦小姐是位年轻姑娘，是他购煤要找的一位贵族的女儿，另外，她多半还是某个福布斯先生的情人，而福布斯也拥有好几座煤矿，在谢波德市场还养着一个情妇（这件事倒无关紧要）。一个小姑娘被旅馆的老板娘或者K先生杀害了——他们尽管是自己人，但干这件事很可能是受了叛徒唆使。情况就是这样，既有阴谋诡计，又牵涉政治与刑事犯罪。但现在他同库伦小姐在电话里通话却充满了人情味，互相嫉妒，好像在谈恋爱，好像是和平年代，人们什么时候都可以在这个天地里自由行动。

她说："我不相信。你一定爱过她。"

"我想她最多不过十四岁。"

"啊，我敢说你已经到了喜欢小姑娘的年龄。"

172

"没有。"

"可你在这里不能干那件事——杀人，我是说——你还不懂？他们会吊死你的。只有爱尔兰人才为了复仇互相杀人，而他们总是要被吊死的。"

"啊，好吧……"他含含糊糊地说。

"天啊，"她说，"门一直开着。"沉默了片刻，她又说，"说不定我把你的行踪给泄露了。他们会猜到——报纸上登了那么多。也许警察局正在窃听我的电话。他们可以从楼下的一台电话机拨999。"

"你说的他们是谁？"

"啊，女仆或者我的朋友。谁都不可靠。快离开那儿——不管你是在什么地方。"

"好吧，"他说，"我也该走了。晚安。"

"你说什么？"

"世界语——晚安。"说完他就把电话挂断了。

他打开通向会客室的门。参加晚会的人已经陆续走了不少，小甜饼快吃光了，咖啡在壶里开始凉了。K先生正靠着台子站着，被卡彭特小姐的谈话紧紧拴住，脱不开身。D向他走过去，K先生的身体马上矮了半截——D忽然觉得他并不像自己要杀的人。可是他既然是个叛徒，就必须为此付出生命的代价。或许这样做并不光明正大，可是K先生是个最容易干掉的人。这对其他的叛徒将会是一个警告。D对卡彭特小姐说："恐怕我不得不把你的护送人拖走了。"他一边说一边戴上手套。从现在起他一定得留心不要再摘下这副手套。

"我不走。"K先生说。卡彭特小姐撒娇地噘着嘴,拨拉了一下台布的毛线流苏。

"有一件要紧的事,"D说,"不然我就不会拉他走了。"

"我看不出你有什么要紧事。"卡彭特小姐用开玩笑的语气说。

"我刚才到我们使馆去了。"D说。他信口开河地说。他现在什么人也不怕。该轮到别的人害怕他了。他非常兴奋,脑子里好像回荡着笑声。"我们讨论了在国内成立一个世界语中心的可能性。"

"你说什么?"贝娄斯博士插嘴问。谁也没注意,他这时已经陪着一位身穿粉红色印花布、皮肤黑黑的中年妇女走到摆着茶点的台子旁边。他的目光柔和的眼睛因为兴奋而炯炯发光。"你们怎么成立——不是正在打仗吗?"

"如果我们不在后方兴办文化事业,"D说,"我们为维护某一文明而进行的战斗也就没有什么意义了。"他对自己居然这样对答如流不禁悚然一惊,另外他也有些后悔,为什么要在这间邋里邋遢的办公室里,在咖啡壶旁边,给别人以不切实际的幻想呢?这位自由主义者的昏花老眼激动得满是泪水,贝娄斯博士说:"这样说来,这场苦难倒也并不是全无回报。"

"所以你会理解,如果我和我这位同乡——我们得赶快走了。"D说的当然是个荒唐至极的故事,但是既然他一心想要赶快脱身,即使编造的故事再离奇也就没什么不合情理了……这间屋子里的每个人似乎都不是现实生活中的人,他们聚集在牛津街上这个象牙塔里,正期待着发生一个奇迹。贝娄斯博士说:"我今天早上起床时还没有想到……这么多年……今天是我的生日。我们有一位女诗人就是这么说的。"他拉住D的手。所有的人都紧紧盯着他们。卡彭特小姐揩了揩眼角。D说:"上帝保佑你们,保佑你们所有的人。"

K先生说:"我不去,我不去。"但是没有一个人理睬他。他被那位穿着印花布衣服的太太推向楼梯,D和他并排走,拽着他的手……他现在真的害怕起来了,在恐惧中他把英语全忘了。他请求大家稍候一会儿听他讲几句话,但他说的是只有D同他自己才懂的那种语言。他的样子像生了一场大病,像遭了厄运……他又试图用世界语说点儿什么,不论说什么都成。他嘟嘟囔囔地说:"我的心,我的心。"他的嘴唇煞白。但是这时谁也不再讲世界语了。刹那间,他们已经进了电梯,向楼下缓缓行进。贝娄斯博士的脸消失了,接着是他的西服背心上的扣子,他的皮靴——他穿了一双靴子。K先生说:"你什么事也不敢做。你是不敢下手的。"

D说:"如果你同那个女孩子的死没有什么关系,你就用不着害怕。站得离我近一点儿。别忘记我带着枪呢。"他们俩并排走上牛津街。K先生突然横着迈出了一步,他们被一个人从中隔开了。逛街的人簇拥到他们俩中间来,K先生乘机在人群中穿来穿去,拼命往前跑。他的个子矮小,动作也很敏捷,可惜的是他眼睛近视,总是同别人撞个满怀。他连道歉的话也不说,只顾没头没脑地往前蹿。D并没有追赶他。人行道上挤满了人,无法跟在他后面跑。他喊住了一辆出租车,对司机说:"你慢慢地开。前面有我的一个朋友喝醉了酒——我们挤散了。我怕他惹什么事,得用车把他拉回家去。"他从车窗里看着K先生。K先生累得筋疲力尽。这是个好办法。

K先生左冲右突，却被对面的人撞回来。行人个个回过头来看他。一个女人说："真不知羞耻。"一个男人说："酒喝过头了。"K先生的金属框眼镜滑到鼻梁下边，走几步路就回头看一眼。他的雨伞总是绊住自己的两条腿。一个小孩看到他的一双惊惧的小眼睛，吓得叫起来。他惹得每个人都侧目而视。走到南奥德利街角上，K先生终于踉踉跄跄地同一个警察撞了个满怀。警察和气地说："咳！你在街上这么走路可不行。"K先生怔怔地盯着警察，因为眼镜滑落下来了，他什么也看不清。

"走慢点儿。快回家去吧。"警察说。

"不，"K先生蛮不讲理地说，"不回家。"

"用冷水冲冲你的脑袋，上床睡个觉。"

"不。"K先生突然把头一低，往警察的肚子撞去。他的策略没起作用，一只大手毫不费力地把他挡住了。"你想到警察局去一趟吗？"警察仍然语气温和地说。一小群人聚拢过来。一个戴着黑礼帽的人高声说："你干吗跟他找麻烦，他又没做什么事。"

"我只不过说……"警察说。

"我听见你说什么了，"那个陌生人立刻反唇相讥，"我能不能问问，他犯了哪一条？"

"酗酒，扰乱治安。"警察说。

K先生好像获救了似的，脸上焕发出希望的光辉。是的，他忘了扰乱治安这个办法了。

"胡说，"那个陌生人说，"他什么也没做。我愿意为他作证……"

"好了，好了，"警察气哼哼地说，"有什么值得这样吵吵闹闹的。我不过是叫他回家去睡觉。"

"你暗示说他酗酒闹事。"

"他是喝醉了酒。"

"拿出证明来。"

"你多管什么闲事？"

"咱们这里是个自由的国家。"

警察开始诉苦说："我要知道的是——我到底怎么惹着你了？"

戴黑礼帽的人掏出一张名片，对K先生说："如果你要控告这个警察有诽谤罪，我愿意为你作证。"K先生接过名片来，好像不明白这是怎么回事。警察突然把双臂举起来，向人群挥动着说："散开，散开。各人走各人的路。"

"大家别走，"陌生人厉声呵斥道，"咱们都是证人。"

"你快要叫我冒火了，"警察的嗓音变了，"我警告你。"

"警告我什么？说啊。你要警告我什么？"

"妨碍警察执行任务。"

"好个任务！"陌生人讥讽地说。

"可我是喝醉了，"K先生突然乞求说，"我扰乱了社会秩序。"人群轰的一声笑起来。警察转过来对K先生说："你怎么没完没了？我们谈话跟你没关系。"

"当然有关系。"陌生人说。

警察的脸上显出痛苦的神色。他对K先生说："你为什么不叫辆出租车老老实实地回家去？"

"好吧，我就这样做。"K先生说。

"出租车！"

出租车停在K先生身边。K先生感激地握住车门把手，打开车门。D对他笑了笑说："上来吧。"

"好，现在谈谈你的事，"警察对那个爱管闲事的人说，"你叫什么名字？"

"豪格皮特。"[1]

"你开什么玩笑？"

K先生拼命往人行道上退，口里喊着："不要那辆出租车。我不要乘那辆车。"

"我是叫豪格皮特。"许多人笑了起来。那个陌生人生起气来。"不是还有叫斯温伯恩[2]的吗？这有什么可笑的。"

K先生挣扎着想逃走。

"老天爷，"警察说，"你又不老实了。"

"汽车里有一个人……"K先生说。

D走出车来说："没事儿，警官。他是我的朋友。喝多了。我们在卡彭特酒吧走散了。"他紧紧抓住K先生的一只胳膊，想把他拉回汽车里。K先生说："他要杀我。"他挣扎着，一下子摔倒在人行道上。"你帮帮我的忙好不好，警官先生？"D说，"别叫他惹祸了。"

"当然可以，先生，赶快把他弄走吧。"警察俯下身，像抱

1　陌生人说自己叫Hogpit，hog的意思是猪，pit有斗鸡场的意思。

2　起源于英国诺森伯兰郡的地名"swinburne"，该地名来源于古英语"swin"和"burna"，分别意为猪和溪流。——编者注

178

小孩似的轻而易举地把K先生抱起来塞进汽车。K先生有气无力地喊："我告诉你，这人一直追着我……"自称豪格皮特的人插嘴说："你有什么权力这样做，警察先生？你听见他说什么了？你怎么能知道他讲的不是真话？"

警察啪的一声关上车门，转身说："因为我用了我的判断力……你现在还不想乖乖地走开？"出租车开动了。看热闹的人向后退去，指点着汽车。D说："你只是叫自己丢了丑。"

"我要打碎玻璃。我要叫了。"K先生说。

"你要是再不老实，可就自找倒霉了。"D低声说。他好像在说一个什么秘密。"我会开枪的。"

"你开枪是逃不掉的。你不敢开枪。"

"你是根据小说里的推理。在今天的现实生活中可不是这样。现在正在打仗——看来咱们谁也'逃不掉'，早晚都要丧命。"

"你预备做什么？"

"我要带你回家去，好好同你谈一谈。"

"回哪个家？"D没有回答他。汽车颠簸着缓缓驶过海德公园。在大理石拱门一带，几个街头演说家正站在肥皂箱上演讲，个个把雨衣的领子竖起来护住脖子，抵御寒风。一路上停着不少小汽车，伺机勾搭女人。不少下等娼妓无望地坐在灯影的黑暗里。也有一些准备进行敲诈勒索的人眼睛盯着草坪，看看是否有人在那里偷偷摸摸、匆匆忙忙地进行不法勾当。这就是人们所了解的一个和平城市的景象。一张招贴上写着：布卢姆茨伯里区骇人听闻的悲剧。

二

　　K先生的反抗已经告一段落。他一言不发地走出汽车，沿着台阶走进一间地下室。D把这间狭小的起居室兼卧室的灯打开，点着了煤气炉。当他手里擎着火柴，俯身在煤气炉上面的时候，心中不禁疑惑起来，难道他真的要谋杀一个人吗？克罗威尔——不管她是什么人——似乎太不走运了。一个人的家是不应该叫别人闯入的。当一枚炸弹把一幢房屋临街的墙壁炸毁，使屋子里的铁床、椅子、丑陋的画片甚至一把夜壶完全公之于众的时候，你会觉得这简直是对妇女肆行强暴。闯进陌生者的住屋也是一种强暴行为。但是你的一言一行总是不由自主地模仿敌人的行为。你像他们一样投掷炸弹，像他们一样毁坏别人的私生活。D突然怒气冲冲地转过身来，对K先生说："这是你自找的。"

　　K先生向后退了两步，一屁股坐在沙发床上。沙发上面有一个小书架，书架上稀稀拉拉地摆着几本羊皮面的薄书，看来是一位信仰虔诚的女人的藏书。他说："我向你发誓，出事的时候我不在场。"

"你不否认你同那个女人想合谋偷走我的证件吧？"

"你的工作由别人接替了。"

"这我知道。"他逼近K先生。该是在他脸上狠狠打一拳的时候了。他的怒火已经被煽起来了。前一天晚上那些人不是教会了他怎样打人吗？但他还是下不了手。只要他的手触到K先生身体的某一部分，就意味着同这个人开始一种新的关系……他的嘴唇因为厌恶而颤抖起来。他说："如果你还想活着离开这间屋子，只有向我坦白。你们两人都被他们收买了，是不是？"

K先生的眼镜掉到沙发上，他在罩着沙发的透眼网扣上摸索着。他说："我们怎么知道你没被收买呢？"

"没有别的法子，是不是？"D说。

"他们并不信任你——不然的话他们干吗又叫我们监视你？"

D在听他为自己辩护的时候，手指一直摸着枪。如果你既是陪审员又是法官而且身兼律师的话，你就得听被告把话讲完。即使世界上所有的人都偏心眼，你也一定要公正。"说下去。"

K先生恢复了一些勇气。他的红眼圈的眼睛向上翻了翻，想把视力集中。他的嘴部肌肉扭动了一下，形成一个嘲讽的笑容。他开口说："再说，你的行动也很奇怪，你说是不是？我们怎么知道在别人出了一定价钱后你不会把自己出卖？"

"有道理。"

"谁都得为自己着想。如果你把自己出卖了，我们就一个钱也拿不到了。"

真没想到K先生会这样毫无顾忌地把堕落的人性公开暴露出来。这个人在害怕的时候，在畏缩奉承的时候还比较能令人忍受。可是现在他的胆子又大了起来。他说："不能落在别人后面。反正一点希望也没有了。"

"一点希望也没有了？"

"你读一读今天的晚报就明白了。我们叫人家打败了。你自己也知道，有多少个部长都变节投降了。你认为他们都没有得到好处？"

"我想知道你得到了什么好处。"

K先生找到了自己的眼镜，在沙发上挪动了一下身体。他这时差不多完全没有了恐惧感。尽管年纪已经不小，却依然灵活狡猾。他说："我想早晚咱们都得走到这一步。"

"你最好把一切事都告诉我。"

"如果你想得到一点儿好处，"K先生说，"那你是白搭。即使我愿意，你也捞不到……"

"你们还不会那么愚蠢，只凭人家一张空头支票就把自己出卖吧？"

"对于像我这样的人，他们懂得最好不给现钱。"

D不知道自己该怎么办。他半信半疑地说："你是说你干这件事什么也没拿到？"

"我拿到了一封信件，有L的签名。"

"真没想到你是这样一个大傻瓜，如果你要的是别人向你许诺，从我们这边你要多少都可以。"

"不是许诺，是任命书。校长签了字。你知道，L现在是校长了。从你离开以后。"K先生已经完全恢复了镇静自如的态度。

"什么校长？"

"大学校长，这还用说。我被聘任为教授了。在教授会里。我可以回国去了。"

D笑出声来，他无法控制住自己。在他的笑声背后流露出厌恶的情绪。这就是未来的文明，这样一个人将要登上学术界的宝座……他说："我现在要是杀死你，我杀的将是一个K教授，这倒是一种安慰。"他脑子里想的是一大群诗人、音乐家、艺术家和学者，个个红眼圈，戴着金属框眼镜，一脑子背信变节的思想。这是腐朽的旧世界的一群残渣，年轻人就要从他们这里学习到如何当叛徒、当奴才的有益课程。这一前景叫D不寒而栗。他把那个第一秘书的手枪掏了出来，说："我倒想知道，他们会派谁来代替你在这里的工作。"但是他知道，他们是有上千的人可供选择的。

"别那么摆弄手枪。太危险了。"

D说："你现在要是在国内，就得受军事法庭审判，就要判刑。你为什么想要离开这里？"

"你在开玩笑。"K先生说，尴尬地笑了笑。

D打开手枪的弹盒看了看，里面有两颗子弹。

K先生气急败坏地说："你刚才说，如果那个女孩不是我杀害的，就没有我的事了……"

"那又怎么样？"他把弹盒重新关上。

"不是我杀的。我只不过给玛丽打了电话……"

"玛丽？啊，是的，旅店的老板娘。说下去。"

"L叫我这样做。他从大使馆给我打来一个电话。他说：'你只要对她讲，叫她尽力而为就成了。'"

"你不懂这句话是什么意思？"

"不太清楚。我怎么知道他是什么意思！我知道她有一个计划……想法使你被驱逐出境。她从来没有叫我看出来像要谋杀什么人。只是在警察读了那本日记以后……才叫人自然而然地获得一种印象。日记里记载了你说的话，你要把她带走。"

"你什么事都知道。"

"是玛丽告诉我的——事后告诉我的。她看了那本日记像是一下子得到了灵感。本来她想伪造一桩抢劫案，栽赃给你。另外一个原因是那个女孩子顶撞了她。她只是想吓唬吓唬她，后来她就发起脾气来了。你知道老板娘的脾气很坏，自己管不住自己。"他又摆出一副用以考察对方心理的笑容，"那个女孩子是个普普通通的人，"他说，"这种人成千上万。在国内每天都不知道有多少这种人死于非命。在打仗啊。"D脸上的表情使他赶快又添上一句，"这是玛丽的理论。"

"那你呢？"

"啊，我当然反对。"

"在事情发生以前——你就反对？"

"是的。啊，不，不，我是说……事情过后。我后来见到她的时候。"

D说："你的话漏洞百出。你从一开始就什么都知道。"

"我向你发誓，出事的时候我不在场。"

"好，我相信你。你没有这个胆量。这件事是留给她干的。"

"你应该找她去算账。"

"我这人有一点偏见，"D说，"不太愿意杀害女人。但是在人们发现你的尸体之后，她也会吃苦的……她会整天提心吊胆……坐卧不安……再说我只有两颗子弹。我弄不到更多的。"他把保险栓打开。

"这是在英国。"那个瘦小、苍白的人尖声喊叫起来，好像在安慰自己似的。他跳了起来，把书架上的一本书碰到沙发上。这是一小本圣诗，在翻开的那页，"上帝"一词是用大写字母拼写的。这当然是在英国——沙发也好，印着老式花卉图案的废纸筐也好，镶在镜框里的汽车路线图也好，靠垫也好，一切都表明这是英国——异国气氛不断地扯动他的袖口，叫他不要任性从事。他气冲冲地说："别靠着那张沙发。站过来。"

K先生颤抖地站着，说："你放我走？"

多年的大学教师生活教会了一个人如何做公正的法官，却没有教会一个人当麻利的刽子手。

"你干吗不去找L？"K先生恳求说。

"我迟早会找L算账的。但他不是咱们这边的人。"界限是不容混淆的，对于一件博物馆里的老古董你不可能这样义愤填膺。

K先生伸出沾着墨水的双手，做出苦苦乞求的姿势。他说："你要知道了所有事实就不会责备我了。你不知道我过的是什么生活。完全是个奴隶，这类书人们写得还少吗？"K先生开始哭起来。"你可怜那个女孩子，但你更应该可怜的是我……"他说，"应该是我……"他哽咽着，再也说不下去了。

"你身后有个门，进里边去。"D说。这是一间卫生间，室外无法见到。只有通风设备，没有窗户。握着枪的一只手因为即将发生的惨剧而颤抖起来。他是被逼得反身相扑的……现在轮到他惩治别人了。尽管如此，他熟悉的那种恐惧感却又回来了，只不过这次是为别人的痛苦、生命、绝望而感到害怕。他像是一个作家，注定要同情别人的疾苦……他说："快一点儿。进去。"K先生开始一步步地向后挪动。D想从脑子里搜寻出一句冷酷的玩笑话："我们这里可没有刑场的大墙……"但是他发现自己不能把这句笑话说完。一个人只能同自己的死亡开句玩笑，别人的死亡是件严肃的事。

K先生说："她没有经历过我受的这种罪……受了五十五年罪……只能再活六个月，什么希望也没有了。"

D并不想听他在说什么，他也没听懂他的话。他举着枪，紧紧逼着他，心里有一种嫌恶的感觉。

"要是你只能再活六个月，你也会寻找一些安慰的……"眼镜从他的鼻梁上滑下来，掉在地上摔碎了。他嘟囔着什么"受到别人尊敬"。他说："我一直在梦想，有一天……在大学。"他这时已经进了浴室。他使劲盯着D站立的方向（没有眼镜他什么也看不清），退到浴盆边上。"大夫说我只能活六个月……"他像一只狗似的痛苦地号叫了一声，"临死还要干这个苦差事……在牛津街那个傻瓜手底下……'早安''晚安'……教室冰冷……暖气从来也不开。"他像是一个病人在说胡话，想到什么就说什么。他似乎认为只要他不沉默，生命就有保障，从他充满痛苦和仇恨的脑子里迸出的每句话总是离不开他的生活经历——湫隘的办公室，刚刚能转过身来的小教室，冰冷的暖气片，墙上的活动挂图：名为"一家有钱人"。他唠唠叨叨地说："那个老头总是穿着软底鞋偷偷地监视我……我难过得要命……我得不断用世界语道歉……不然就要受罚……一个星期抽不到纸烟。"他越说越来劲……但这个被判处死刑的人是不该有这么大精神的，早在法官宣判他死刑以前，他就是一具行尸走肉了。"住嘴。"D说。K先生的脑袋像乌龟的头一样向旁一扭，他一直没弄清楚D站立的方向。"你能怪我吗？"他说，"在国内再生活六个月……当一名教授……"D把眼睛一闭，按动了手枪的扳机。子弹砰的一声射出去，手枪震动了一下，把他吓了一大跳。一块玻璃哗啦一声被击碎了。就在这时有人按了门铃。

他睁开了眼睛。他的子弹并没有打中，他一定没有击中K先生。离K先生的头足有一英尺远的卫生间。镜子被打碎了。K先生仍然站在那里，眨动着眼睛，显出一副迷惑不解的样子……有人在敲房门。白白浪费了一颗子弹。

D说："不许动。别出声。第二次我就不会打偏。"他把卫生间的门关上，一个人站在沙发旁边，听着过道房门上的敲门声。如果来的是警察，他要用仅有的一颗子弹做什么呢？一切又重归寂静。沙发上的那本小书仍然打开着：

> 上帝在阳光里
> 爱抚地看着彩蝶的羽翼，
> 上帝在烛光中
> 在你家中静静等候着你。

这首荒唐的小诗印在他的脑子里像按在火漆上的印痕。他并不相信上帝，他也没有家。这首诗有点儿像野蛮部落在宗教仪式中唱的歌，即使非常文明的旁观者也会被它触动。啪、啪、啪，敲门的声音又响起来。接着又按了一下门铃。说不定是房主的哪位朋友，也可能是女房东本人。不会，她自己有钥匙。一定是警察。

他向房门慢慢走过去，手里还拿着那支枪。他已经忘记该怎样用手枪，正像他长久不习惯使用剃胡刀一样。他像迎接厄运一样打开了房门。

站在门外的是罗丝。

他语言迟缓地说："啊，当然是你。我忘了。我把我的地址告诉过你，是不是？"他从她的肩头上望过去，好像预料她背后一定还站着警察——或者站着福布斯。

她说："我来告诉你福尔特对我讲的事。"

"啊，好吧。"

她说："你没有干出什么——荒唐事来吧？"

"没有。"

"干吗拿着枪？"

"我以为敲门的是警察。"

他们俩走进屋子，把走廊上的门关好。他的眼睛望着卫生间。不行了，他知道他绝不会开第二枪了。他可能是个英明的法官，但永远不能成为一名刽子手。战争会使一个人变得冷酷无情，但还没有使人残酷到这种程度。他的头脑里装着中世纪传说的讲稿，装着《罗兰之歌》和伯尔尼的原稿，就像脖子上挂着一个会给他带来灾祸的不祥之物。

她说："亲爱的——你的样子变了。更年轻了。"

"胡子剃掉了。"

"可不是。这样对你更合适。"

他不耐烦地说："福尔特说什么了？"

"他们签字了。"

"可是这违反了你们的中立法啊。"

"他们并没有同L直接签订合同。总有办法把法律绕过去。先把煤运到荷兰……"

他觉得自己彻底失败了，他连枪毙一个叛徒的胆量都没有。她说："你得离开这儿。在警察抓到你之前。"他坐在沙发床上，手枪悬在两个膝头之间。他说："福布斯也签了字？"

"你不能责怪他。"他又一次感到妒火中烧。她说："他也不愿意这样做。"

"为什么？"

她说："从某些方面看，他是个正直的人，你知道。如果风向转过来，这个人是可以信赖的。"

他沉思地说："我还有一粒子弹。"

"你这是什么意思？"她的声音里带着惊惧的成分，眼睛盯着那支枪。

"啊，你别误会了我的意思，"他说，"我想的是煤矿工人。他们的工会。如果他们知道了事实真相，说不定……"

"说不定什么？"

"会出面反对。"

"他们能做什么？"她说，"你不了解这里的情况。你从来没见过矿井封闭时矿工的村镇是什么景象。你一直生活在革命

里——呼口号、呐喊、挥舞旗帜，你经历的这种事太多了。"她
又说，"我曾经跟我父亲到过他们住的一个地方。我父亲那时随
着几个贵族去视察。那里的人个个无精打采。"

"这么说你也关心他们？"

她说："我当然关心。我的祖母……"

"你认识不认识那些矿工中的哪个人？"

她说："我的老保姆还在那儿。她同一个煤矿工人结了婚。
可是我父亲给了她一笔养老金。她跟别人不一样，日子比较好
过。"

"开始的时候只要找到个熟人就成。"

"你还是不理解。你不能到那里去发表演说。马上就会蹲监
狱。你正在受到通缉。"

"我还不打算就这样自认失败。"

"听我说，我们可以找个地方让你偷渡出去。有钱能使鬼推
磨。从一个小海港。斯旺塞……"

他抬起头来仔细打量着她的脸。"你愿意让我走吗？"

"啊，我知道你问这话是什么意思。但是我喜欢一个人活
着。我不喜欢死人和关在监狱里的人。你要是死了，我对你的爱
不会超过一个月。我不是那种人。我不会对我看不到的人永远忠
实。跟你一样。"他心不在焉地摆弄着手里的左轮枪。她说："把
那东西给我……我受不了……"

他默默地把手枪递过去。这是他第一次对另外一个人表示信任。

她说："啊，上帝，就是这支枪的火药味儿。我一进来就闻到
了。你开过枪。你杀了人……"

"没有。我想杀死他，可是我下不了手。我想我是个胆小鬼，只打碎了一面镜子。太不走运了，是不是？"

"是在我按铃以前吗？"

"是的。"

"我听见了。我还以为是汽车发动的声音呢。"

他说："幸亏附近一带没有人听出是什么响声。"

"那个人在哪儿？"

"那里面。"

她把门拉开。K先生一定是正扒在门上偷听，他从屋里跪着爬出来。D耷拉着脸说："这位是K教授。"K教授身体向前一倾，软绵绵地摔倒在地上，两条腿仍然蜷曲着。D说："他晕过去了。"罗丝俯身看了看，充满厌恶地说："你肯定没有打中他？"

"没有。确实没打中。"

"他断气了，"她说，"谁都看得出。"

三

他们把K先生的尸体小心翼翼地停放在沙发床上，那本宗教诗集就摆在他的耳朵旁边。"上帝在烛光里，在你家中等待着你。"他的鼻梁上仍然印着眼镜架压出来的一道红印，这个小人物躺在那里显得那么无足轻重。D说："他的医生说他只能活六个月。他害怕自己会突然死掉，教着教着世界语就断了气。他们每小时只给他两先令。"

"咱们怎么办？"

"这是一次意外事故。"

"他是因为你冲他开了枪才死的——他们会认为这是一次谋杀。"

"真正意义上的杀人？"

"是的。"

"这是第二回了。我倒想换换口味，叫人控告一次真正的蓄意谋杀。"

"凡是关系到你自己的事你总是开玩笑。"她说。

"是吗？"

不知为什么她又生起气来。她一生气就像个孩子似的，又是跺脚又是辱骂一切权威和理性。每逢这样的时刻他对她就产生出一股柔情，因为她很可能就是他的小女儿。她对他也不要求热烈的爱情。她说："别在那儿傻站着，好像没事儿似的。咱们怎样处理——这个？"

他温和地说："我正在想呢。现在是星期六晚上。这套房子的女主人贴了一张条子。'星期一再送牛奶。'这就是说，她最早也要明天晚上才回来。我整整有二十四小时的时间——我明天早上就可以到达矿区，如果我现在就乘火车走的话。"

"他们会在车站把你抓住的。你已经被通缉了。再说，"她又生起气来，"你这是白白浪费时间。我告诉你，那些煤矿工人才没有那么大劲头呢。他们只求能够活下去就知足了。我是在那里出生的。我知道那里的情况。"

"不妨试一试。"

她说："你要是真死了我倒不介意，可是我受不住老是这样提心吊胆，担心你会死。"她现在已经顾不得害羞了，她毫无顾虑地把心里的话都讲了出来。他又记起他们在月台上会面的事，她拿着一个小甜面包从大雾里走过来。要想对她不产生一丝爱情是不可能的。他们俩毕竟有些相同的地方。他们俩的生活都被世事弄得颠三倒四，他们俩都在用一种并非他们本性的暴力对过去默然忍受的一切进行反抗。她说："你用不着像小说中那样对我讲甜言蜜语。这我知道。"

"为了你我什么都愿意做。"他说。

"啊,上帝,"她说,"别演戏了。你还是继续做你的老实人吧。我爱你就是因为这个——因为你老实,也因为我的神经机能有些毛病,你可以叫它'恋父情结'。"

"我没有演戏。"他把她抱在怀里。这次并没有完全失败,他殷勤备至,就是没有情欲。他已经失去这种感觉了,为了自己的人民他好像已经使自己成了一个阉人。从某一种意义上说,每个情人都是一个哲学家,这是人的本性。做一个情人,就必须对世界有信心,必须相信生儿育女的价值。即使使用避孕手段也改变不了这一事实。性爱行为始终是一种出于某种信仰的行为,但他已经失掉信仰了。

她不再生气了。她悲哀地说:"你的妻子是怎么死的?"

"他们把她错杀了。"

"怎么错杀了?"

"他们把她错当作人质枪毙了。像她这样的人关了好几百。我想,典狱官根本分不清谁是谁。"他很想知道,这样在一个死人身边做爱,而且口里还谈论着死去的妻子,对于生活在和平环境的人说来是否太奇特了。他们毕竟感到不很圆满。即使接吻也会泄露一个人的真实感情……一个人的声音可以装假,接吻就不成了。在他们俩的嘴唇接触到一起的时候,他们感到中间隔着一段无限的距离。

她说:"你这样一直对死者保持着深挚的感情,我觉得不能理解。"

"大多数人都是这样的。你的母亲……"

"啊，我不爱她，"她说，"我是个私生女。当然，他们后来结了婚，我的身份也合法化了。本来我不应该当回事的，是不是？但说来也怪，我一想到自己并不是他们希望有的孩子，我就非常气愤——从小就这样。"

不经过试验，很难辨识清楚自己对另一个人的感情是怜悯还是爱情。他们又在K的尸体旁边拥抱了一次。D从罗丝的左肩上看到K先生的眼睛还睁着。他把罗丝放开，说："不要这样了。我不配你。我已经不是个男子汉了。也许有一天，当战争和屠杀全部停止以后……"

她说："亲爱的，我愿意等到那一天……只要你还活在人世。"

从现在的处境看，这几乎不可能。

他说："你还是赶快走吧。出门的时候小心别让人们看到你。走出一英里以外再叫汽车。"

"你干什么呢？"

"从哪个车站搭车？"

她说："午夜前后尤斯顿车站有一趟车……不过谁也说不清星期天早上几点才开到那个地方……他们一定会认出你来的。"

"剃掉胡须我的样子改变了许多。"

"还有那块疤呢。人们会首先注意到你脸上的那个记号。"她说。他还想说什么，可是她打断了他："等一会儿。你要我做什么我就做什么，你要到哪儿去都成。"她匆匆走进卫生间，K先生的眼镜在她脚下啪嚓一声被踩碎了。过了一会儿她就出来了。

"感谢上帝，"她说，"房东是个细心的女人。"她手里拿着一块药棉和一条橡皮膏。她说："你站着别动。现在人们就看不到你的伤疤了。"她把棉花贴在他的面颊上，用橡皮膏粘住。"谁都不会怀疑你脸上肿了一个包。"她说。

"你没把棉花遮在伤疤上。"

"妙就妙在这里。橡皮膏把伤痕遮住了，棉花球在你的面颊上。谁也不会注意你要遮住的是自己的下巴。"她用双手捧住他的头说，"我会成为一个能干的密使，你说是不是？"

"你太好了，不该干这个差事，"他说，"谁也不相信密使。"他发现在这个钩心斗角、颠三倒四的世界上，除了自己以外他居然还可以信任一个人，心头不禁涌起一股感激之情。这就像在一片荒无人烟的沙漠中找到了一个伴侣。他说："亲爱的，我的爱情对任何人都没有什么用处，但我愿意把全部——把我遗留下来的全部都献给你。"但就在他说这些话的时候，他还是感到把他同一个人的坟墓连接在一起的疼痛在不断扯动着自己。

她语气温柔地说，就好像两人还在谈情："你有可能逃脱别人的注意。你的英文说得不错，只是太咬文嚼字了。语音也不太正。但是真正泄露你身份的会是你读的那些书。你应该忘掉自己曾经是法语文学的讲师。"她抬起手来想摸摸他的脸，就在这时候门铃响起来了。

他说："有没有一个地方可以让你藏起来？"当然没有地方。他说："如果是警察，你必须立刻告发我。我不想让你卷进这场纠纷。"

"那有什么用？"

"去开门。"他抬起K先生的肩膀，把他的身体转过去，面对墙壁，接着把沙发上的罩单掀起来，盖在他身上。K先生躺的地方在暗影里，如果不注意是看不到他睁着眼睛的。看样子能够把人蒙骗过去，认为他在睡觉。一个声音说："啊，对不起。我是弗尔台斯克。"

这个陌生人有些胆怯地一步步走进屋子里来。他是个未老先衰的年轻人，脑门儿上的头发已经秃了，身穿一件对襟背心。罗丝想把他拦住。"你要……？"她说。他又重复了一遍"弗尔台斯克"，他的态度相当和气。

"你到底是什么人？"

他向他们眨了眨眼睛。他既没戴帽子也没穿外衣。他说："你们知道，我就住在楼上。艾米丽——我是说克罗威尔小姐——不在家吗？"

D说："她到别处度周末去了。"

"我知道她要去的，可是我看见屋子里有灯光……"他说，"哎呀，沙发上还有一位。"

"那位吗，"罗丝说，"就照你的话称呼他'一位'吧，是杰克——杰克·欧特拉姆。"

"他病了吗？"

"他就要病了——他醉得不省人事了。我们有个小聚会。"

陌生人说："真少见。我是说艾米丽——克罗威尔小姐……"

"你就叫她艾米丽吧，"罗丝说，"我们都是她的朋友。"

"艾米丽从来不请客。"

"她把房子借给我们了。"

"是的，是的。我看到了。"

"你要不要喝一杯？"

罗丝演戏演得太过分了，D想。这间屋子不可能要什么就有什么。我们可能是在一只遇难的船上，但这不是小学生故事书里的沉船，像鲁滨孙航海遇难那样缺少什么都可以在船上找到。

"不喝，不喝，谢谢你，"弗尔台斯克说，"说老实话，我不会喝酒。"

"你得喝点儿什么。不喝怎么能活着？"

"啊，我喝水。我当然得喝水。"

"真的吗？"

"那还用说，一点儿也不假。"他神经质地看了看沙发床上躺着的人，又看了看好像哨兵似的站在沙发旁边的D。他说："你的脸碰破了。"

"是的。"屋子里变得寂静无声。静得谁都觉察出来，倒好像寂静是一位受宠的客人，在所有客人都走掉以后只有他一个还留下似的。弗尔台斯克说："好了，我要走了。"

"非走不可吗？"罗丝说。

"倒不是有什么事。我是怕打扰你们。"他环视了一下这间屋子，他在找酒瓶和酒杯。这间屋子显然有些叫他感到不对劲的地方。他说："艾米丽事先没告诉我。"

"看来你同艾米丽关系很不错。"

他的脸涨红了，说："噢，我们是朋友，我们俩都是教友会的，你知道。"

"校友会？"

"不，不是。牛津教友会。"

"啊，是的，"罗丝说，"我知道——经常聚会，布朗旅馆，在克罗伯勒区……"她一口气说了一串与此事有关的词，D听了莫名其妙，他还以为罗丝在发歇斯底里呢。

弗尔台斯克的脸上露出笑容。这位未老先衰的年轻人的脸盘像是一块银幕，只有把经过审查、适于家庭观看的影片投射上去才能映现出来。他说："你也参加过我们的聚会？"

"啊，没有。我没有兴趣。"

弗尔台斯克迈步向里走，朝着沙发走去。他的神情像是一盆晃晃荡荡的水，同他说话的时候你必须把盆端正，不然盆里的水就会泼在地上。他说："你应该试一次。参加我们集会的什么人都有——商人，保守党人……有一次海外贸易部的副部长也来参加了。当然了，每次还有一些外国佬。"在他热心解释的同时，他差不多已经走到沙发旁边了。"这是个宗教性的集会，但也解决了不少实际问题。它能帮助你更好地待人处世，因为参加了这种集会以后你同别人的关系就可以摆正了。我们在挪威获得了很大的成功。"

"太好了。"罗丝说。她准备把水盆向另一边倾斜一点儿。

弗尔台斯克的一双金鱼眼睛停在K先生的脑袋上。"在你情绪不好的时候——你知道我说的是什么意思——最好是在集会的时候与人谈一谈，它会使你心胸开阔，像拨开乌云看到晴天一样。所有的人对你都非常体贴、同情。他们也都有过这种经历。"他的身体弯下去一点，说，"他的面色很坏……你们肯定他不会出毛病吗？"

这真是个荒唐的国度，D想。内战可不像这里的和平这样让你经历到这么多荒唐事。在战争中生活变得非常简单——你不需要为谈情说爱、为世界语费脑筋，甚至连怎么样活下去也不必自己操心。你担心的只是能不能吃到下一顿饭以及如何躲避炸弹。弗尔台斯克继续说："他是否会更舒服一点儿，要是——你知道——咱们叫他坐起来的话？"

"噢，不要，"罗丝说，"他就这样好，安安静静地躺一会儿。"

"当然，"弗尔台斯克顺从地说，"我对这种事不大在行，我是说喝酒。我猜想他的酒量不大。他不该喝这么多，是不是？对身体不好。年纪这么大了。对不起——你们跟他熟吗？"

"不用你操心。"罗丝说。D很想知道这个人是不是不想走了。罗丝的态度冰冷，只有最热的心肠才不会被她的态度结成冰。

"我知道这也许是我的偏见。我们入了教友会的人生活是很规矩的——既合乎人情，又很有节制。"他说，"我想你们大概不想到楼上我的房间去坐坐……我正烧着一壶水，准备喝茶。我来这里就是想邀请艾米丽……"他突然往前一探身，喊起来，"天啊，他睁着眼睛……"什么都完了，D想。

罗丝不慌不忙地说："你觉得他没有睡着，是不是？"

你可以想象，在弗尔台斯克的眼睛背后如何升起一团可怕的疑云，只是因为这块疑云找不到适当的依托才又降落下去。一点儿不错，在他生活的那个温文尔雅的不真实的世界里是没有谋杀的。D和罗丝等待着，看他还要说什么：他们俩只能随机应变。他像耳语似的低声说："真是可怕，我说的话都叫他听去了。"

罗丝气恼地、毫不客气地说："你壶里的水一定都泼到地上了。"

他轮番地看了看这两个人——一定有点儿不对头的地方。"可不是，一定早就烧开了。我没想到在这儿待了这么半天。"他的目光又在两个人的脸上移动着，好像要求对方证实似的。今天夜里他肯定要做噩梦。"可不是，我得走了。晚安。"

他们俩看着他从楼道走进他所熟悉的、叫他心安的黑暗里。走到楼梯转角处他又转过身来犹疑地向他们招了招手。

第三部

最后一枪

一

黑暗仍然笼罩着英国中部地区整个寂静的原野，只有一个默默无闻的小车站亮着灯火，好像黑暗的橱窗里一件被微光照射着的陈列品。候车室旁边点着几盏油灯，一座钢制的人行桥横跨在路轨上面，一端伸向另外一些黑烟缭绕的灯火。一股寒风把机车的蒸气卷过来，吹散到月台上。这是星期日的凌晨。

过了一会儿，列车最后一节车厢的尾灯像个萤火虫一样向前移去，一下子消失在远处一座看不到的隧洞里。除了一个年老的脚夫蹒跚着从行李车刚才停靠的地方走回来以外，月台上只有D一个人。月台的一端倾斜下去，最外边伫立着一盏路灯，再过去就是无法辨清的交错的路轨了。从不远的地方传来了公鸡报晓的声音。悬在半空的一盏信号灯从红色变成绿色。

"到本迪池去是在这儿换车吧？"D吃喝着问。

"是在这儿。"脚夫回答。

"要等很长时间吗？"

"噢，大概得等一个钟头……要是火车正点的话。"

D打了个冷战，他用双臂拍打着身体取暖。"得等这么久啊。"他说。

"星期天车次少，"脚夫说，"只能等这趟火车。"

"到本迪池没有直达车吗？"

"啊，从前煤矿都开采的时候有直达车——现在没有人去本迪池了。"

"这儿有没有餐厅？"D说。

"餐厅！"脚夫重复了一句，他使劲盯着D看，"在威灵这地方给谁开餐厅？"

"有没有地方坐一坐？"

"我可以把候车室的门打开，要是你愿意的话，"脚夫说，"可是那里面也不暖和。你还是来回活动活动吧。"

"里面有火吗？"

"炉子可能还没有灭。"脚夫从口袋里拿出一把样子古怪的大钥匙，把一扇巧克力色的屋门打开。"啊哈！"他喊了一声，"还挺暖和。"说着随手打开电灯。候车室的四壁像旅馆和旅游地一样挂着许多褪了色的旧照片，沿墙放着一圈固定在地板上的长凳和两三把很难搬动的大椅子，另外就是一张非常大的桌子。从炉栅后面散发出一点儿暖气——一点炉火的余热。脚夫拿起一把黑色的铸铁煤铲，往即将熄灭的炉火里添了几铲煤末。他说："灭不了的。"

D说："这儿还有张大桌子，干什么用的？"

脚夫用怀疑的眼色瞟了瞟他，说："你说干什么用？当然是为旅客准备的。"

"可是你这里的凳子都靠着墙，搬不到桌子旁边来啊？"

"不错，椅子都是死的，"脚夫说，"真见鬼！我在这儿待了二十年还从来没想到这个。你是外国人，对不对？"

"我是。"

"外国人眼睛尖。"他有些不高兴地盯着桌子看了一会儿。"常常有人坐在上面。"他说。外面有人喊了一声，一阵轰轰隆隆的声音，一团白色蒸气，火车从铁轨上哐啷哐啷地驶过，消失到远处。车站重又恢复了寂静。脚夫说："这是四点三刻的列车。"

"是一列快车？"

"快运货车。"

"往矿区开的？"

"不是——往伍尔弗汉普顿开的。运军火的。"

D为了使身体暖和一些，搭起双臂，在候车室里踱起步来。炉栅后面袅袅升起一小股烟来。墙壁上有一张照片是海滩的码头景色：一位戴着灰色圆顶礼帽、身穿诺弗克上装的绅士倚着栏杆同一位女士讲话。女士的帽子非常漂亮，身上穿着纱衣，背景是无数遮阳伞。这张照片使D产生了一种奇怪的幸福感，他好像离开了现实，同那位戴圆顶礼帽的绅士一起回到了久远的过去。所有的苦难和暴力都已结束，战争——不管哪方取得最后胜利——已经有了结局，痛苦已成往事。另一张照片，一幢挂着"米德兰旅馆"招牌的哥特式大房子仁立在几条电车轨道后面，一尊身穿铅色长外衣的男子的雕像，照片的一边还看得到公厕的一角。脚夫用一根断了半截的通条在炉子里捅了捅，开口说："啊，你看的那张照片是伍尔弗汉普顿。一九〇二年我在那儿待过。"

"看起来这地方很热闹。"

"很热闹。那家旅馆——你在英国中部哪个地方也找不到比它更好的。我们共济会在那儿聚过餐，在一九〇二年。那儿挂着彩色气球，一位女士唱了歌，我们还洗了土耳其浴。"

"你一定挺怀念的，我想。"

"啊，我不知道。哪个地方都让你想起不少事——这是我的看法。当然了，到圣诞节我就想起了哑剧。伍尔弗汉普顿皇家剧院的哑剧是出名的。可是话又说回来，这里也不坏，空气好。老住在热闹地方就会待腻了。"说着，他又捅起火来。

"我猜想，这里过去也是个很重要的车站。"

"啊，在那些煤矿都开工的时候。本迪池勋爵就在这个候车室里等过车，我招待过他。还有他的女儿——罗丝·库伦小姐。"

D觉察到自己正在全神贯注地倾听着，就好像是个正在恋爱的年轻人。他说："你见过库伦小姐？"远处，一辆火车头鸣了一声汽笛，笛声从一片荒凉的铁轨网上面传过来，另一处响起了回应的笛声。听起来像是郊区一起一落的犬吠。

"啊，见过。最后一次我看见她，是在她朝见国王和王后——在王宫里——的一个星期之前。"D感到一阵悲哀——她过的社交生活同他的距离是多么遥远啊！他觉得自己是个离了婚的人，孩子被别人强行扣住，那人有钱有势，自己无可奈何。他只能从杂志的报道了解一个陌生人的行踪。他发现自己渴望同她在一起。他又记起在尤斯顿月台上的情景。她说："我们是不幸的。我们不相信上帝，所以祈祷也没有用。如果相信上帝，我们就可以祷告，可以点燃蜡烛……啊，可以做许多许多事。可是现在我只能做个为你祝福的手势。"在驶往尤斯顿车站的出租车里，在他的要求下，她又把手枪还给了他。她说："你可要小心一点儿。你净做一些傻事儿。记住你的伯尼尔手稿。你不是骑士罗兰。不要从梯子下面穿行……不要把盐撒在地上。"

脚夫说："她妈妈就是这附近的人。人们传说……"

他仿佛暂时从那狂乱的世界逃开了。在这间寒冷的候车室里安全、与世隔绝，他更感到世界是何等狂乱。可是却有人在谈论什么监督计划。在王宫里觐见英国国王同自己妻子在监狱里被枪杀，《闲谈者》杂志上的新闻图片同飞机掷下的炸弹，这是一种多么疯狂的混杂啊！可是当他们俩在K先生的尸体旁边并肩站着同弗尔台斯克谈话的时候，他们俩却息息相通，这种奇特的关系被搞得更加混乱起来。想想看，这位可能成为杀人凶手的同谋犯竟然接到过英国国王的请帖，参加过王室举办的游园会！他身上似乎具有某种化学特性，可以使毫不相容的两种物质糅合在一起。而且即使在他个人身上，从法国文学讲座到站在一个陌生女人的地下室的卫生间里对K先生盲目开了一枪，这也是一段多么长的距离啊！有谁能为他的下一步行动出谋划策？除了不幸的预感外，人们对他的前途还能看到别的什么？

但是他要计划一下未来的行动步骤。他在一张海滨浴场的照片前停住脚步：呈现在他眼里的是各式各样的游泳帽、孩子在海滩上堆的沙堡和沿海岸那一条脏脏的海水的景象，一切都照得真真切切，让人想到地面上被风刮起的废纸和到处乱抛的香蕉皮。铁路公司如果接受人们的建议，悬挂些艺术品代替这些照片岂不更好？他想，如果他们把我抓住，自然也就没有前途可言了（这样事情倒简单多了）。但万一他能逃脱追捕，有朝一日重返故乡，问题反而来了。罗丝已经对他讲了："现在你再也甩不开我了。"

脚夫说："小姐小时候总是到处发奖品，给这一带布置最好的车站花园发奖品。那还是她妈妈去世以前的事。本迪池勋爵特别喜欢的是玫瑰。"

她不可能同他回国过他那种日子——在遭受战争蹂躏的国土上一个不受信任的人过的日子。再说，他有什么能够给她呢？他离坟墓已经不远了。

他走到候车室外面。除了月台附近的一小块地方以外，四周仍然一片漆黑，但你可以感觉到在远方已经开始天亮了。在这个旋转着的地球的边缘上似乎有一口钟正在向人们发出警告……也许来的并不是亮光，而只是灰暗……他在月台上从一头踱到另一头，又从另一头踱回来。他思考自己的前途，但思来想去还是找不到答案。他停在一台自动售货机前面——葡萄干、牛奶巧克力糖、火柴和口香糖。他把一便士的硬币塞进钱孔里，想买一袋葡萄干，但是小抽屉却怎么也拉不开。脚夫突然在他身后出现，用谴责的语气说："你用的硬币不对吧！"

"对。没关系，拉不开就算了。"

"这些机器造得真巧，"脚夫说，"反正扔一个便士拿不到两包东西。"他摇晃了一下这台机器。"我去拿钥匙去。"他说。

"没关系，真的没关系。"

"啊，不能这样。"脚夫一边说一边脚步蹒跚地走掉了。

月台的两头各有一盏路灯。D从一盏灯走到另一盏，然后又走回来。黎明小心翼翼地、慢吞吞地降临到这里。好像在举行什么仪式——路灯逐渐暗淡下去，雄鸡又喔喔地啼起来，接着地平线上出现了一条银边。停车线逐渐变得清晰了，可以看到一排车厢上标着"本迪池煤矿"字样的货车，路轨向远处伸展出去，尽头处是一道栅栏，一个灰色的建筑物逐渐呈现为一个谷仓，再往远处看就是丑陋、乌黑的冬日田野。另外几处月台也映入视野，都已经关闭不用了，显得死气沉沉。脚夫走了回来，用钥匙把自动售货机打开。"啊，潮气太大，"他说，"这里没有人买葡萄干。抽屉锈住了。"他拿出一个灰色的硬纸盒。"给你，"他说，"葡萄干。"D的手指触到的纸袋给他一种潮湿、发霉的感觉。

"你说这里空气好？"

"是啊。英国中部地区的气候对身体很好。"

"可是这种潮气……"

"啊，"他说，"这个车站是在洼地里——看见了吗？"他说的话一点儿也不错，暗夜就像蒸气一样一块块地消失，露出一道长长的山峦。亮光从粮仓和田野后面惨淡地露出头来，移动到车站和铁轨上，又逐渐爬到山坡上。一座座小砖房的轮廓变得越来越清晰，几个树桩子让他想到故乡的战场。山顶上树立着一个奇怪的金属物。他问："那是什么？"

"啊，那个，"脚夫说，"没有什么。那是他们一阵心血来潮搞起来的。"

"心血来潮？可是太难看了。"

"你说难看？我不知道。什么东西都是看着看着就习惯了。如果我看不到它，说不定还会觉得缺点儿什么呢。"

"这个铁架子好像同钻探石油有关。"

"就是为钻探石油的。他们突然一阵心血来潮，认为可以在这里钻出石油来。你告诉他们实话也没用——他们是伦敦来的，自以为什么都懂。"

"没有钻出油来吗？"

"啊，钻出来了，足够车站的几盏路灯使用，我敢说。"他说，"火车快要来了。贾维斯下山来了。"这时，从通向车站的小路直到远处的砖房都已清晰地显露出来。东方天际出现了一片霞光，但除了天空外其他地方仍像被霜打了的植物一样灰蒙蒙的。

"贾维斯是谁？"

"噢，他每个星期天都到本迪池去。平常日子有时也去。"

"在矿上做工？"

"不做，年岁太大了。他自己说是换换环境，也有人说他的老伴住在本迪池，可贾维斯说他没结过婚。"贾维斯这时已经沿着一条沙石路向车站走来。他已经有了一把年纪，穿着灯芯绒衣服。他的眉毛浓密，一对深蓝色的眼睛闪烁不定，下巴上的短胡子已经花白了。"怎么样啊，乔治？"脚夫向他打招呼说。

"噢，凑合过得去。"

"又去看老伴吗？"

贾维斯满腹狐疑地斜着眼打量了D一眼，马上又把目光转到别处去。

"这位先生也是去本迪池的。他是从外国来的。"

"啊！"

D觉得自己像个伤寒携带者，现在接触到的人个个都已经打过预防针，他再不能把自己身上的疾病传染给他们了。这些人都很安全，绝不会感染他身上带着的恐怖和暴力行动。他有一种虚弱无力的感觉，好像在这块霜冻的土地上，在这个荒凉寂静的小中转站上，终于找到了一块地方可以坐下来休息一会儿，让时间静静地流过去。他耳边又响起脚夫嗡嗡的话语声："这场霜冻，把什么都冻死了……"不管脚夫说什么，贾维斯都只是以"啊"的一声作为回答。他的眼睛始终盯着路轨。不久，从信号室里传来两声铃响。D突然发现，黑夜已经不声不响地消失了。他看见信号室里有一个人拿着一把茶壶，这人把茶壶放在一个看不到的地方，拉动一个杠杆。不知从什么地方传来了火车进站的铃声。贾维斯又喊了一声："啊！"

"火车到站了。"脚夫说。一团雾气从铁轨远处逐渐移近，最后呈现出一辆机车同几节晃晃荡荡的车厢。"到本迪池站还很远吗？"D问。

"噢，不过十五英里。是不是，乔治？"

"从教堂到红狮酒馆正好十四英里。"

"路倒不远，"脚夫说，"只不过沿途还要停好几次车。"

一排凝着霜花的车厢玻璃窗把苍白的朝阳分割开，像是一块块的水晶体。几张胡子拉碴的面孔从车窗里窥视着刚刚开始的白昼。D跟在贾维斯后面登上一节空荡荡的车厢，眼看着月台上的脚夫、候车室、丑陋的金属人行桥、信号室里拿着一杯茶的人——

退到后面去了，那个和平宁静的小天地也随着消失了。从路轨两旁向他们逼近的是寒霜凝冻的低矮土山。他看到一幢农家住房，一片像破旧皮帽般光秃的小树林，铁轨旁边一条小水沟上的冰块。一切景象都称不上壮丽，甚至连美丽这个字眼也当不起，但自有其独特的荒凉、寂静之美。贾维斯目不转睛地向车窗外凝视着，始终一言不发。

D说："你对本迪池这个地方很熟悉吧？"

"啊！"

"你或许认识班内特太太吧？"

"是乔治·班内特的还是亚瑟·班内特的？"

"给本迪池勋爵的小姐当过奶妈的。"

"啊！"

"你认识？"

"啊！"

"她住在什么地方？"

贾维斯又用他那蓝眼睛怀疑地斜视了D一眼。他说："你问她做什么？"

"我给她捎来一封信。"

"她就住在离红狮酒馆不远的一幢房子里。"

火车走走停停，小树林和稀疏的草地逐渐看不到了。土山已逐渐为石山所代替。一个小站后面是一个采石场，有一道生锈的单线轨道通过去。一辆翻了的卡车倒在带刺的草丛里。火车再向前，就连石山也看不到了。展现在眼前的是一片平地，这里那里煤炭堆积成山，形状各异。煤山后面隐隐约约露出远处的山峰。

煤堆上长着一些稀疏的短草，看上去像是从地下冒出一缕缕的火焰。煤堆丛中有时露出一段小型火车使用的铁轨，不知从什么地方来，也不知驶向何处。矿工的住宅区就坐落在这些人工堆成的煤山脚下。一排排的灰色石屋像遍布在大地上的伤疤。火车不再停了，向这一片杂乱无章的平原纵深驶去，驶过每一堆标着站名的大煤堆。这些煤堆都有一个令人起敬的名字，什么城堡峭壁啊、锡安山啊，等等。整个看来，这地方简直就像个大垃圾堆，所有生活中无用的废物都被抛掷到这里——锈迹斑斑的起重机臂，乌黑的烟囱，石板屋顶的小教堂，挂在晾衣绳上的破烂、灰黑的湿衣服……孩子们在公用的自来水龙头上接着一桶桶的自来水。一想到火车刚刚从那样一片原野开来，在距离不过十英里的地方，公鸡在那个小中转站外面喔喔啼叫，真叫人感到进入了一个奇怪的世界。建在煤山前面的住房这时已经连成一片，一条条狭窄的小巷通往铁路。分隔开一座座煤山的只是那些小火车道。

"这是本迪池吗？"D问。

"不是。是天国镇。"

火车在一座大煤山的阴影里开过一个铁路道口。"这是本迪池吗？"

"不是。这是考肯伯里尔。"

"一点区别也没有。"

"啊！"

贾维斯出神地望着窗外——他真的有个老伴在本迪池吗？或者只为了换换环境？最后他好像有一肚子委屈似的，气恼地说："哪儿是考肯伯里尔，哪儿是本迪池，谁都分辨得出。"过了一会儿，眼前又黑乎乎地出现了一座大煤山，路轨两旁宛如伤疤似的灰色房子仍然没有尽头地延伸下去，贾维斯开口说："这就是本迪池。"他的爱国情绪似乎膨胀起来，沉着面孔气哼哼地说，"你也许认为这里同城堡峭壁或者和锡安山没什么两样。问题是你得睁开眼睛看一看。"

D果然注意地打量了一番。他的眼睛已经习惯于破破烂烂的房子和瓦砾堆了。这时他忽然想，用飞机大炮制造废墟实在是浪费，只要撒手不管，迟早就会使一个地方破烂得不可收拾。

本迪池的火车站不像个小停车点，居然还有个车站的样子。这里居然还有一间头等旅客候车室，只是门已上了锁。窗玻璃也大半被打破了。D等别人先下了车，可是贾维斯还在后面磨蹭着，好像害怕会有人监视自己。他给人一种印象，好像他怀有什么秘密，这种秘密倒也极其自然，对别人并无损害。他什么人都不相信，好像一只动物对洞穴外的脚步声或者话语声都满腹狐疑似的。

D走出车站后，一眼就看清了这里的地理环境——一条街通向一座煤山，另一条紧傍着煤山脚，同前一条形成一个丁字。每幢房子都一个样，只有一处客栈的招牌、一座小教堂的入口和偶尔一家即将关门的商店才打破街道的统一格式。这个小市镇的单调简直让人感到恐怖，看起来就像是小孩子做游戏用砖块码起来的。街道上几乎空无一人，完全不像矿工居住的地方。但话又说回来，现在根本无工可做，躺在床上可能更暖和一点儿。D走过一处职业介绍所，接着又走过几所灰色的房子，每个窗户都紧遮着窗帘。经过一家人的后院时他往里面瞥了一眼，邋里邋遢，一个厕所连门也没有关，令人望而生畏。这里好像正在经历一场战争，只不过没有战争激励起来的那种反抗精神。

红狮酒店过去曾经是旅馆。本迪池勋爵一定在这里住过。酒店有一个庭院，有一间车库，车库门上悬着一个陈旧的"汽车协会"的黄牌子。街头弥漫着一股汽油味和厕所的臊臭味。人们从窗户后面冷冷地打量着他——一个陌生人。天气很冷，谁也不到街上同人们打招呼。班内特太太住的房子也是灰砖的，同别的房子形式一样，只是窗帘显得干净一些。从玻璃窗外面可以看到房内一间摆满了家具、没人使用的小客厅，几乎有一种小康之家的气氛。D叩了一下门环，门环是黄铜的，擦得很亮，形状是一个盾形纹章——是一只长着羽毛的怪兽，口中含着一片树叶。这是不是本迪池家的纹章？在这个简陋的小镇里，这个盾形纹章的门环显得非常奇怪、复杂，像是一个代数方程式。它代表着某种抽象的价值，与四周的水泥路、灰砖房有些格格不入。

一个穿着围裙的老妇打开房门。老妇的脸上满是皱纹，白白净净，像是一块啃得干干净净的肉骨头。"您是班内特太太吗？"D问。

"我是。"她用一只脚把门挡住，像是横在门槛前边的一个门挡子。

"我给您带来一封信，"D说，"是库伦小姐给您写的。"

"你认识库伦小姐？"她用既不相信又不赞成的语气问。

"信上都写着呢。"但她还是不让他进去，她要先把信读完。她没有戴眼镜，把信纸举到她那目光暗淡、固执的眼睛前面，她读得很慢。"她在信里写了你是她的好朋友。你还是进屋来吧。她要我帮帮你的忙……可是没有说怎么帮忙。"

"很对不起，这么早就来打搅您。"

"星期日只有这一趟火车。你当然不能走着来。乔治·贾维斯是跟你坐一趟车来的吗？"

"是的。"

"啊！"

小客厅里摆满了各式各样的装饰品、瓷器和嵌在弯曲的银框里的照片。一张桃花心木圆桌，一张铺着天鹅绒面的长沙发，弧形靠背、天鹅绒面的木椅，地毯上盖着报纸以免踩脏——这间屋子像是布置好了等待某一重大事件，但这件事却一直没有发生，而且以后无论什么时候都绝不会发生。班内特太太神情严肃地指着一个银框子说："我想，你认得出那是谁吧？"照片上是一个胖胖的女孩子，手里松松地抱着一个洋娃娃。D说："我恐怕……"

"啊！"班内特太太得意地说，"我敢说，她没有把什么都给你看过。再看看那个插针的垫子。"

"看见了。"

"那是从她谒见英国国王和王后时穿的礼服上剪下的一块料子做的。你翻过来看看就知道日期了。"白缎子上面果然清清楚楚地写着日期。就是这一年，D正在监狱里，等着随时被提出去枪决。这一年在她的生活中也有重要意义。"再看看那张照片，"班内特太太说，"也有她……穿着礼服。你一定知道这张照片。"这张照片上的罗丝神态庄重，格外年轻，D一眼就认出来了。罗丝似乎正从镜框里看着他。这间小屋子里到处都是罗丝的照片。

"没见过，"他说，"这张照片我从前也没见过。"

班内特太太心满意足地看着他。她说："啊，不错，我敢说还是老朋友才知道底细。"

"您一定是她的老朋友。"

"最老的朋友，"班内特太太纠正D说，"她出生才一周我就有缘认识她了。当时连勋爵也还没有见过她呢——直到孩子满了月才允许父亲见她。"

"她对我谈起过您，"D撒谎称，"她很惦记您。"

"那是应该的，"班内特太太把她的肉骨头似的白脸一扬说，"自从她妈妈死了以后，她是我一手带大的。"从第三者口里听到自己爱人的生活琐事会给你一种奇怪的感觉，就像在你熟悉的桌子里发现一只装满了解密文件的秘密抽屉，让你得知了许多前所未闻的消息。

"她小时候听话吗？"D很感兴趣地问。

"她是个很活泼的小姑娘。我觉得这就很好。"班内特太太回答说。她有些坐立不安地在屋子里走来走去，一会儿拍拍插针垫，一会儿把照片重新移动一下位置。她说："谁也别希望永远被人记住。当然了，我对勋爵没有什么可抱怨的。他很大方。像他这样的身份地位也应该这样。这里的矿井都关了，如果没有他的接济，我真不知道我们的日子该怎么过。"

"罗丝告诉我，她经常给你写信。所以她还是没有忘记你的。"

"每年圣诞节她都有信来，"班内特太太说，"不错。她的信不长。当然了，她在伦敦挺忙的，参加宴会啊什么的。我本来想，她应该告诉我国王陛下都对她说了什么……可是……"

"也许国王什么也没说。"

"国王当然得讲几句话。罗丝是一个可爱的姑娘。"

"是的，很可爱。"

"我只希望，"班内特太太的眼睛像利刃似的从瓷器装饰品后面直刺过来，"她能够分辨谁是她的真正朋友。"

"罗丝是不容易上当受骗的。"D说。他这时想的是福布斯先生、那些私人侦探以及由猜忌和不信任构成的整个荒凉惨淡的背景。

"你可不如我了解她。我记得有一次，在我们住的格温别墅，罗丝把眼睛都哭肿了。她当时才四岁，那个男孩子彼得·特里芬，一个诡计多端的小猴崽子，搞来一个可以上弦的玩具老鼠。"老妇忆起当年那场争吵时脸涨得通红，"我敢发誓，那个小崽子一辈子也不会有出息。"想起来也怪，罗丝性格的形成，在一定程度上竟是受这个老太婆影响的。说不定她对罗丝的影响比罗丝那位死去的母亲还大。如果他同罗丝在一起的时间更长一些，他也许甚至能够在罗丝脸上发现这个老妇人的表情呢。班内特太太突然开口问："你是外国人吧？"

"是的。"

"啊！"

他说："库伦小姐在信里也许已经说了，我到这儿来是为了要办一件事。"

"她没有说办什么事。"

"她认为你可能帮助我了解一下本迪池的情况。"

"啊？"

"我想知道一下，这里工会的领导人是谁。"

"你不是想去见他吧？"

"我就是要见他。"

"我没有办法帮你的忙，"班内特太太说，"我同他们这些人不来往。我不相信库伦小姐会同他们打交道。他们是社会党。"

"她的母亲……毕竟……"

"我们知道她母亲是怎样一个人，"班内特太太一点儿也不客气地说，"但是她已经死了，一个人一死，她的事也就没有人记得了。"

"这么说你不能帮我这个忙了？"

"应该说，不愿意帮忙。"

"连这个人的名字也不肯告诉我？"

"名字你一打听就知道。告诉你吧。这人叫贝茨。"一辆汽车从房子前面驶过去，接着他们听到汽车制动的声音。班内特太太说："什么人到红狮酒店去了？"

"这个人住在什么地方？"

"住在皮特街。有一次，一位王室成员还到这个地方来过，"班内特太太一边说一边把脸贴着窗户，想看一下开来的汽车，"一位非常和气的年轻人，他到我们家坐了一会儿，喝了一杯茶。他们想叫他看看，矿工的家庭也有收拾得非常干净的。他还想到泰莉太太家去，可是他们说泰莉太太生病了。泰莉的家里连一件整齐家具都没有，就是为了这个他们才不叫他去，叫他看见太丢脸了。"

"我得走了。"

"你可以告诉罗丝小姐，"班内特太太说，"别让她跟贝茨打交道。"她说话时仍然带着严峻的发号施令的语气，但听起来已经没有那么大信心了。过去什么事都是她说了算——"换一双袜子""别吃糖了""把药水喝光"，但是她觉得现在情况和过去不同了。

红狮酒店门前正有人往里搬行李。街道活跃起来，人们三五成群地观望汽车，但又抱着戒备态度，仿佛准备撤退似的。他听见一个小孩子说："是道奇牌汽车吗？"D怀疑是否本迪池勋爵已经开始行动了。他们的行动可真叫迅速，合同昨天才刚刚签订啊。突然间，一个谣言不胫而走，谁也不知道是从哪儿传出来的。有一个人大声说："矿井开了。"人们汇集到一起，聚成一团，每个人都目不转睛地望着停在红狮酒店前的汽车，好像从那华丽耀眼的车身上可以望到具体的消息似的。一个女人低声欢呼了一下，又怀疑地把嘴掩住了。D问一个人：

"什么人来了？"

"本迪池勋爵的代理人。"

"你可不可以告诉我，皮特街怎么走？"

"这条街走到头，向左转。"

一路上家家户户都有人往外走，迎着D走来的不是人群，而是希望的浪潮。一个女人向一个卧室的窗户吆喝："代理人到红狮酒店了，奈尔！"D想起一个同样的场景：在他的国家里，饥肠辘辘的首都居民忽然听说运来了食品。他看到人们汇集到码头上，正像今天这里的情况一样。但后来才知道，运来的不是食物，而是坦克。人们怀着愤怒和冷漠看着坦克从船上卸下来。但坦克毕竟也是他们所需要的。他拦住了一个人问："贝茨家在哪儿？"

"17号——如果他在家的话。"

17号就在浸礼会教堂——一座石板顶的灰色石块建筑——再过去一个门。教堂前悬着一个语义含混的招贴："路边的思虑。生活的美丽是倦怠的眼睛无法见到的。"

他在17号的门上敲了又敲，但始终不见人开门。与此同时，人们成群结队地从他身边走过。无法御寒的胶布雨衣，洗薄了的法兰绒衬衣，丝毫不能保暖。他正是为了这些人才进行这场战斗的，但他又心怀恐惧，怕这些人把他当成敌人。他现在正妨碍他们实现愿望。他敲了又敲，仍然没有人回答。

他试着敲了一下19号，门立刻开了。他没有料到门开得这么快，反倒愣了一下。抬头一看，站在他面前的俨然是爱尔丝。

"你有事吗？"那个女孩子问。她站在石头门道里，憔悴、营养不良，年纪很轻，像个幽灵，D不由得全身一震。他又仔细看了看，才发现这个女孩子同爱尔丝不同的地方——脖子上有一处淋巴腺疤痕，缺了一颗门牙。她当然不会是爱尔丝；她只不过是那同一模型——饥饿与世道不公——的另一铸造物。

"我要找贝茨先生。"

"他住在隔壁。"

"那里没有人。"

"他大概到红狮酒店去了——多半在那儿。"

"你们这里今天很热闹。"

"听说快要采煤了。"

"你怎么不去红狮酒店？"

"反正已经有人去凑热闹了。"她说。她有些好奇地打量着D，"你就是同乔治·贾维斯坐一趟火车来的那个外国人？"

"是的。"

"他说你到这儿来没安好心。"D有些恐惧地想，他到这儿来对爱尔丝的这位孪生姐妹来说确实不是件好事。为什么他要把暴行带到另一个国度来呢？最好还是在自己的国家里被人打败，而不要使别人卷入这场战争。这种思想当然是异端邪说。难怪家里人并不信任他。那个女孩子又和善地说："当然了，谁也不理会他的话。你找贝茨有什么事？"

好吧，反正他来的目的是要这里的人知道采煤的真相，这是件发扬民主的事，他早晚要讲的，那又为什么不从现在就开始呢？他说："我要告诉他，你们的煤将要运到谁手里，运到我们国家的叛军手里。"

"噢，"她无精打采地说，"你也是他们那伙社会民主党，是不是？"

"是的。"

"这同贝茨有什么关系？"

"我想叫这里的人拒绝采煤。"

她惊诧不解地望着他。"拒绝？叫我们拒绝采煤？"

"是的。"

"你真是发疯了，"她说，"煤运到哪儿去同我们有什么关系？"

D转过身去。一点希望也没有了，他好像已经听到了宣判。这宣判是从一个年轻的女孩子口里说出来的……她又在他背后喊了一句："你疯了。这关我们什么事？"他执拗地向来路走去。他要继续努力，直到他们不让他讲话，把他吊死、枪毙，或者不管用什么办法堵住他的嘴，直到他们使他无法再为自己的事业尽忠，使他一身轻松。

聚集在红狮酒店外边的人正在唱歌，事态的发展一定很快，很可能人们已经知道了协议的内容。两首歌正在一争高下，都是老歌，多年以前D在伦敦进行研究时就听过。穷苦人总是爱唱老调子。一首叫《收拾起你的烦恼》，另一首叫《我们大家都感谢上帝》。开始时两首歌不分胜负，后来那首世俗的歌逐渐占了上风。熟悉这支歌的人更多。D看到人们在传阅报纸——《星期日新闻》。汽车的后座上大概放着一大堆报纸。他拉住一个人的胳膊，急切地问："贝茨在哪儿？"

"在楼上，同代理人谈话呢。"

D从人群中挤过去。一个人把一张报纸塞到他手里。他看了一下大标题：《煤炭出口。采煤即将恢复》。报纸的消息越是不渲染，也就越为人们所相信。D匆匆走进酒店的休息厅，他觉得一定要在人们采煤的希望能够实现之前采取行动。休息厅里一个人也没有。墙壁上挂着几只玻璃盒子，里面是鱼的标本，过去人们一定常常到这个地方来钓鱼消遣。他走上楼去，仍然没有看见人。街头有人在欢呼，事情正在发展。他推开一扇挂着"休息室"牌子的房门，迎面是一个金框的大穿衣镜。他看到镜子里自己的形象，胡子拉碴，橡皮膏贴住的棉花球已经有一半坠下来。一扇大落地窗开着，一个人正对着街头讲话。桌子旁边坐着两个人，背对着D。屋子里有一股发霉的旧家具味儿。

"我们马上就需要司炉工、开升降机的工人和机械工，今天早上就报到。别的人也不必担心没有活儿干。不出一个礼拜大家都有工作。你们的萧条时期已经过去了。"讲话的人说，"你们可以问一问贝茨先生，他也在这儿。你们的工作将不是每周四天，而是一年三百六十五天都能上工。"演讲的人在窗前一会儿一欠脚。这人身材矮小，皮肤黝黑，戴着皮护腿，看起来像个地产代理人。

D走到他身后，说："对不起，我能够同你讲一句话吗？"

"现在不成，现在不成。"那个身材矮小的人头也不回地说。他接着又对窗外喊："现在大家都回家去吧，好好庆贺一下。圣诞节以前谁都有活儿干了。我们也希望大家……"

D对两个背对他的人说："你们哪一位是贝茨先生？"

两个人同时转过头来。一个人是L。

"你也想找活儿干？放心吧，本迪池煤矿公司会帮你忙。"L说。

另一个人说："我就是贝茨。"

D知道L一时没有认出自己是谁。他的脸色有些迷惑莫解……D说："啊，我看见你已经同勋爵的代理人会见了。也该听我讲几句话吧。"L一下子明白了。他微微一笑，表示已经认出D来。他一只眼睛的眼皮抽搐了一下……

演讲的人转过身来说："有什么事？"

D说："这个售煤合同说是把煤运到荷兰，实际上不是那么回事。"他的眼睛注视着贝茨——这个一头密发、有意不修边幅而嘴形又表示出性格并不坚定的年轻人。贝茨问："这和我有什么关

226

系？"

"我想，工人们是相信你的。告诉他们不要下井。"

"听我说，听我说。"本迪池的代理人插嘴说。

D说："你们的工会宣布过，绝不为他们干活儿。"

"这是卖给荷兰的。"贝茨说。

"这是为了掩人耳目。我到英国来是替我们政府买煤的。坐在那儿的那个人把我的身份证明偷去了。"

"这个人发疯了，"本迪池的代理人斩钉截铁地说，他一边说话，一边欠着脚，"那边的那位先生是本迪池勋爵的朋友。"

贝茨不安地移动了一下身体。"我有什么办法？"他说，"这是政府的事。"

L柔声细气地说："我认识这个人。他是个疯子。警察局正在缉捕他。"

"叫警察来。"代理人说。

"我在口袋里带着一支枪。"D说。他的目光仍然停在贝茨身上。他说："我知道，这件事对你们来说意味着一年的工作，但对我们却是死亡。而且，如果你们理解的话，对于你们这里的人来说这也意味着死亡。"

贝茨突然气哼哼地喊起来："我怎么能相信你这种胡说八道？这是卖给荷兰的煤。"

贝茨说话带着在夜校补习英语时学会的音调，看得出来，他是从一名普通工人爬到工会负责人的地位上来的，他对自己的过去感到羞愧，他想把暴露自己原来身份的一些标志掩藏起来。他说："我从来没听说过这种荒唐的故事。"但是D已经发觉，他有些相信了。他的茂密的头发像是伪装，真正说明性格的是他那不坚定的嘴形，说明暴力和过激行动都远非他的天性。

D说："如果你不愿意对他们讲，让我来讲。"本迪池的代理人向房门跑去。D说："坐下。等我讲完了以后，你愿意叫警察就叫警察吧。我不想逃跑，你还没看出来？你可以问问坐着的那个人——我头上有多少条罪名……我自己都算不清了。假护照，偷汽车，私带没有执照的手枪。现在还可以再加上一条：挑唆暴乱。"

他走到窗前大声喊："同志们！"他看到贾维斯正站在人群后面满腹狐疑地望着他。红狮酒店外边聚集着一百五六十人，有一些人已经走开去报告消息了。D说："我有些事要对你们讲。"下边一个人喊："讲什么？"D说："你们不知道这里生产的煤要运到什么地方去。"

聚在街头的人喜气洋洋，情绪沸腾。一个声音说："运到北极去。"D说："不是运往荷兰……"人群三三两两地散开了。D过去在大学里讲过课，但是从来没有在群众场合讲演过，他不知道如何引起人们的注意。他大声喊："看在上帝面上，你们得听我讲清楚。"他从桌子上拿起一个烟灰缸，把一扇窗玻璃哗啦一下敲碎了。

"喂，"贝茨惊恐地说，"这是旅馆的财产啊。"

玻璃的破碎声重新把人们召唤回来。D说："你们挖出煤来去杀害儿童吗？"

"咳，闭嘴吧。"一个声音喊。

D说："我知道煤矿重新开工对你们关系重大。但是对我们来说，这却是生和死的问题。"他从侧面的一面镜子里看到L的面孔——不动声色，自鸣得意，等着他把话说完。对L说来，他已经稳操胜券，D讲不讲话他都无所谓。D喊道："他们为什么要向你们买煤？因为我们国家的工人又不肯给他们干活儿。他们枪杀了许多工人，但工人们就是不肯干……"他从人群的头顶上看到乔治·贾维斯。贾维斯离人群站得稍远些，样子非常神秘。他显然什么也不相信。这时又有一个人喊："让我们听听乔·贝茨的意见。"这个建议立刻得到反应，呼声此起彼伏。"乔·贝茨！乔！"

D说："现在要听你的了。"他把头转向工会书记。

那个样子像地产经纪人的小个子说："我要叫你坐六个月监牢。"

"讲吧。"D说。

贝茨不大情愿地走到窗前。他向后甩了一下头发，这是他从自己的上级领导人那儿学来的一个姿势。头发是这人身上唯一敢于犯上作乱的东西，D想。贝茨开口讲："同志们！你们刚才听到了，有人对我们发出了严重警告。"难道这个人真肯采取什么行动？

一个女人喊："行善要从自己家里人开始。"

"我认为，"贝茨接着说，"最好的办法是要求本迪池勋爵的代理人向我们作出保证，这里生产的煤运往荷兰——只运往荷兰。"

"保证有什么用？"D说。

"如果他作出保证，我们明天上工就心中无愧了。"

戴皮绑腿的小个子急忙挤到前边来。他高声说："说得对。贝茨先生说得对。我代表本迪池勋爵向你们保证……"他下边的话淹没在一片欢呼声中。当楼下的欢呼声越来越高，贝茨和那小个子离开窗户以后，D发现屋子里只剩下自己同L两个人了。L说："你那时候应该接受我的建议，你知道。你现在的处境非常尴尬……K先生的尸体已经被发现了。"

"K先生？"

"一个叫克罗威尔的女人昨天深夜回到家里。她对警察说她在外面就有一种预感。今天的晨报把什么都登出来了。"

代理人说："那个人吗？警察正在捉拿他。他是诈骗犯……又是盗窃犯……"

L说："他们正在找一个人谈话。有一个叫弗尔台斯克的人看见这个人同一个年轻女人在那间屋子里停留过。这个人脸上贴着橡皮膏，警察认为那是为了遮盖一块伤疤。"

贝茨说："劳驾，闪开。让警察过去。"

"你最好快点儿离开这里，对吗？"L说。

"我的枪里还有一颗子弹。"

"是为我还是为你自己准备的？"

"啊，"D说，"我真想知道你在这条路上还要走多远。"他希望自己被逼得向对方开枪——知道爱尔丝被谋杀真的是L主使的，引起自己满腔义愤，蔑视这个人，把子弹打进他的胸膛。但L和爱尔丝并不属于同一个世界——无法相信他会下令杀死这个孩子。一个人杀死另外一个人总要有共同的立足点，除非用远程大炮或者飞机进行屠杀。

"到上头来，警察。"本迪池勋爵的代理人向窗口下面招呼说。他具有他那个阶级的人的简单信念：一名警察就能制服一个武装分子。

L说："走多远都成……为了能够回去……"用不着说回到什么地方或者回到什么生活环境中去，从他的平静安详的声音中听得出来，他已经走过了一段多么漫长的生活旅途。他要回去的地方是长长的走廊、整洁的小花园、珍贵的书籍、画廊、镶嵌着金丝的大写字台和把主人奉若神明的仆从。但如果身边总跟着一个鬼影，叫你永远忘不掉自己曾经杀过人，能不能算"回去"呢？D口袋里的手枪虽然已经瞄准了对方却迟迟不肯下手。L说："我知道你想的是什么……但我告诉你，那个女人是个疯子——真的疯了。"

D说："谢谢你。如果情况是这样……"他突然有一种如释重负的感觉，倒仿佛疯狂能给这世界带来某种正常状态似的。这个消息甚至使他的责任感也减轻了许多。他向门口走去。

本迪池勋爵的代理人从窗口转过身来说："别叫他跑了。"

"让他走吧，"L说，"反正警察不会……"

D从楼梯跑下去。一个有了一把年纪的警察正走进楼下的休息室。他瞪着眼睛打量了D一会儿说："喂，先生，你看没看见……"

"在楼上呢，警官。"

D转身走进酒店的后院。本迪池的代理人从楼梯的栏杆边尖声喊："就是那个人，警官。就是他！"

D撒开腿就跑。他把警察甩开了几米远。酒店的后院看来是空的。他听见身后有人喊叫了一声，又砰的响了一下，警察失足跌倒了。一个声音对D说："这边来，朋友。"他随着那声音转身跑进院外一个露天厕所里。事情都是在一瞬间发生的。一个人说："拉他一把。"D发现自己一下子跃过一道矮墙，双膝着地摔倒在一个垃圾箱旁边。一个声音低声说："别出声。"D跌进去的地方是一个窄小的后花园——几平方英尺的稀疏的草地，一道煤渣铺出的小路，半块砖上摆着一块椰子壳，那是捕鸟的器具。他说："你们要干什么？这个地方怎么行？"他想告诉他们，这里是班内特太太的后院，在这里藏身是不行的，她会喊警察来的……但这时他身边的人却已经没有踪影了。他就像是一件东西被人抛在墙后没有人理了。街上很多人在叫喊。他跪在地上，一动也不动，像是一尊雕像，只差手里再托着个鸟儿洗澡的小盒。他的脑子里思绪万千，既难过又气愤：他又一次受到人们追逐、折磨。干吗要躲起来？反正已经没有希望了。牢房反而会给他带来他所渴望的宁静。因为感到一阵头晕，他把头垂在双膝间。他忽然想起来，自从在晚会上吃了一块小甜饼以后，直到现在他还一口东西也没有吃呢。

一个声音在他耳边催促说："快起来。"

他抬起头，看到自己面前有三张年轻的面孔。他问："你们是什么人？"

三个年轻人笑嘻嘻地看着他——最大的一个也不过二十岁。三张肉皮娇嫩、尚没有成型的面孔，但又都带有些野性。年纪最大的一个说："别管我们是什么人。快进小棚子里去吧。"

他像做梦一样跟着他们进了一个小棚子。棚子又小又黑，刚刚容得下他们四个人。他们蹲坐在焦渣、煤灰和拆开当劈柴用的

232

木箱子上。板壁上的一个木节疤被谁用手指捅掉，透进了一线光亮。他说："躲在这儿怎么行？班内特太太……"

"那老太太星期天不来取煤。她有一定的规矩。"

"那班内特先生呢？"

"他醉得起不来了。"

"可能有人看见我了。"

"没有。我们有人在守望。"

"他们会来搜查。"

"他们没有搜查证，怎么能进人家的院子？地方法官在伍尔弗汉普顿呢。"

他停止同他们争辩，疲倦地说："好吧，我想我该感谢你们。"

"先别谢我们，"最大的一个人说，"你是不是有一支手枪？"

"有。"

那个年轻人说："我们的伙伴需要它。"

"你们的伙伴需要？谁是你们的伙伴？你们是谁？"

"我们都是一伙的。"

三个年轻人蹲在地上，把他围起来。他们都贪婪地瞧着他。D支支吾吾地说："那个警察在干什么呢？"

"有我们的伙伴对付他。"

最小的一个孩子揉了揉脚踝说："干得真漂亮。"

"我们组织起来了，你知道。"年长的一个说。

"我们要跟他们算算老账。"

"乔埃就挨过他们揍。"年长的孩子说。

"啊，是这样。"

"被他们打了六棍子。"

"这还是我们组织起来之前的事。"

年纪最大的一个接着说："我们现在需要你那支枪。你现在用不着了。有我的伙伴照料你。"

"是吗？"

"我们已经把事情安排好了。你先在这儿藏着，等天黑以后，你听见钟敲七点的时候，就往皮特街那边走。这里的人那时都在家里喝茶，不喝茶的也都上小教堂去做礼拜。小教堂旁边有一条小巷。你就在那儿等长途汽车。克里凯会给你望风的。"

"谁是克里凯？"

"他是我们的一个小伙伴。他是汽车检票员。他会照料你平安到达伍尔弗汉普顿。"

"你们什么都计划得挺周密。可你们要手枪干吗用？"

年纪最大的一个把脑袋凑了过来。他皮肤苍白，眼睛像矿井底下拉车的小马一样毫无光泽。看不出他对任何事会有多大热情，他身上的无政府主义只不过是由于从小就缺乏管束。他说："刚才我们听到你的讲话了。你不希望这里的矿井被开采。我们会替你把事情办好的。对我们来说，开工不开工没什么两样。"

"你们的父兄不都在矿上做工吗？"

"我们才不为他们操心呢。"

"你们用什么办法？"

"我们知道存放炸药的地方。我们只要把有炸药的房子撬开，把炸药筒投到矿井里就行了。几个月内他们休想开工。"

这个孩子说话时从嘴里冒出一股酸味。D感到一阵恶心。他说："矿井底下没有人吗？"

"一个人也没有。"

当然了，D有责任冒一次这个险，但他却很不愿意这么干。他问："你们要手枪干什么？"

"我们用它把炸药房的门锁打坏。"

"你们会用枪吗？"

"当然会。"

他说："枪里只有一颗子弹……"他们四个人在小棚子里挤在一起，几只手压着他的手，一阵阵酸气扑到他脸上。他觉得自己好像置身于几只小动物中间，这些小动物都已习惯于在黑暗中生活，视觉和感官都适应了黑暗，而他却只能在亮处才看得见东西……他说："为什么？"一个无精打采的声音回答："好玩儿。"一只鹅拍打着翅膀从他所在的这个墓穴顶上走过——它要走到哪儿去？他打了个哆嗦。他又说："但如果矿井底下有人呢……"

"啊，我们会注意的。我们不想为这个被绞死。"他们是不会被处绞刑的。问题正在这里：他们对自己要干的事不负责任，他们还都没有成年。他劝慰自己说，他有这个责任……即使因此而死伤人，那又怎能同自己国家成千上万被杀害的无辜者相比呢？一打起仗来就没有道德标准可言了。为了让那美好的理想快快到来，做一两件恶事想必是允许的。

他把枪从口袋里拿出来，那个年纪最大的孩子伸出一只像长着鳞片的手，马上握住它。D说："干完事就把枪扔在矿井里。千万别留下指印。"

"出不了问题。放心吧。"

D的手指仍然攥着枪柄——他还不情愿把枪交出去。这是他的最后一次射击机会了。那个男孩子说："我们不会把你出卖的。我们的伙伴是不出卖人的。"

"他们现在正干什么呢？我是说警察在干什么呢？"

"我们这儿有两个警察。一个有一辆自行车。他现在到伍尔弗汉普顿取搜捕证去了。他们还以为你藏在查理·斯托家里。斯托不让他们进去搜查。他同警察也有旧仇。"

"你们把门锁打开以后，扔完了炸药筒才能逃走，时间可是挺紧迫的。"

"我们等天黑了再干。"说话的人把手枪从D手里夺了过来，手枪马上揣进了某一个人的口袋。"别忘了，"那个像首领的人说，"七点钟——小教堂——克里凯给你望风。"

这几个人走了以后D才想起来，他至少可以向他们要点儿吃的东西。

肚子里没有食物，时间就过得更缓慢了。他把棚子的门打开一条缝，但是他能看见的只是一丛枯干的灌木、几尺煤渣路和悬在一段脏绳子上的一块椰子壳。他想计划一下下一步该怎么办，但当生活像汹涌的海涛把你任意投掷的时候，计划又有什么用处？……即使他能平安到达伍尔弗汉普顿，有可能瞒过人们的眼睛溜到火车站去吗？或许火车站早已布置下警察了。他想起了贴在自己面颊上的橡皮膏。早已没有用了，他把它一下子撕下来。

没想到那个女人这么快就发现了K先生的尸体，真是太不走运了。但是话又说回来，从他一登上英国海岸，就一直没交过好运。他又想起了罗丝，拿着一块小甜面包从月台那边走过来。如果不搭她的车，事情是否会不同？他起码不会被那些家伙打一顿，不会在路上耽搁那么久……或许K先生也就不怀疑他接受了L的贿赂，因而也就不会首先把自己出卖了……旅馆的那个老板娘……但她是一个疯子，L说。L说她是疯子究竟是什么意思呢？他思来想去，不论怎么想，他可能走的路总是从月台上的罗丝开始，以停放在三楼上的爱尔丝的尸体结束。

　　一只小鸟——他叫不出英国这些小鸟的名称——栖在椰子壳上，很快地啄了一下，又啄了一下。看样子小鸟吃得很香。如果他真能逃到伍尔弗汉普顿，下一步要不要回伦教去，还是到另外的什么地方？这本是他同罗丝告别时的想法，但情况已经变了……既然K先生被谋杀的案子也弄到他头上来了。现在警察局一定更加急切要拿他归案了。他已经连累了罗丝，今后绝不能再把她牵扯进来了。如果这时走进一个警察来，他疲倦地想，事情就非常简单了……小鸟突然从椰子壳上飞走了。煤渣路上响起了轻微的脚步声，仿佛有人踮着脚走过来。他一动不动地等着被逮捕。

　　走来的是一只小猫，在冬日的晴朗阳光下，这只毛色漆黑、光洁的小猫望着D，像一个小动物打量另一个小动物，完全居于平等的地位。过了一会儿，它又扭头走了，留下一股淡淡的鱼腥味儿。D忽然产生了一个念头，那块椰子壳……天黑以后我能不能把它取下来？但时间却过得如此之慢，简直慢得可怕。他一时闻到一股做饭的味道，一时又听见从楼上窗户里传出来一阵高声的话语……他听到一个女人在骂"真不要脸""醉鬼"……一定是班内特太太在骂她的丈夫，叫他起床。他仿佛还听到她说了一句"勋爵"，接着窗户哐啷一声关上了，屋子里的争吵立刻成为这一家人的秘密——"每个人的家都是一座城堡，不容外人侵入"。那只小鸟又回到椰子壳上，D不无嫉妒地看着。它像工人使用镐一样灵巧地用喙啄那椰子壳。D很想把它轰走。午后的阳光斜照在花园里。

　　D这时最感到不安的是那支手枪的命运。那几个孩子是靠不住的。说不定炸药的故事根本就是他们编造出来的，他们只不过想弄一件武器玩罢了。他们什么事情都干得出来，为了瞎胡闹也许会对谁放一枪。只要看看他们那几张不讨人喜欢的邋里邋遢的脸就可以断定，他们是干不出什么有意义的事来的。有一次他好像听见声枪响，吓了一大跳。但后来那声音又连续响了几下，他才放下心来，原来那是一辆汽车发出的响声，很可能就是本迪池勋爵代理人的汽车。最后天终于黑了下来。直到他看不见那块椰子壳的时候他才冒险走出棚子。他的脚步在煤渣路上发出咯吱咯吱的声音，房子的一扇窗帘拉开了。班内特太太正往外看。D从外面看得清清楚楚：班内特太太换上了一件衣服，可能正要出门。她站在厨房的火炉旁边，鼻子贴在玻璃窗上，一张嫉妒的、毫无同情心的肉骨头似的白脸正向外张望。D一动不动地屏息站住，他猜想班内特太太一定看到自己了。但花园里一片漆黑，班内特太太并没有看见什么。过了一会儿窗帘又掩上了。

　　D又等了一会儿，才向椰子壳走去。

他当然吃不到什么，椰子肉早已干硬了，很难咽下去。他蜷缩在小棚子里，把椰肉一块块撕下来吞下去；因为他身上没有带刀子，所以只能用指甲生拉硬扯地把椰子肉撕下来。最后他似乎等到约定的时间了。在此期间他已经把任何一件值得思索的事都回想了一遍。他想到罗丝，想到自己的前途，又追忆了已经发生过的事，想到那几个拿走他手枪的孩子，他好像已经再没有什么好想的了。他试图背诵那几句抄在笔记本里的小诗——L的司机已经把本子偷走了："……你的心跳与足音……以什么样的激情，但她永远无法觅寻。"他没有背下去。当初抄写的时候他觉得这首诗表达了很深刻的思想。他想起了自己的妻子。她的死实在是生活对他最卑鄙的戏弄，他觉得自己同死者的纽带正在日益松弛。人与人要死就应该一起死，不应该先后分开。就在这时，钟敲了七下。

二

　　他小心翼翼地走出小棚子，口袋里还装着没有剥完的一点儿椰子皮。他忽然想起来：那几个小孩根本没告诉他该怎样从这个后院走出去。小孩子办事就是这样：看起来什么都计划得头头是道，可是偏偏把一个具体细节忽略了。把手枪交给他们实在是件疯狂透顶的事。他猜想他们一定是跳墙出去的，就像他是从墙头跳过来的一样。但他并不是他们那样的年轻人，他是个身体虚弱、饥肠辘辘的中年人。他举起两只手。墙头倒是够着了，但他没有力气攀上去。他又试了两次，越试越没有力气。一个声音从厕所里低声说："是你吗？朋友？"

　　这么说来他们并没有忘记细节。

　　他低声回答："是我。"

　　"有一块砖头是活动的。"

　　他在墙上摸了一会儿，果然找到了那块已经松动的砖。

　　"找着了。"

"快过来。"

他跳了过去——逃进后院时也是从这里跳过墙的。一个邋里邋遢的小孩子用挑剔的目光打量着他。"我是给你望风的。"他说。

"那些人呢？"

小孩向远处一座煤山晃了一下脑袋，那堆煤黑魆魆的，像悬在村镇上空的一片乌云。"他们都在矿井上呢。"D有一种大祸临头的感觉，就像在国内时紧急空袭警报响过和第一批炸弹落到地面前那五分钟惊惧不安的感觉一样。他觉得一场灾祸就要降临到这里，正像雷霆就要在山头肆虐一样。

"你快去那边等克里凯。"那个肮脏的小孩一点儿也不客气地催促他说。

D乖乖地听从了。他确实也别无其他办法了。长长的一条灰石街路面昏暗，这伙孩子选择的时间非常恰当，街上空无一人。如果小教堂的窗户没有灯光的话，他真像穿行在一个废弃的村镇中，好像参观煤炭时代的一处遗址。他感到非常疲倦，身体非常不舒服，每走一步那恐惧的预感就增大一分。随时都可能爆发出一声轰隆巨响，把这小镇的寂静震得粉碎。他提心吊胆地等待着这声巨响。西北方向的天空上映着一片红光，看上去像是一个城市正燃烧着大火。那是伍尔弗汉普顿的灯火。

浸礼会小教堂同旁边的一幢建筑物之间隔着一条狭窄的小巷。由于这一点点空隙，这座教堂在这个湫隘的小镇里平添了几分庄严肃穆的气氛。D站在巷口，眼睛望着街面，等着克里凯和开往伍尔弗汉普顿的公共汽车。留在村里的那个警察这时一定在监视着查理·斯托的房子，等着搜捕证一到就破门而入。D的背后是一座座高大的煤山，就在那些煤山里，那些孩子正聚集在炸药储藏室附近。在教堂里，妇女们正在唱一首圣歌《让我们赞美最圣明的上帝》，她们唱得一点儿也不着调。

从北边煤山后边飘来一片乌云，落下一阵稀疏的雨点。雨点带着煤灰，在他的脸上画了一条条的黑道子。一个男人的声音，柔和、嘶哑、充满自信，好像就在他耳边似的清晰地说："让我们一起祈祷吧。"接着便是一片杂乱的祈祷声："真与美的源泉……我们为你赐给我们的礼物祝福……"寒气一阵阵侵入他的橡胶雨衣，像一块又黏又湿的膏药似的贴在他的胸口上。是不是汽车的声音？是。他听见从街道的另一端传来一阵非常响的发动机声，他小心谨慎地走到小巷口，等着克里凯出现。

但是他马上飞快地隐身到黑暗中。开来的不是公共汽车，而是一个警察驾驶的摩托车。他一定已经从伍尔弗汉普顿取来了搜捕证，他们很快就会发现他并没有藏在查理·斯托家。公共汽车还要多久才来？他们一定会在车上检查，肯定无疑……除非那一帮孩子也想到这一点，预先作了安排。他笔直地贴在教堂的墙上，尽量不让雨点淋在自己身上。他听着教堂里嗡嗡的祈祷声，幻想着这座小教堂里的情况：寂寥空旷的大厅，亮着灯光，松木嵌墙板，代替祭坛的是一张方桌，热烘烘的暖气片，所有做礼拜的妇女都穿着自己最好的衣服……班内特太太……"我们生活在这个支离破碎的、苦难折磨着人的世间，我们向你祈祷……我们向你宣誓，绝不忘记那些死于战火的人，那些无家可归、穷困潦倒的人……"他苦笑了一下，心想：如果他们知道的话，这是在替我祷告啊。他们会乐意替我祷告吗？教堂里的人又开始唱起一首赞美诗来，歌词从双重牢笼——歌唱者的血肉躯体和石头建筑物当中飘忽不定、模模糊糊地传出来："永远怀着对上帝的敬爱，不怕世事变幻无常……"

D一下子被从小巷的一端横甩过去，摔倒在地，后脑勺撞在一块石头上。碎玻璃像榴霰弹一样四散迸裂。他觉得身后的一堵墙整个塌倒下来，砸在他的脸上。他拼命地喊叫起来。他只感到天翻地覆，却听不到任何声音，实际上是声音太大，使他在刹那间失去了听觉。只是在这一切混乱之后，他才意识到声音：狗在狂吠，人们大声呼喊，泥土从碎砖石上丝丝滑落。他用双手遮住脸，保护着自己的眼睛，又尖叫了几声。街上人们跑来跑去，远处一架风琴像反抗似的仍在演奏。但他什么都没有听到，他又回到一幢房子的地下室里，一只死猫的毛皮紧挨着他的嘴唇。

一个声音说："是他。"他们正把他从倒塌的墙下面挖出来。他一动也不能动，无法躲避铁锹刃和铁镐头。他吓得浑身冒汗，不住用自己的母语喊叫。一个人的手在抚摸他，他的心扑通通地跳起来，他又回到多佛尔公路上，汽车司机两只粗大的拳头正和他的皮肉接触。他厉声吆喝着："不许碰我。"

"他有枪吗？"

"没有。"

"右边的口袋装着什么？"

"啊，一块椰子壳，真滑稽。"

"伤着了吗？"

"大概没有，"一个声音说，"我想，只不过是吓昏了。"

"最好给他戴上手铐。"

D从那只死猫旁边，经过多佛尔公路，走了一条长长的路才又回到本迪池镇。他发现自己的两手已被铐住，遮住眼睛的东西被移开了。那堵大墙仍然屹立在那里，小雨仍然淅淅沥沥地落着。四周的一切都没有变化。除了几块震破的玻璃外，一场纷乱已经过去了。两个警察高高地站在他旁边，一小群人聚在小巷口，急切地望着他。一个声音说："这段圣经故事来源于……"

"好吧，"D说，"我跟你们走。"他费力地站了起来，这一跌把他的脊背扭伤了。他说："我想坐一会儿，如果你们不介意的话。"

一个警察说："有的是时间叫你坐的。"

两名警察中的一个拉住他的一只胳膊，带他走到那条湫隘的小街上。几步远的地方停着一辆公共汽车，车上挂着开往伍尔弗汉普顿的牌子。一个年轻人斜挎着一只皮包站在汽车门口的阶梯上望着他，脸上任何表情也没有。

他问："我犯了什么法你们要逮捕我？"

"你犯的法可多了，"警察说，"你就别为这个操心啦。"

"我觉得，"D说，"我有权利……"他看着自己被铐住的双手说道。

"你说了一些可能会破坏和平秩序的话……还有，私闯别人庭院企图行窃。先说这两件就够了。"

D笑了起来。他实在忍不住了。他说："这又是两条新加上的罪名。看来罪名也会自动增加的，是不是？"

到了警察局，他们给了他一杯可可和几块涂了黄油的面包，然后把他锁在一间囚室里。很久以来他心头没有这么平静过。他在囚室里听到他们同伍尔弗汉普顿通电话，向上级报告他的事。但除了个别的几个字以外他没听到他们说了些什么……没过多久那个比较年轻的警察又给他端来了一碗汤。他说："看来我们还真捉住了一条大鱼。"

"是吗？"

"伦敦叫我们把你押解过去——不许耽搁。"他不无敬意地说，"要立刻审问你。"

"审问我什么？"

"这我不能告诉你，但是我想，你也看过报纸了。你乘今天午夜的火车去。跟着我。说老实话，我倒有兴趣去伦敦转一圈。"

D说："你可不可以告诉我——爆炸的事——伤了人吗？"

警察说："几个孩子把矿上装炸药的房子点着了。没有伤着人——真是奇迹。只有一个叫乔治·贾维斯的人，谁也不知道他到矿井那边去搞什么名堂。他说他被震昏了，但是除非发生地震，老乔治是不会被震昏的。"

"这么说来没有什么损失？"

"什么损失也没有——只有那间装炸药的小屋子和一些窗玻璃。"

"我懂了。"

就这样，连最后一枪也没有射中目标。

第四部

结局

一

　　法官长着一头稀疏的白发，戴着一副夹鼻眼镜，嘴角上有几条深深的皱纹，样子显得既冷峻又慈祥。他不断地用自己的自来水笔敲着记录簿，警察局的这一套没完没了的官样文章似乎已经弄得他心力交瘁，到了无法容忍的地步。"我们已经询问了某某人……""根据我们掌握的材料……"他恼怒地说："我认为，你的意思是说……"

　　他们让D在法庭上坐在被告席。从他坐的地方，他只能看见几位出庭律师和警察。可以看见法官席下面的一张桌子旁边坐着一名书记员，这些人他过去都没有见过。当他开庭前站在法庭入口处等待传唤的时候，他看到了所有那些熟悉的面孔——穆克里先生，老贝娄斯博士，甚至卡彭特女士也出席了这次审讯。当D转身走入被告席之前，他向这些人苦笑了一下。他们对这件事一定感到惊诧不解，当然了，穆克里先生会是个例外，他对任何事都有一套理论。D觉得自己疲惫不堪，简直无法用言语来表达。

审讯前的三十六个小时长得难忍难熬。首先是同那位精神兴奋的警官同车来伦敦，一路上这位警官喋喋不休地给他讲，他可能（或者没有可能)去阿尔伯特音乐厅看一场拳击比赛，弄得D整夜无法合眼。接着就是在伦敦警察厅的一场审讯。开始的时候他觉得这种审讯犯人的方法非常有趣，同他在自己国家的监狱里受拷问（审案的人手头总有一根大棒子)的情况迥然不同。在伦敦警察厅里，审问他的三个人要么坐着要么在屋子里踱来踱去，他们对待他合情合理，其中有一个人还不时地给他端来一杯茶和一盘饼干——是那种很浓的廉价茶，饼干也太甜了一点儿。他们甚至还让他吸烟，他也把自己的纸烟拿出来请警察厅的人吸。那些人不喜欢他味道强烈的黑色烟草，但是他注意到他们把他的纸烟牌子偷偷写在一个烟盒上（他看到他们这样做觉得非常有趣），也许日后这个纸烟牌子对他们会有用处。

他们显然要把K先生暴卒的罪名加在他头上。他很想知道他们还要不要追问他的另外一些罪行——使用假护照、爱尔丝的所谓自杀等等，当然了，还有本迪池的爆炸案。"你的那支手枪呢？"他们问。这是同使馆发生的那场滑稽剧唯一有关的问题。

"我把它扔在泰晤士河里了。"他说，自己也觉得这样回答有些可笑。

他们认真地追问了一些细节，看样子很想雇用潜水员，甚至用挖泥船去打捞一番。

他说："啊，扔在一座桥底下了……你们的桥太多了，我叫不出名字来。"

关于他同K先生一起参加世界语晚会的事，他们已经调查出来了。还有一个人出来作证说，K先生因为有人跟踪曾在街上吵吵闹闹，惹得不少行人驻足而观。这个作证的人叫豪格皮特。"追踪他的不是我，"D说，"我在世界语教学中心门前同他分手了。"

"一个叫弗尔台斯克的人看见你同一个女人……"

"我不认识什么弗尔台斯克。"

审讯已经进行了好几个小时。其间有人打来一次电话。一名警官手里握着电话对D说："你知道不知道，现在向你提出的问题你并没有回答的义务？在你的辩护律师没有出庭的情况下，你有权利拒绝回答任何问题。"

"我不需要辩护律师。"

"他不要辩护律师。"警官对话筒说，接着就把电话挂了。

"谁打来的电话？"D问。

"我也不知道。"警官说。他给D斟上了第四杯茶，问道："是两块糖吗？我总是忘记。"

"不要糖。"

"对不起。"

这一天的稍晚一些时候，D同一大队人站成一排供证人辨认。对于一位曾任法国文学讲师的人来说，警察厅选中的这些人让他非常失望。看来这倒像是叫D知道，他在英国人眼中同样也是这么个不三不四的角色。他痛苦地看到各种自由职业的人物，一张又一张胡子拉碴的面孔——看来大多数不是拉皮条的就是兼做非法生意的咖啡馆侍者。但他也不无兴趣地发现，警察厅对这件事还是做得极其认真而公正的。弗尔台斯克突然从一扇门后边冒出头来，他一手拿着一把伞，一手拿着礼帽。他在这一排遛里邋遢的队伍前走了一遭，活像是一位初出茅庐的年轻政治家检阅仪仗队。他犹豫不决地站在D右边的一个彪形大汉面前认了好一会儿——一个看来为了一包香烟就可能动手杀人的家伙。"我觉得……"弗尔台斯克说，"不……也许是。"他用自己的一双暗淡而认真的眼睛看了看陪着他的警察说，"真是对不起。你知道，我是近视眼。到了你们这里，什么我都看着不一样了。"

"不一样？"

"我是说，跟我在艾米丽那儿看到的不一样，我是说，跟在克罗威尔小姐住处看到的不一样。"

"我们不是叫你辨认家具。"警官说。

"当然不是。可是，我那时候见到的那个人脸上贴着橡皮膏……这里的人都没有……"

"你不能从衣服上辨别一下吗？"

"当然能。"弗尔台斯克说。他的目光落在D的面颊上，"这个人脸上有一块疤……也许是……"

必须承认，警察厅办事非常公正。他们不承认这种模棱两可的证词。弗尔台斯克被带出法庭，另外一个戴着一顶大黑帽子的人被带进来。D模模糊糊地记得曾经见过这个人……不记得在什么地方。"请你认一认，先生，"警察说，"你看看这里有没有你说的那个坐过你的出租车的人？"

戴黑帽子的人说："你们那个警察当时如果好好睁开眼睛看一看，而不是一心想拘留那个喝酒闹事的人……"

"不错，不错。他那样做是不对的。"

"你们说我阻碍交通，把我弄到警察局里就对了？"

警察说："我们不是已经向你道歉了吗？"

"好吧。那就让我看看你们弄来的人吧。"

"人都在这儿呢。"

"啊，就是这些人。"他语含讥讽地说，"他们都是自愿来的吗？"

"当然了。我们给他们钱……除了那个犯人以外。"

"哪个是犯人？"

"我们要请你认出来，先生。"

戴黑帽子的人说："啊，当然了。"他从这一排人前面匆匆走了一遍。他站在弗尔台斯克曾经相了半天面的那个一脸凶相的人面前，一点儿也不含混地说："就是这个人。"

"你肯定是他吗，先生？"

"没错。"

"多谢。"这以后他们没有再叫别的证人进来。也许他们认为D触犯了不止一条刑律，他们有的是时间把一条最严重的罪名加在他头上。D现在对什么都觉得无所谓了。反正他所负的使命已经失败，不论他们问他什么，他都一口否认。这就是他此时抱定的宗旨。只要他们能够拿得出证据来，他们爱判他什么罪就判什么罪吧。最后他们终于让他回到监狱，痛痛快快地睡了一觉。往日那些梦境又回到他的脑子里，只不过稍微走了样。他在一条河的堤岸上来回走着，一边走一边同一个女孩子进行一场辩论。那女孩子说那份伯尔尼手稿比另一份波德莱手稿时间晚。他们俩在那条寂静的小河边来回踱步，感到异常幸福。他说："啊，罗丝……"空气中有一股春天的气味，河对岸非常遥远的地方是一幢幢的摩天楼，但样子却像是巨大的坟墓。这时，一个警察摇撼着他的肩膀说："有一位律师要见你，先生。"

他并不怎么想见律师。太费脑子了。他说："我恐怕你不了解我的情况。我一点儿钱也没有。说确切些，我身上只剩了几镑钱，另外就是一张返程车票。"

律师是个精明能干的年轻人，也很有风度。他说："这没关系，你不用为这个操心。我们要把案情向泰伦斯·希尔曼爵士汇报。我们认为应当让人们看到，你在英国并不是没有朋友的，你是个有钱有势的人。"

"如果你认为口袋里揣着两镑钱……"

"咱们现在先别谈钱的事，"年轻的律师说，"我向你保证，我们乐于为你服务。"

"但是我一定要弄清楚，如果我同意请你……"

"一切开支都由福布斯先生承担下来了。"

"福布斯先生！"

"现在咱们谈谈具体问题吧，"律师说，"看来他们准备了好几条罪名要对你起诉。但我们至少已经把一条澄清了。现在警察局也同意你的护照并不是伪造的。你的运气不坏，没有忘记送给大英博物馆的那本著作。"

D开始对这位律师讲的事感到一些兴趣。他想：罗丝真是位好姑娘，你告诉她应该做什么她都不会忘记，而且认认真真地替你办。他说："那个小姑娘跳楼的事呢？"

"噢，他们在这件事上怀疑你是毫无凭据的。事实是那个女人已经坦白了。她肯定是个疯子，犯了歇斯底里症。你知道，那个旅馆住着一个印度人，他到左邻右舍去进行了调查……别谈这个了，咱们还有更要紧的事得好好商量商量呢。"

"这件事是什么时候弄清楚的？"

"星期六晚上。提前出版的几份星期日报纸都登载了这条消息。"D想起了那天他乘车经过海德公园时曾经看到一张报纸招贴——《布卢姆茨伯里区聋人听闻的悲剧》，这个荒谬的新闻标题又回到了他的脑子里。如果他当时买一份报纸，他就会放走K先生，而后来的这些麻烦事也就不会发生了。不错，应该以眼还眼，但只需用一只眼睛补偿一下就够了，不需要两只。

律师说："当然了，我们的机会在一定程度上取决于他们想加给你多少条罪状。"

"谋杀罪是不是他们首先要考虑的？"

"我怀疑他们能否加给你这条。"

D觉得这一切简直复杂得要命，而且他也丝毫不感兴趣。他既然已经落到他们手中，那些人还怕弄不到一条给他定罪的证据？他只希望别把罗丝牵扯进来。她没来看他，算是做对了。他犹豫着是否要通过律师给她带个信儿去，但转而一想，罗丝是个有头脑的姑娘，她懂得自己是不该出头露面的。他还记得她那句讲得极其直率的话："不要认为你死了我还会爱你。"她现在绝不会做出什么莽撞的事，这一点是完全可以相信的，但不知怎么，这个想法又使他感到一丝莫名其妙的痛苦。

她没有到法庭来。他肯定她没有来。如果来了，他一眼就会看到。如果她来了，他对这场审讯也许就不会采取这样一种听之任之的态度。一个在爱情中的人，如果他爱上了她，做起事来就会有点儿男子汉的气概，就会表现出一点儿痛快劲。

　　一个鼻子像鹦鹉喙似的老年人不时地站起来盘问一个警察几句话。D猜想这人就是泰伦斯·希尔曼爵士。审讯拖个没完没了。但突然之间，似乎一切都暂时告一段落了。泰伦斯爵士要求把被告还押。他的委托人还没有来得及准备齐全反诉的证据……这个案件背后还有一些问题需要弄清楚。就连D本人也不清楚，为什么主动要求还押？警察厅一直没有控告他犯了谋杀罪……在这种情况下给警察厅的时间越少，岂不是对他越有利吗？

　　警察厅的顾问表示他们对泰伦斯爵士的建议没有异议。这个像小鸟似的地位卑微的人对泰伦斯爵士得意地笑了笑，看来对方一时糊涂叫他白白占了个便宜。

　　泰伦斯又一次站起来发言，要求法庭准予被告取保假释。

　　法庭里双方争辩了一阵子，D觉得这场争论毫无意义。如果征求他的意见，他倒宁愿待在牢房里，而不想住旅馆……再说，有谁肯为他这样一个身份不明、不受欢迎的外国人担保呢？

　　泰伦斯爵士说："法官阁下，我不同意警察厅的这种态度。他们暗示说，被告还犯有更重大的罪行……那好吧，让他们提出来吧！我们倒想看看到底被告犯了什么罪。截至现在为止，他们只不过搜罗了一些无足轻重的小事，携带枪支啊……抗拒逮捕啊……但是他们凭什么要逮捕他？他们要逮捕他的罪名根本不能成立，警察厅事先根本没有调查清楚。"

　　"他犯有煽动暴乱罪。"那个像小鸟的人说。

　　"政治偏见。"泰伦斯爵士大声喊道，他继续提高声音说，"法官阁下，警察厅似乎已经养成一种习惯，我希望您能够过问一下。他们总是假借一件小事先把一个人投入监狱，然后再拼命搜罗证据，控告他还犯了别的罪。如果搜集不到证据，这个人从监狱出来以后，所谓的严重罪行也就再也没人提了……这样，被无辜投进监狱的人就毫无办法取得反证。"

争辩继续下去。最后法官突然用钢笔往案件记录簿上一戳，不耐烦地说："芬尼克先生，我还是觉得泰伦斯爵士说的话有一些道理。从现在对被告提出的这些指控看，我无法不批准他保释。如果我叫被告交纳一笔数目比较大的保释金，你们是不是就不再反对了？不管怎么说，他的护照还在你们手里。"法官的这一番话并没能平息法庭上的争论。

这一切是那么不真实。他只有两英镑，说实在的，还不在他的口袋里，因为在他被捕的时候，那两镑钱当然已经被警察厅拿走了。法官说："在这种情况下我宣判继续羁押被告一周，但被告若交纳两笔保释——每笔一千镑，则允许被告在监外候审。"D禁不住笑了起来——两千镑！一名警察拉开被告席的栅门，拽了一下他的胳膊。"请这边来！"D发现自己已来到法庭外面的过道上。那位同他谈过话的年轻律师正对他笑脸相迎。律师说："真是的，泰伦斯爵士来了个出奇制胜的招数，是不是？"

D说："我不懂费这些事干什么。我没有钱，再说，我在班房里也很舒服。"

"一切都作了安排。"律师说。

"是谁安排的？"

"福布斯先生。他现在在外面等你呢。"

"我自由了？"

"跟空气一样自由。一个星期。除非他们又弄到什么证据重新逮捕你。"

"我不明白为什么要给他们添这么多麻烦。"

"啊,"律师说,"福布斯先生可真是你的一个好朋友。"

他走出法院,下了台阶。福布斯先生穿着一条颜色刺眼的灯笼裤,正在一辆帕卡德牌小汽车的散热器旁边心神不安地走来走去。他们两人有些尴尬地互相打量了一眼,没有握手。D说:"我知道我得感谢你,你聘请到这位泰伦斯爵士替我辩护,又替我出了保释金。你真不该为我这么操心。"

"没什么。"福布斯先生说。他皱着眉头望了D一会儿,好像要从他脸上寻找什么答案。他说:"你上车好吗?坐在我旁边,我没叫司机。"

"我得找个地方过夜。我还得把我的钱从警察厅那儿取回来。"

"现在先别管这个。"

他们俩上了汽车,福布斯先生把车发动了。他说:"你替我看看油量表。"

"满着呢。"

"这就好。"

"咱们到哪儿去?"

"我要到谢波德市场去一下,如果你不介意的话。"一路上两个人都沉默不语。汽车驶上了河滨路,绕过特拉法加广场,皮卡迪利……他们开到谢波德市场中心的一个小广场上,福布斯先生按了两下喇叭,抬头望着一家鱼店上面二楼的窗户。他表示歉意说："我马上就回来，用不了一分钟。"楼上窗户后边露出一张脸，一张漂亮的小胖脸，脖子上围着紫色围巾，一只手向汽车挥了挥，露出一个很勉强的笑容。"对不起。"福布斯先生说完就走进鱼店隔壁的一道门里边。一只大公猫沿着水沟走过来，它看到一个鱼头。它用爪子拨弄了两下又继续往前走。这只猫已经吃饱了。

福布斯先生从楼里出来，又上了汽车，他把车倒回去，转了一个弯。他偷偷地从侧面看了D一眼，说："她是个好姑娘。"

"是吗？"

"我觉得她是真心喜欢我。"

"我不怀疑。"

福布斯先生清了清喉咙，沿着骑士桥路开下去。他说："你是外国人。也许你会觉得我这样做有些奇怪：一方面和萨里同居，另一方面又爱着罗丝。"

"这跟我没有关系。"

"一个人总要活着啊。我过去对罗丝从来不敢有什么奢望。直到这个星期情况才改变。"

"啊！"D说。他想：我也开始像乔治·贾维斯那样只会"啊"了。

"而且她也肯帮我忙。"福布斯先生说。

"是的。"

"我的意思是说——就拿今天的事儿来说吧，她答应我说，如果必要的话她愿意在法庭上宣誓，说我这一天都是跟她在一起度过的。"

"我不明白为什么要这样。"汽车驶过哈默史密斯街的时候，两人都没有讲话。直到车开到西大街，福布斯先生才又开口说："我猜想，你一定不知道我们现在玩的是什么把戏。"

"不知道。"

"是这样，"福布斯先生说，"我想你当然也清楚，你必须马上离开英国，在警察厅弄到什么证据把那个不幸事件扣到你头上之前。那支手枪就是足够的罪证……"

"我想他们不会找到那支枪。"

"这件事你不能冒险。你知道，不管你打没打着他，在确切意义上讲都算谋杀。他们大概不至于把你处死，我想。但你至少得坐十五年监牢。"

"那还用说。但是你忘了那笔保释金啦。"

"保释金的事由我负责。你今天夜里就得离开这儿。有一艘装食品的不定期货轮今天夜里起锚，开往你的老家。坐这艘货轮当然舒服不了，路上还可能挨飞机轰炸——这就要看你的运气了。"福布斯先生的声音忽然哽住了。D匆匆地看了一眼他的大脑门，看了一眼他那花领带上面的黑眼睛。不知怎么，福布斯先生竟呜咽起来。这位已经到了中年的犹太人，一边把着驾驶盘在西大街上开着汽车，一边掉着眼泪。过了一会儿他才止住哭声说："什么事都安排好了。等海关人员一检查完，他们就偷偷地把你带上船，渡过英吉利海峡。"

"你为我操了这么多心，太感谢了。"

"我做这些事不是为你，"他说，"是罗丝叫我尽力把这些事办好的。"

这么说来，福布斯先生刚才掉泪是因为罗丝接受了他的求爱。汽车这时掉头向南驶去。福布斯先生像是受到误解似的赌气说："我当然也提出了我的条件。"

　　"是的。"

　　"我的条件是：她不能再同你会面。我不许她到法院去旁听。"

　　"不管你有没有萨里，她还是同意和你结婚？"

　　"同意了，"他说，"你怎么知道她晓得我和萨里……？"

　　"她告诉过我。"D想，这真叫各得其所。我是不能再爱人了。她迟早会发现，还是福尔特最适宜她。过去谁也不是出于爱情而结婚的。结婚的时候男女双方要立契约。现在也是一种契约。不应该感到痛苦。我应该高兴才对，为我保持着对她的忠诚走进坟墓而感到高兴。福布斯先生说："我送你到南克劳附近一家旅馆去。到那里以后他们会派一艘汽艇来接你上船的。你在那里不会引起别人注目，那是个游乐场，现在虽然到了冬季，游客仍然很多。"他又说了一句不相干的话，"同托尔奎一样，气候非常好。"这以后两人都一言不发地坐在朝西南方向驶去的汽车里，一个是未来的新郎，一个是被冷落的情人，如果D对罗丝的感情可以称为爱情的话。

　　太阳已逐渐偏西，汽车驶入了多塞特郡空旷的高原。福布斯先生说："你知道，你干得还不坏。回国以后大概不会——有什么麻烦吧。"

　　"可能有些麻烦。"

　　"可是本迪池煤矿的那次爆炸，你知道，已经把L的购煤合同炸得粉碎。那次爆炸案同K的丧命帮了你的忙。"

"我不懂。"

"你没有买到煤，L同样也买不到了。我们今天早上开了个会，已经把和他订的合同取消了。太冒险了。"

"冒险？"

"我们不能冒这个险：重新开始采煤以后再遭到政府干涉。你已经把这件事弄得尽人皆知了，比在《邮报》头版刊登一个全版广告的宣传效果还好。有的报纸已经对这件事发了社论，说什么外国的两派政客在英国本土上打起内战来。我们只有两个选择：要么控告这家报纸造谣诽谤，要么取消这一合同，声明我们签订合同时受了骗，原以为这批煤是运往荷兰的。我们还是决定把合同作废了。"

这总算打赢了半场仗吧，D不无凄凉地想。这样一来，他的死期似乎可以向后拖了，他可以等着敌人的炸弹，用不着立刻在刑场上解决问题了。当汽车开到山顶上以后，他们看到了大海。自从多佛尔港那个大雾弥漫的夜晚，他在海鸥的一片鸣叫声中看到大海后，这是他又一次看到海水。这期间他担负的使命使他无暇到海滨去。他看到右边有一片别墅在远方出现，有的房子已经灯火闪烁。一道长长的栈桥像是一条脊背发亮的百足虫半伏在海水里。

"这就是南克劳。"福布斯先生说。在逐渐变得一片昏黑的辽阔的海峡上看不到任何船只上的灯火。"天晚了。"他不安地说。

"我们到什么地方去？"

"看到南克劳左边两公里外的那个旅馆了吗？"汽车减慢速度，缓缓驶下山岗。D逐渐看清，他们要去的地方与其说是一家旅馆还不如说是一个村落，或者更确切的比喻是一个机场。带凉台的平房一圈圈地围绕着中央一座灯火通明的塔楼，远处是田野和更多的平房。"这个旅馆叫利多，"福布斯先生说，"是一处新型的大众化游乐场。上千个房间、运动场、游泳池……"

"为什么不在海水里游泳？"

"游泳池的水可以加温。"福布斯先生说。他诡秘地斜着眼睛看了D一眼。"老实告诉你吧，我把这个地方买下了，"他说，"我们用广告宣传，这是一个陆地上的大游艇。有专人组织各种游乐，有音乐会，有体育馆，特别欢迎年轻人来。不会因为他们戴着超级市场买来的廉价戒指而受到服务人员的白眼。当然了，最大的优点是在这个游艇上谁也不会晕船。而且费用低廉。"他的语调里升起一片热情。他说："萨里特别喜欢到这个地方来。她对锻炼身体非常内行，你知道。"

"你自己对这个地方也很有兴趣？"

"我希望将来我能多来照看一下。每个人都应该有一个精神寄托。但是现在我找到一个人替我照管这里的事。他对于经营酒馆、舞厅这类事很有经验。如果这个人同意的话，说不定我会把这个地方整个交给他，给他一千五百镑年薪。我们想办个全年营业的娱乐场。你会看到——圣诞季已经开始了。"

福布斯先生又把汽车开了一段才停住。他说："已经替你订了一个过夜的房间。不付账就溜走的旅客你不会是第一个。我们当然要向警察厅报告，但我想，你一定不在乎再干一件小小的违法的事。你的房间号是105C。"

"像个牢房号码。"

福布斯先生说："有人会到你的房间去接你。我想不会出什么差错的，我就不来了。你可以在接待处拿到房间钥匙。"

D说："我知道向你道谢是没有意义的，但我还是要……"他站在汽车旁边，想不出恰当的词句。他说："请替我问候罗丝，好不好？我热烈祝贺她，我真心祝贺她……"他没有说下去，他突然发现福布斯先生的脸上有一种几乎可以说是恼恨的神情。是的，以这样屈辱的交换条件得到一个女人的爱，确实是件痛苦的事：作为陪嫁的应该是财物，不应该是个活人。D接着说："她不会找到比你更好的人了。"福布斯先生气呼呼地俯着身子，一脚启动了发动机。他开始倒车。D仿佛看到他的红肿的眼眶。他的脸上不是恼恨，是痛苦。D转身向装着霓虹灯的两根门柱走去，那是利多旅馆的入口。门柱上端各安有一个用彩色灯泡组成的巨大的葡萄干布丁，但因为电线还没有接通，所以布丁的颜色是漆黑的，一点儿也引不起人的胃口。

门里边一间小屋子是旅馆的接待处。服务员说："啊，是的。您的房间昨天晚上已经有人打电话来替您订下了。您的姓名是——"他拿出一本旅客登记簿来，"戴维斯。我想您的行李很快就会运来吧？"

"我是从南克劳步行来的。行李还没运到。"

"要不要我给车站打个电话？"

"先等一等吧。过一两个小时也许会运来。在这里吃饭用不着穿礼服吧，我想？"

"不用。这里不用那么讲究，戴维斯先生。要不要我通知一下这里的体育干事到您房间里同您谈谈？"

264

"我想还是叫我先自由一天吧。"

他围着巨大的电镀钢架的圆形走廊兜了两个圈子。每个房间都有一个可以晒日光浴的屋顶。暮色中几位穿着短裤的男客（裸露着的膝盖已经冻青了）正嬉笑着互相追逐。一个穿睡衣的女孩子对一个光头的男人喊："斯波特，他们是不是已经准备好打篮球了？"I05C房间像一个船舱——窗户的式样像轮船舷窗，盥洗池可以靠墙折叠，从而给屋子更多的空间，甚至还可以嗅到一些机油味，隐约可以听到引擎的转动声。他叹了一口气。看来英国无论何时都会给人一种奇怪的感觉，两百五十年的太平日子叫这个国家处处保持着自己的奇行怪癖。坐在这个房间里听到四处一片笑语喧哗（据说笑声总是代表人们欢乐的情绪），几台播放不同节目的收音机同时发出音响。墙壁非常薄，隔壁房间的任何声音都清清楚楚地传过来。一个人砰的一声把鞋甩到板壁上。同船舱一样，屋子里的暖气烧得非常热。D打开一扇窗户，立刻就有一个年轻人从外面探进头来。"哈啰！"那个人招呼说。

"啊？"D坐在床上疲倦地说。看来这个人不像是来迎接他的人。"你找我？"

"啊，对不起。我以为这是胖子的房间呢。"

"你跟谁说话，猪？"一个女孩子的声音问道。

年轻人的脑袋从窗口消失了，但他的声音仍然非常清晰地传进屋子来："是个外国佬。"

"让我瞧一眼。"

"别讨厌了。不许瞧人家的屋子。"

"啊，不许吗？"一个蓬头发、尖鼻子的女孩子从窗户外面探进头来，咯咯地笑了两声，又缩了回去。另外那个男人的声音说："胖子来了。你干什么去了，老伙计？"

D仰面躺在床上，开始思索起来。他想，福布斯先生现在正在暮色中回到伦敦，他是去看罗丝还是去看萨里呢？不知在什么地方有一只钟在报时。现在一切终于结束了。他又想，他还是越早回去越好。他可以把深深刻在脑海里的那个荒谬可笑的形象——一个往雾气里扔小圆面包的女孩子——逐渐忘掉了。他迷迷糊糊地打了个盹儿，但一下子又惊醒了。他看了看表：时间过了半小时。他还要等多久？他走到窗户前边往外看了看。他住的这间钢框平房是最外面一圈房屋中的一间，从各个房间射出的灯光形成一个光环。光环外面除了漆黑的夜色外什么也没有。他只听到海水冲洗海滨沙石的声音，波浪涌上来又退下去，哗啦哗啦，像是大自然中的战败者在哀叹。在弧形的黑暗中看不见一线灯火，说明岸边没有停泊任何船只。

他打开了房门。门外没有走廊，看来每一个房间都直接通到毫无遮拦的甲板状的平台上。一座形状像船桥似的钟楼高耸入云。月亮好像在大理石色的夜空里向后疾驰——起风了，大海似乎离得更近了。D有一种奇怪的感觉：没有人再追捕他了。自从他在英国登陆以来，他第一次不再是别人猎取的对象。他正在享受着一个保释者的安全合法的生存权利。

他在料峭的夜风里走过一间又一间灯火通明、热气蒸人的小房间。卢森堡、斯图加特和希尔维萨的音乐从房间里传出来，每个房间都装有收音机。华沙的节目信号受到大气干扰，国家广播电台在播送一篇有关印度支那问题的谈话。钟楼下面，宽阔的橡胶台阶通向娱乐厅的大玻璃门。他走进这间娱乐厅。迎面正中的一张桌子上摆着各种晚报，一个装满了零钱的盘子说明这里采用自助付款。一群人正在一个角落喝威士忌酒，传来一阵阵欢声笑语，但除了这一群人以外，这间吹着习习冷风的由钢框和玻璃构成的大房间完全是空的——如果你不把一张张的小桌子、俱乐部使用的那种小靠背椅、自动售货机和科林斯柱式桌腿的台球桌算在内的话。靠近俱乐部房门居然还有一个卖牛奶的小卖部。D发现自己口袋里一个便士也没有。福布斯先生没有给他时间，叫他从警察厅把自己的钱取回来。如果接他的船不来，他可真不知该怎么办了……他低头看了看桌子上的报纸。他想，既然我被人认为犯了这么许多法，再干一次小偷小摸的事谅也无妨。没有人注意他。他偷偷地拿起一份报纸。

一个他熟悉的声音说："表演真精彩。"

他想，上帝真是爱开玩笑。他走了这么一条曲曲折折的路，只是为了最后又在这里同库里上尉会面，这简直太荒唐了。他记起福布斯先生谈到过一个对经营酒店富有经验的人……可现在不是老友重逢、热情握手的时刻啊！他把报纸打开，挡住自己的脸。一个毕恭毕敬的声音在他耳边说："对不起，先生，您大概忘了付报纸钱了。"这个侍者一定是趁着那边的笑语欢声不声不响地走了过来。尽管这里采用的是顾客自己付款的办法，但盘子里的便士数目还是有人严密看守着。不管是胖子还是猪，他想，福布斯先生的所有主顾看来人品都不怎么高尚。

他说："对不起，我没有零钱了。"

"噢，我可以找给您。"

D虽然背对着墙角那一伙人，却意识到那边的笑语声静了下来。那些人正在注意听他们讲话。他一只手插在衣袋里说："我好像把钱放在另外一件衣服里了。我一会儿再给你吧。"

"您住在哪个房间，先生？"如果一个人靠积攒零钱也能致富的话，这里的人可真要发大财了。

他回答说："105C。"

库里上尉的声音在他耳边响起来："真没想到。"

再想避开是不可能了。反正他现在已经履行了合法的保释手续，库里上尉是奈何他不得的。他转过身来，库里上尉穿着运动短裤让他有些吃惊，看来这位经营酒店的人已经改行从事体育锻炼了。D说："没想到在这里遇见你。"

"这我相信。"库里上尉说。

"好吧，一会儿吃饭的时候再见。"D拿着报纸向门口走去。

库里上尉说："你别走。站住，不许动。"

"你这是什么意思？"

"伙计们，这就是刚才我同你们谈到的那个人。"那两个人都已过了中年，两张酒意醺然的圆脸不无敬畏地盯着他。

"别开玩笑！"

"真的！"

"他要是没偷报纸才怪呢！"一个人说。

"他什么都干得出来。"库里上尉说。

D说："你们别挡着我的路好吗？我要回房间去。"

"这我知道，"库里上尉说，"小心点儿，伙计。他可能带着枪呢。"

D说："我不知道你们三位先生想要做什么。我不是逃犯——这个词儿用得对吗？我刚好办完了保释手续，根据法律，我有权在任何我喜欢的地方居住。"

"这个家伙可真是油嘴滑舌。"一个人说。

"你还是老实点儿吧，"库里上尉说，"你的招数已经用完了，伙计。我猜你还想逃出英国去，可是我告诉你，你是逃不出英国警察局掌心的，他们是世界上最优秀的侦缉人员。"

"我不懂你说的是什么意思。"

"什么，伙计？你还不知道又下了新的通缉令？你看一眼报纸就知道了。你犯了杀人罪。"

D看了一下手里的报纸，果然如此。看来泰伦斯·希尔曼爵士并没有能长久地愚弄警察局，他们一定是在D离开法庭后马上又发出了通缉令。他们正在到处寻找他，而库里上尉则是胜利者，把他找到了。他紧紧地盯着D，目光中隐含着一定的敬意。杀人毕竟不同于偷汽车。对待即将处决的囚犯应该宽厚，这是英国的传统——行刑前应该给犯人吃一顿丰盛的早餐。库里上尉说："咱们是三对一。你还是老实点儿，别给我们添麻烦了。"

二

D说："给我一支烟好吗？"

库里上尉说："当然可以。这一整包都给你吧。"他对侍者说，"给南克劳警察局挂个电话，告诉他们我们把人抓住了。"

"我看咱们还是坐下吧。"库里上尉的一个同伴说。

这些人站在D与房门之间，神情有些尴尬。他们显然拿不定主意，是否应该揪住他的胳膊或者把他捆起来，他们害怕这样做过于显眼，对这个地方的名誉有损害。因此，当他们看到D也坐了下来，不禁长舒了一口气。他们把椅子拉过来，把他围了起来。"我说，库里，"其中一个人说，"咱们请他喝一杯可以吧？"他又添了一句，"他可能再也喝不到酒了。"D觉得他说的这句话是多余的。

"你喝什么？"库里问。

"喝一杯威士忌苏打吧。"

"苏格兰威士忌？"

270

"好吧。"

当侍者走回来以后，库里说："一杯苏格兰威士忌。电话打通了吗？"

"是的，先生。他们说五分钟内就能赶到这儿。你们要把他看住。"

"我们当然要把他看住，我们又不是傻子。这些人是怎么想的？"

D说："我一向认为，根据你们英国的法律，在没有找到一个人犯了法的确凿证据之前，他应该被看作是无罪的。"

"啊，是的，"库里说，"你说得对。但是我们警察除非有足够的证据是不会无故抓人的。"

"我懂了。"

"当然了，"库里上尉一边往自己的酒杯里加苏打水一边说，"你们外国人在这里总是犯错误。在你们自己的国家里你们随便杀人，无人过问。但你们要是在英国也这样干，就要倒霉了。"

"你记得布鲁吗？"另外一个人问库里。

"托尼·布鲁？"

"对了。在一九二一年兰辛对布莱顿的网球赛上搞砸锅的那个人。五个球都没接住。"

"布鲁怎么了？"

"有一次他到罗马尼亚去，看见一个人在街上朝警察开枪。这是他亲口说的。"

"当然了，布鲁是个吹牛大王。"

D说：“我回屋子去取一点儿东西成不成？你们随便哪个人可以跟我一起去。”D想的是，只要他能回到自己的房间，说不定……那些人来接他……他还有逃走的希望。

“你还是在这儿等警察来吧，”布鲁的朋友说，“你还是别轻举妄动。”

“这家伙说不定会亡命地逃跑。”

“我能跑到哪儿去？”D说，“你们是个岛国啊。”

“我不想冒这个险。”库里说。

D在想，来接他的人——不管这人是谁——可能已经到了105C号房间，发现屋子里没有人。

库里说：“你们两个人替我看着点儿门，我要单独同他讲几句话。”

“你同他说吧，老朋友。”

库里的身子从椅子扶手上面倚过来，低声说：“你听我说，我想你是个绅士，对不对？”

“我不知道……绅士是个英文词儿。”

“我的意思是说，你到了警察局不会多嘴多舌吧。这种事最好不要把一个正派姑娘牵扯进去。”

“我不懂你的意思……”

“是这么回事。据说你正好同一个女人在那间屋子里，当那个叫弗瑞斯特的人……”

“我在报纸上看到那人叫弗尔台斯克。”

“就是那个人。”

“啊，我猜想那个女人——我当然一点儿也不了解她——是个妓女或者之类的人。”

“这就对了，”库里说，“你这人很讲义气。”

他大声对另外两个人说：“好了，伙计们。每人再喝一杯威士忌怎么样？”

布鲁的朋友说：“这回由我请客。”

“不，上次是你请的。这次该我请。”

“你们别争了，”第三个人说，“这次由我请客。”

“不成。前次是你付的钱。”

“咱们抓阄儿吧。”

在这三个人争辩的时候，D从挡着他的几个人肩上向玻璃门外望去。室外的照明灯已经打开了，他只能看到房子前面几英尺的草坪，再远就什么也看不到了。旅馆修建在这里是给外面的人看的，外面的世界是什么样子从旅馆里是无法看到的。就在这一片漆黑中，一只货轮正行驶过去——要驶到他的祖国去。他几乎有些后悔，自己不该把手枪给了本迪池的那一伙年轻人，尽管从某个方面讲，这些人还算是取得了成功。如果现在还有那一粒子弹，就可以免掉一场令人厌烦、没完没了的审讯了。

几个女孩子一窝蜂似的闯了进来，给闷热的屋子带来一股冷空气。她们个个浓妆艳抹，说话声音很大，但对自己的举止又不太有信心，她们在竭力模仿一个更富有的阶级的风度。一进门她们就大声喊："哈啰，卷毛上尉。"

库里的脸一直红到耳朵根。他说："对不起，姑娘们，请到别的什么地方去喝酒吧。我们这里有事。"

"你说什么，卷毛？"

"我们正在谈一件要紧的事。"

"你们大概正在谈什么下流故事吧。让我们也听听。"

"没有，真的没有，姑娘们。我不骗你们。"

"为什么她们叫你'卷毛'？"D问。

库里的脸又红了。

"给我们介绍介绍这位有趣的外国人。"一个胖女孩说。

"不，不成。绝对不可能。"

两个穿雨衣的人推开门，向娱乐厅里张望了一下。一个人说："这里有没有一个叫……？"

库里上尉说："谢天谢地。你们是警察局的吧？"

两个陌生人从门边打量着他。一个人说："对了。"

"你们要的人在这里。"

"你是D吗？"一个人问。

"是的。"D站起来说。

"我们有逮捕证。你犯的罪是……"

"不用说了，"D说，"我知道是怎么一回事。"

"随你便吧。"

"好吧，好吧。我跟你们走。"他对那几个站在桌子旁边目瞪口呆的女孩子说："你们可以跟卷毛好好谈谈了。"

"这边来，"一个警察说，"我们外面有一辆汽车。"

"不上手铐吗？"

"我想用不着，"一个警察苦笑着说，"来吧，快点儿。"

一个人揪着他的胳膊，但他这个姿势做得并不太显眼，看起来倒像两个朋友喝过酒以后挽臂出去。D想，英国的法律真是非常委婉。在这个国家里谁都不喜欢大叫大闹。黑夜一下子包围了他们。照明灯似乎偏袒福布斯先生奇怪的癖好，把夜空的星光都淹没了。只有遥远的海洋上闪烁着一点儿灯火。也许那就是按照计划该把他带走的货轮吧？把他带离这个国家，不再叫这里的人感染上他带来的战争细菌，不再叫他的英国朋友感到为难，既不必把某些危险的事揭穿，也不必再为他保持不合时宜的沉默。他很想知道，当福布斯先生阅读晨报，发现他没能逃脱的时候，会说些什么。

"快一点儿，"警察说，"我们可没有那么多时间。"

他们把他带出了安着霓虹灯的大门，一边走一边向接待处的人挥了一下手。不管怎么说，他没有付钱就离开旅馆的事不会算作另一条罪名了。汽车停在草地边上，车灯没有打开。这些人想得很周密，D想，如果叫人一眼就望到一辆警车，大概对旅馆的生意会有些影响。在这个国家里凡是老实纳税的公民总是受到政府的保护。汽车方向盘后边还坐着一个人。看到门里有人出来，这个人立刻把汽车发动，开亮了车灯。D坐在后座上两名警察中间。他们的汽车转到公路上，立刻朝南克劳方向驶去。

坐在D身边的一个警察擦了擦脑门，骂了一句："他妈的。"

汽车向左一拐，沿着一条同南克劳方向相反的岔路驶去。那个擦汗的人接着说："那些人对我说正在看管着你，真把我吓了一大跳。"

"你们不是警察局的？"D并没有喜出望外的感觉，他只是觉得，一切又重新开始了。

"我们当然不是警察。你在旅馆里真把我吓着了。我生怕你要我拿出逮捕证来。你一点儿也没有觉察吗？"

"你知道，警察也正在去旅馆呢。"

"开快一点儿，乔。"

汽车沿着一条颠簸不平的路向海涛澎湃的声音驶去。那是波浪打在岩石上的声音，一次比一次更清晰响亮。"你不晕船吧？"一个人问D。

"我想不晕。"

"那就好，今天夜里风浪很大，过海峡的时候更要厉害。"

汽车停住了。汽车前灯照着一段几英尺长的红垩土路，再往前是一片空茫。他们来到了一处不高的悬崖边上。"走吧，"那个人说，"咱们得快点儿。那些人用不了多久就会把事情搞清楚。"

"他们不会把船截住吧——不管用什么办法。"

"噢，他们会给船上拍一两份电报来。我们会回电说，并没有看到你。你以为他们还会调动军舰来？你还不是那么重要的人物。"

D跟着这几个人从崖壁上开凿出的台阶走到下面。一条用链子系着的小汽船正在小海湾里摆荡着。"汽车怎么办？"D问。

"不用管它了。"

"他们会不会调查？"

"会的。他们会查到今天早上出售这辆旧汽车的铺子——售价二十镑。谁喜欢这辆车，谁就把它开走。我可不想再开这种车了，给我多少钱也不开了。"但是看起来福布斯先生还真破费了一笔钱。小汽艇噗噗噗地驶出了小海湾，马上就受到惊涛骇浪的袭击。大海像是小船的冤家对头，想方设法要把它撞碎。它不像是无生命的力量驰骋在有规律、有间歇的波涛上，它像个疯子，手执巨斧，一会儿砍去船的这一边，一会儿又敲打另一边。它把船诱进一个平静的浪谷里，但马上就用一个又一个巨浪接连不停地敲击它。一阵撞击过后又是暂时的宁静。D既无时间也无可能回望海岸，只有一次，当小艇被抛到好像是地球的峰顶的时候，他匆匆看了一眼遥远处那家灯火通明的旅馆。这时月亮已经高挂在半空中了。

他们在海面上挣扎了一个小时才靠近那艘大船，那是一艘悬挂荷兰国旗的只在近海航行的三千吨左右的货船，船身漆成黑色。D像一件货物似的被弄上了货船，马上又被打发到下面的舱房里。一个穿着旧水兵服和一条脏兮兮的法兰绒裤子的高级船员嘱咐他说："你在下面待一两个钟头，最好先别露面。"

舱房非常小，紧挨着机器房。不知是谁想得很周到，预先准备了一条旧裤子和一件雨衣。D正好用得着，他已经浑身湿透了。舷窗已经用木板钉上了。一只蟑螂在床边的铁板墙上飞快地爬过去。他想：啊，我快回家了。我安全了……如果能够按照"安全"这个词的含义考虑这个问题的话。实际上是，他安全地避开了一个危险，只是为了再进入另一个危险中去。

他坐在床沿上，感到有些头晕。我年纪太大，干不了这种事了，他想。他觉得有些可怜K先生，这个人一直梦想在远离战场的某个大学里过一种平静的生活，却始终没能如愿。不过他没有死在世界语中心的课堂上倒算万幸。如果真的那样，说不定哪位厉害的东方学员——李先生就是这样一个人——还要为预缴了学费但课程中断而大发脾气呢。他又想到爱尔丝，她的灾难也到了尽头，一切可能发生的最坏的事都无法再伤害她了。死者是值得艳羡的。只有还活着的人才感到孤苦凄凉，不受人信任。他站起身来，他需要呼吸几口新鲜的空气。

甲板上什么遮拦也没有，狂风卷着水珠直噎到他的嗓子里。他俯身在船栏上，望着乳白色的浪峰高高涌起，仿佛直扑到甲板上的灯光上，然后又落下来，坠入无法见到的深渊里。很远的地方有一点儿灯光，明明灭灭——那是英国陆地的尽头吗？不会的，他们还没有离开伦敦那么远。福布斯先生还在暮色里开着车，罗丝——还是萨里？——正在等着他。

一个他熟悉的声音在他耳旁说："那里是普利茅斯。"

他没有回过头来，他不知道自己该说什么。他像个年轻人回到久别重逢的爱人那里一样心忽地一跳。他有些害怕。过了一会儿他才开口说："福布斯先生……"

"啊，是福尔特，"她说，"福尔特把我甩了。"他想起他在西大街上看到的泪珠，在南克劳附近山顶上看到的嫉恨的面容。"他是个太爱感伤的人，"她说，"他很喜欢故作姿态。可怜的老福尔特。"她就用这一个词把他打发掉了。D又回到每小时行驶十海里的腥咸、漆黑的海船上。

他说："我已经是个老人了。"

"如果我不在乎，"她说，"你年轻也好，年老也好，又有什么关系呢？啊，我知道你对死去的妻子是忠实的，但我已经告诉过你，人要是死了，我就不会老是爱他了。"他很快地瞥了她一眼，她的头发被浪花打湿了，她显得比他以往任何时候看到的更老，也没有以往那么好看。她好像是在向他表明：他们俩的这件事与她的美貌是无关的。她说："你什么时候死了，还可以回到她身边去。那时候我就无法竞争了，而且我们都早就死了。"

　　刚才看到的那片灯光已经转到船尾去了，船首只有波浪在一个个涌起又缓缓地沉落，再有就是无边无际的黑夜。她说："你不久也要死的，这用不着你告诉我，但现在……"

马上扫二维码，关注"**熊猫君**"

和千万读者一起成长吧！

图书在版编目（CIP）数据

密使 / (英) 格林 (Greene,G.) 著 ; 傅惟慈译 . --
南京 : 江苏凤凰文艺出版社 , 2018.7
（读客全球顶级畅销小说文库）
书名原文 : The confidential agent
ISBN 978-7-5399-7971-7

Ⅰ . ①密… Ⅱ . ①格… ②傅… Ⅲ . ①长篇小说—英
国—现代 Ⅳ . ① I561.45

中国版本图书馆 CIP 数据核字 (2014) 第 292271 号

THE CONFIDENTIAL AGENT by Graham Greene
Copyright ©Verdant S.A.,1939
Simplified Chinese translation copyright ©2018 by Shanghai Dook Publishing Co.,Ltd.
This edition published by arrangement with David Higham Associates Ltd.
through Bardon-Chinese Media Agency
All rights reserved

中文版权 ©2018 读客文化股份有限公司
经授权，读客文化股份有限公司拥有本书的中文（简体）版权
图字：10-2014-453 号

书　　名　密使
著　　者　(英)格雷厄姆·格林
译　　者　傅惟慈
责任编辑　丁小卉　姚　丽
特邀编辑　许明珠　姚红成
责任监制　刘　巍　江伟明
策　　划　读客文化
版　　权　读客文化
封面设计　读客文化　021-33608311
出版发行　江苏凤凰文艺出版社
出版社地址　南京市中央路 165 号，邮编：210009
出版社网址　http://www.jswenyi.com
印　　刷　北京中科印刷有限公司
开　　本　880×1230mm 1/32
印　　张　9
字　　数　187 千
版　　次　2018 年 7 月第 1 版　2018 年 7 月第 1 次印刷
标准书号　ISBN 978-7-5399-7971-7
定　　价　59.90 元

如有印刷、装订质量问题，请致电 010-87681002（免费更换，邮寄到付）